LE MEURTRE
DU MAYFLOWER

DU MÊME AUTEUR

Avec Clive Cussler :

SERPENT, Grasset, coll. « Grand Format », 2000.
L'OR BLEU, Grasset, coll. « Grand Format », 2002.

PAUL KEMPRECOS

LE MEURTRE DU MAYFLOWER

roman

Traduit de l'anglais (États-Unis)
par
JEAN ROSENTHAL

BERNARD GRASSET
PARIS

L'édition originale de cet ouvrage a été publiée par St Martin's Press en 1996, sous le titre :

THE MAYFLOWER MURDER

Pour Christi

Je tiens à remercier Fred Dunford, du Musée d'Histoire naturelle de Cape Cod, de m'avoir expliqué toutes les subtilités d'un site archéologique.

« Le jour appartient aux honnêtes hommes,
la nuit aux voleurs. »

EURIPIDE.

1

MIKE WOODS TIRAIT SUR SA CIGARETTE quand il aperçut autour du vieux fort une lumière qui dansait dans la nuit. Il plissa les yeux malgré ses lunettes neuves, sa vue déclinait avec l'âge.

Une lumière tremblotante.

A nouveau, il vit la lueur orange qui apparaissait puis disparaissait, à intervalles rapprochés, à travers la brume venue de Plymouth Harbor.

Mike sourit en passant ses gros doigts dans ses cheveux blancs coupés en brosse. « Encore ces foutus gosses qui boivent de la bière et font un boucan de tous les diables autour du fort. Ils méritent vraiment qu'on leur botte les fesses. » Il tira une dernière bouffée avant d'écraser le bout rougeoyant de sa cigarette et d'enfouir le mégot encore chaud dans sa poche, afin que l'équipe de jour ne le trouve pas, et prit la direction du fort en coupant à travers un champ de maïs.

Pas un instant, l'idée ne lui vint qu'il pouvait être en danger, car depuis la Corée Mike Woods ignorait tout simplement la peur. Quarante ans plus tôt, il avait vécu l'horreur lorsque, allongé dans un champ enneigé, le torse criblé de balles, il avait vu tous les gamins de Chine en âge d'être soldats foncer sur lui, baïonnette au canon. Ils étaient passés si près de lui qu'il avait pu observer le détail des boutons de leurs drôles de vestes matelassées. Au même moment, Charlie

Fishman, un gars de Brownsville au Texas, mitraillait cette marée humaine d'une main avec son M-1, et de l'autre empoignait Mike par le col pour le traîner jusqu'à un half-track plein de cadavres. Ce vieux Charlie qui avait joué les John Wayne était mort d'une crise cardiaque à 32 ans. Un sacré bon soldat et un sacré bon copain.

Après la Corée, Mike avait décidé qu'il avait la baraka. Il conduisait à vive allure, allait pêcher en pleine tempête, défiait les lois de l'équilibre sur les échelles lorsqu'il repeignait des maisons. Certes, il froissa quelques tôles, coula des bateaux, et s'offrit quelques fractures, mais il recommençait toujours ses acrobaties avec le même plaisir.

J'ai le cul bordé de nouilles, répétait-il à ses amis en leur exhibant une fois de plus la cicatrice en forme de pièce que dissimulait la toison grisonnante de son torse. Bah, il crèverait dans un lit, et de préférence en train de s'envoyer en l'air avec Bernice, la serveuse du café, celle qui avait des grosses fesses et deux beaux nichons bien ronds.

Pourtant, ces dernières années, Mike avait perdu un peu de sa verve. D'abord il avait failli tomber de son échafaudage. Et puis, il avait dû subir une opération à l'abdomen. Alors, il avait vendu brosses et rouleaux à un gamin de Plymouth et trouvé un boulot de gardien à mi-temps dans la plantation de Plimoth.

Celle-ci se trouvait à environ cinq kilomètres au sud de Plymouth sur l'autoroute 3A, c'est-à-dire l'ancienne route que les touristes empruntaient pour se rendre de Boston à Cape Cod. La plantation était une sorte de musée vivant, une version en modèle réduit de Williamsburg en Virginie. Les employés portaient la tenue des colons anglais au XVIIe siècle. Ils cultivaient la terre, battaient le beurre et élevaient le bétail dans la tradition des pionniers, trois siècles plus tôt.

A ceci près que le soir, en rentrant chez eux, ils retrouvaient leur magnétoscope, leur tout-à-l'égout et l'eau courante. Cependant, au boulot, ils prenaient les choses très au sérieux. « De sacrés bons acteurs, pensait Mike, qui n'auraient jamais admis ne pas vivre en 1627, même sous la menace. »

Né et élevé à Plymouth, Mike était un citadin assez flatté d'habiter à l'endroit où les premiers pionniers s'étaient installés. Toutefois, il pensait que montrer comment vivaient à cette époque John et Priscilla Alden, pèlerins fraîchement débarqués d'Angleterre, n'était qu'un prétexte pour piquer l'argent des touristes. Comme toute personne dont les ancêtres n'étaient pas arrivés sur le *Mayflower*, Mike considérait ces gens-là comme des bigots, assez coincés, qui avaient inventé Thanksgiving et passé leur temps à enseigner la Bible à de malheureux Indiens.

Avec cette lucidité qui souvent apparaît avec l'âge, Mike avait découvert la ténacité et l'entêtement des pères pèlerins auxquels il aimait maintenant s'identifier ; surtout depuis qu'il travaillait à la plantation. Plus jeune, il aurait aimé se costumer et jouer, pour les touristes, peut-être pas un brave type comme Elder William Brewster, disait-il en plaisantant à sa femme ; mais pourquoi pas tenir le rôle de John Billington, premier condamné à la pendaison pour meurtre dans le Nouveau Monde.

Souvent, Mike travaillait tard. C'est d'ailleurs ce qu'il faisait ce fameux soir d'été : il réparait une enseigne en se servant du manche d'un tomahawk en guise de marteau.

Il regarda sa montre : 10 heures. Mike coinça alors le tomahawk, cadeau d'un jeune Indien du site de Hobbamock, dans sa ceinture et alluma une cigarette prise dans un paquet qu'il gardait toujours à l'atelier car sa femme lui avait interdit de fumer à la maison. Il passa devant les guichets et la boutique de souvenirs, puis s'engagea sur un sentier poussiéreux. Arrivé devant les champs de maïs, il s'arrêta pour respirer : le ciel était clair et étoilé ; les odeurs de terre fraîchement retournée et de fumier se mélangeaient à celle du varech qui remontait du port. Le petit village de Plimoth était construit sous le fort, le long de la pente de la colline.

Mike songeait souvent à la *vraie* vie des habitants de ces

chaumières qui empestaient la fumée, le bétail et les corps mal lavés. Ils devaient dormir à plusieurs sur des paillasses, sans savoir si le bruit qu'ils entendaient derrière la porte était provoqué par leur vache ou par un sauvage à moitié nu qui attendait qu'ils sortent pisser pour les scalper et accrocher leur trophée à l'entrée de son tepee.

Bon sang ! C'étaient de rudes gaillards. Tout en savourant sa cigarette, il jeta un regard vers le fort dont le canon protégeait le village en contrebas. C'est à ce moment précis qu'il aperçut la lueur et qu'il se dirigea vers elle.

Le sentier menait à travers les champs de maïs jusqu'à la palissade qui entourait le fort. Il s'immobilisa devant la barrière, l'oreille aux aguets, retrouvant son instinct de chasseur de cerfs. Malgré sa forte stature, Mike Woods pouvait furtivement s'approcher d'un dix-cors jusqu'à lui toucher la queue. Mais son ouïe, comme sa vue, commençait à décliner, et il ne put entendre qu'un bourdonnement d'insectes venant de la rivière Eel, et le cri des oiseaux de nuit.

Mike se glissa dans l'enceinte du fort et aperçut les canons qui dépassaient des créneaux. Il s'appuya contre un mur, épia le silence, et entendit un léger bruissement qui ressemblait à de la Cellophane que l'on froissait.

Le bruit provenait de l'autre côté du fort. Mike longea le mur. Le froissement s'intensifiait. Des ombres dansaient sur la palissade. Il sentit une odeur âcre de bois brûlé et s'approcha rapidement, le cœur battant. Des flammes jaunes léchaient la base des poutres de fondation.

Mon Dieu !

Le fort brûlait.

Mike n'avait ni le temps de courir chercher un extincteur ni celui d'appeler à l'aide. S'il ne se dépêchait pas, le fort ne serait bientôt plus qu'un tas de cendre. Il arracha son sweatshirt et rabattit les flammes. Des étincelles lui jaillirent au visage, lui brûlant les yeux et la peau. Sans se soucier de la douleur, il continua à frapper les flammes avec son chandail.

V'lan... V'lan...

Bien qu'il n'ait plus la résistance de sa jeunesse, Mike était encore un homme robuste. Au bout de quelques minutes, le feu recula. Mais dès qu'il ralentit ses efforts, une langue de feu orange surgit le long des rondins. Il s'attaqua de nouveau aux flammes et fit deux foyers. Il s'occupa du plus important et réussit à l'éteindre. Puis il s'acharna sur le plus petit.

Il jeta son chandail, ramassa à pleines mains de la terre qu'il lança sur les flammes pour les étouffer et piétina les braises de ses lourdes bottes, jusqu'à ce qu'il soit sûr que le feu était bien éteint. Du revers de la main, il fut enfin s'essuyer les yeux et aspirer l'air à grandes goulées pour recracher la fumée qui lui emplissait les poumons. La sueur coulait de son visage noirci. Fou de rage, il ne sentait même pas la douleur qui lui brûlait la poitrine.

Nom de Dieu, il n'arrivait pas à le croire. Un fils de pute avait essayé d'incendier le fort !

Son chandail n'était plus qu'une loque noircie. Il allait se faire engueuler par sa femme. On verrait cela plus tard... Tout épuisé qu'il fût, Mike n'avait pas l'intention d'en rester là. Il fit le tour du fort, vérifia l'intérieur par les fenêtres et s'assura que les portes étaient bien fermées. Ensuite il inspecta soigneusement les toits qui longeaient la route principale de la plantation.

Il balaya l'enceinte du regard, allant des tours de guet au bout de la palissade pour revenir à la porte. Le village était aussi calme qu'une crypte. Même les vaches et les poulets étaient silencieux. Il n'entendait que sa propre respiration et le bourdonnement assourdi de la circulation sur l'autoroute 3A, à moins de deux cents mètres plus loin.

Le feu lui semblait comme une attaque personnelle. Mike avait pour la plantation un sentiment de propriétaire. Toute la journée, les touristes en avaient la jouissance, mais le soir, c'était son domaine. Le village n'avait aucun secret pour lui, il le connaissait mieux que les employés costumés. Il pouvait identifier chacune des deux douzaines de maisons qui se trouvaient à l'intérieur de l'enceinte. Il les imaginait toujours habitées par leur ancien propriétaire mort depuis si longtemps : le vieux Miles Standish, près du fort, pouvait ainsi disposer aisément ses troupes en cas d'attaque. John Alden et le gouverneur Bradford habitaient juste en bas de la colline. Mike se souvenait de chaque nom : Cooke, Allerton, Brewster, Browne et tous les autres. Et naturellement, le vieux John Billington, qui entassait les quatre membres de sa famille dans une cabane pas plus grande qu'une salle de bains.

Il se raidit. Le cercle jaune d'une lampe de poche zigzaguait à travers la rue principale.

Mike avait les épaules endolories et ses bras pendaient le long de son corps comme des poids morts. Une poussée d'adrénaline donna à ses muscles fatigués une nouvelle énergie. Sans bruit, il descendit la colline, humant le vent comme s'il suivait un daim.

La lueur disparut derrière la maison de Miles Standish. En s'approchant, Mike sentit une odeur d'essence. Au coin de la palissade, il vit une silhouette penchée sur la flamme d'un briquet. Mike retira le tomahawk de sa ceinture et le brandit très haut.

— OK, enfoiré, un geste et je t'éclate la tête.

Mike entendit sa propre voix sortir de sa gorge, en apprécia la puissance, et s'approcha sans frayeur.

La silhouette bondit sur ses pieds. Mike alluma sa lampe électrique, eut le temps de distinguer la surprise sur le visage de l'homme, une seconde avant que celui-ci ne se jette sur lui. Mike essaya de l'éviter, mais il n'avait plus les bons réflexes et la fatigue ralentissait ses gestes. L'épaule de l'homme le heurta de plein fouet et le fit trébucher. La violence du coup lui coupa la respiration et projeta sa lampe de poche en l'air.

Des doigts lui saisirent la gorge et se mirent à serrer. Mike se défendit avec son bras gauche. Il sentait dans sa main droite la chaleur du manche en bois du tomahawk pendant que le type était en train de lui arracher la pomme d'Adam ! Il leva l'arme et à l'aveuglette en dirigea le fer vers la tête de l'homme. Le coup manquait de force, son assaillant le dévia du coude et lui arracha l'arme tout en reprenant son équilibre. Mike se dégagea en roulant au sol et se releva avec difficulté.

— Salaud ! hurla-t-il, je vais te défoncer la gueule !

Egal à lui-même, audacieux et sans crainte, Mike Woods fonça tête baissée, comme un taureau enragé. Dans un bruit effrayant, il sentis le fer s'écraser sur sa tempe gauche. Ses jambes se dérobèrent sous lui et, emporté par son propre élan, il s'écroula en hoquetant, la tête dans la poussière.

Après quatre décennies, Mike Woods payait de son sang la dette qu'il avait contractée en Corée sur un champ de bataille enneigé.

2

Le *Millie D* naviguait entre le continent et les dunes de la plage au moment où Sam abandonna le gouvernail pour affronter le soleil qui tapait sur la visière vert foncé de sa casquette de toile. Grâce à son grand nez et à une sorte de sixième sens qui lui servait de sextant, il lui fut aisé d'établir notre position.

— Hé, Soc ! cria-t-il pour couvrir le bruit du diesel, est-ce que l'orientation est bonne ?

A l'arrière du *Millie D*, j'observai la côte à la jumelle. Nous étions à presque huit cents mètres de la falaise et j'apercevais, à bâbord, le cadre de la fenêtre d'une maison de deux étages. Sam était en plein dans le champ.

Je levai le bras et hurlai :

— C'est bon.

Sam réduisit les gaz et, lentement, le chalutier décrivit un large cercle. Une nuée de goélands se précipita dans notre sillage ; ils braillèrent comme des enfants dans une cour de récréation, puis formèrent un nuage brillant qui avançait à notre allure. Quand Sam arriva à l'endroit choisi, il mit le moteur au ralenti et le chalutier se balança doucement sur les vagues.

Souvent, par les longues nuits d'hiver, quand le vent souffle de l'Atlantique et soulève les bardeaux de ma maison, je rêve à des matins comme celui-ci. Des nuages blancs et ventrus pareils à de gros édredons flottaient haut dans un ciel d'un bleu éclatant et, tel un mineur qui remonte du puits, j'aspirai goulûment une bouffée d'air marin. Puis je descendis chercher Maggie Eaton.

Posée sur une couchette, la boîte en carton semblait trop fragile pour contenir les cendres de Maggie. Quelques jours auparavant, n'était-elle pas encore une femme épanouie, bien charpentée, qui faisait rire les infirmières avec ses blagues grivoises ? Je soulevai le couvercle à l'aide d'un tournevis et emportai précieusement la boîte sur le pont. Au moment où je butais contre une marche, je crus entendre le rire éclatant de Maggie à travers les minces parois du carton : *Hé, doucement, Soc, je suis fragile.*

Je plaçai la boîte contre le bastingage et la fis pivoter pour que Maggie aperçoive une dernière fois le port. *Son* port. Maggie avait souhaité que ses cendres soient éparpillées sur les eaux, là où elle avait affronté les tempêtes avec le *Morgan*, ce huit-mètres qu'elle aimait plus que tout.

Sam me rejoignit. D'une main il ôta sa casquette et la serra sur son cœur, tandis qu'il posait l'autre, bronzée et déformée, sur la boîte. A travers ses lunettes, Sam jeta un rapide coup d'œil sur l'eau verte et fronça les sourcils. Quelque chose le perturbait.

— Soc, le croque-mort, Dickie Hopkins, m'a parfois demandé de lui rendre ce genre de service. Mais c'était toujours avec des étrangers et jamais avec des gens d'ici.

Il secoua la tête comme un vieux cheval de labour.

— Cette fois, c'est différent. J'sais pas vraiment ce qu'il faut faire. Ce n'est pas correct de dire simplement : « Au revoir, Maggie, ç'a été sympa de vous connaître. »

— Est-ce que le sénateur t'a demandé de dire quelque chose en particulier ?

— Non. Il a dit que tout le monde en avait eu l'occasion pendant la messe. Il voulait simplement que les cendres de Maggie soient dispersées à l'endroit où elle aimait naviguer.

Je respecte son souhait, mais je trouve qu'on pourrait faire des adieux appropriés à la vieille.

— Commençons par une minute de silence, et je vais y réfléchir.

— Ça me va, répondit Sam.

Nous baissâmes la tête et je commençai à fouiller ma mémoire. Au bout de trente secondes, Sam me regarda, plein d'espoir.

Je lui fis un petit signe de tête.

— C'est un texte écrit il y a deux mille ans par un poète qui s'appelait Homère. Il s'agit de la naissance d'Aphrodite, la déesse de l'amour, et c'est exactement ce qu'était Maggie.

Les goélands piaillaient et tournoyaient au-dessus de nos têtes. Je m'éclaircis la gorge et récitai d'une voix forte pour couvrir le bruit du moteur et des oiseaux :

— « C'est le souffle du vent d'ouest qui l'a emportée, par-dessus le fracas des vagues et la frange fragile de l'écume. »

Quand j'eus terminé, Sam approuva :

— Je savais que tu trouverais quoi dire, Soc. Le sénateur aurait aimé, Maggie aussi.

Maggie aurait *plus* qu'aimé. L'idée que ses cendres soient dispersées en mer depuis un bateau de pêche et sur les vers d'un poème d'Homère l'aurait fait hurler de rire.

Sam fixait pensivement le reflet du soleil sur les vagues.

— Ça fait réfléchir, hein ?

— Réfléchir à quoi ?

— Sais pas. Ça fait réfléchir, c'est tout, répondit-il d'un air énigmatique.

Sam était un Yankee. Il montrait rarement ses émotions, mais c'était un sensible.

Il remit sa casquette sur sa tête et abaissa la visière pratiquement jusqu'à son nez.

— Il est temps de laisser Maggie reposer. Tiens-toi contre le vent quand tu la renverseras. Lorsque Pokie Eldrige a dispersé les cendres de sa femme Helen dans le port, près du phare, il était tellement saoul qu'il les a jetées face au vent.

Tout lui est revenu en pleine gueule et il était persuadé qu'Helen l'avait fait exprès.

Un large sourire s'épanouit sur le visage buriné de Sam. Il ajouta :

— Quand on sait comment Pokie a traité Helen, je pense qu'il avait peut-être raison.

Je vérifiai la direction du vent, puis renversai la boîte par-dessus bord. Une traînée grise s'écoula, se dispersa dans la brise et saupoudra les flots. Je finis par déclarer :

— Dormez bien, Maggie, laissez-vous porter par le souffle du vent d'ouest.

— Au revoir, Maggie, dit Sam. Vous allez nous manquer.

Enfin, je tapai sur la boîte pour la vider complètement.

— Voilà.

— C'était vraiment bien. Promets-moi de faire la même chose pour moi.

— Mon Dieu, Sam, c'est toi qui disperseras mes cendres dans la mer. Cependant, souviens-toi d'une chose.

— De quoi, Soc ?

— Ne te mets pas vent arrière.

Sam me jeta un regard noir et partit en traînant les pieds jusqu'à la timonerie. Une minute plus tard le moteur vrombissait, la coque de métal virait, et l'avant pointa en direction du chenal. Il était presque 11 heures lorsque Sam diminua la vitesse du *Millie D* et manœuvra délicatement pour placer le chalutier le long de la jetée Sud. J'admirai son assurance et son adresse que je n'avais jamais pu égaler. Nous amarrâmes le bateau et regagnâmes le parking.

Une Lincoln noire était garée près de nos camionnettes. Un bref coup de klaxon. La portière du conducteur s'ouvrit sur deux jambes appareillées de prothèses orthopédiques suivies de l'impressionnante carrure du sénateur Alan Eaton. Le sénateur se souleva et se redressa en s'agrippant à deux béquilles d'aluminium. Il s'avançait vers nous à grandes enjambées comme si la perte de ses jambes n'était pas un handicap.

— Bonjour, sénateur, lui dit Sam.

— Bonjour, Sam. Bonjour, Soc.

Nous nous serrâmes la main. Sam ajouta :

— Eh bien, Maggie repose en paix.

Le sénateur eut un sourire triste.

— Je vous ai observés de la maison. C'est exactement l'endroit où elle voulait que ses cendres soient dispersées. Merci à vous deux.

Sam acquiesça.

— Nous avons prononcé quelques mots. Soc, dis à Alan ce que tu as récité.

L'éloge d'un défunt perd de sa grandeur sur le parking d'un marché aux poissons, mais comme le sénateur avait l'air d'y tenir, je décidai d'ignorer les camionnettes et les poids lourds et répétai les vers d'Homère que j'avais récités.

Le sénateur Eaton saisit ma main et la serra avec force.

— Merci, Soc. Je vous suis très reconnaissant. Maggie l'aurait été aussi.

— J'étais heureux de le faire, dit Sam. En souvenir de toutes les soirées que Millie et moi avons passées chez vous. Maggie nous manquera beaucoup.

— A moi aussi, ajouta Eaton, à moi aussi.

L'amitié entre le puissant sénateur démocrate de New York, et le Républicain de Cape Cod, convaincu et intègre, remontait à l'époque où Sam possédait un petit bateau de pêche. Alan Eaton, jeune membre du Congrès, venait d'arriver de Manhattan et fut l'un de ses premiers clients. Margaret Eaton et Mildred, l'épouse de Sam, partageaient leur solitude de femmes de pêcheurs. Grâce à leur grand sens de l'humour et à une passion immodérée pour le bridge, elles supportaient la forte personnalité de leurs époux.

Maintenant, les cheveux roux du sénateur tiraient sur le gris et son visage taillé à la serpe aurait été à sa place sur la paroi du Mont Rushmore si le sort n'en avait décidé autrement. Cette maladie dégénérative qui aurait pu briser sa carrière avait seulement ralenti son ascension au Sénat. Il y serait arrivé même si on avait dû le porter, les pieds devant. Pourtant, l'année dernière, lorsqu'on avait diagnostiqué un cancer du sein chez Maggie, il avait décidé de mettre sa carrière entre parenthèses et de rester auprès d'elle, dans leur maison de Cape Cod. Et c'est là que Maggie était morte.

— Au retour, Soc et moi avons discuté, dit Sam. Vous devriez venir pêcher sur le *Millie D.* On pourrait l'équiper pour que vous vous déplaciez facilement, et on attraperait des poissons comme au bon vieux temps.

Je n'entendis pas la réponse d'Eaton car Joe Lombard, un étudiant de Princeton qui travaillait l'été au port, était en train de hurler mon nom. Je m'excusai et me dirigeai vers les bureaux.

— Soc, un certain Flagg vous a appelé, me dit Joe.

Il prit sur le bureau une feuille de papier et me la colla sous le nez. Le message disait : « Rendez-vous à une heure aujourd'hui au *powwow*. * »

— Quand a-t-il appelé ? demandai-je à Joe.

— Il y a environ une demi-heure. Vous étiez sorti avec Sam. Je lui ai dit que vous alliez bientôt rentrer et il a insisté pour savoir si je pouvais vous joindre. Non, en fait, il m'a *dit* de vous donner le message et il s'est assuré que j'avais bien compris. Il me l'a fait répéter trois fois. Vous devez du fric à ce type, Soc ?

Joe se sentait humilié d'avoir été pris pour un idiot comme seul un membre d'une université prestigieuse pouvait l'être. J'aurais pu lui expliquer que John Flagg faisait un métier où le manque de précision pouvait être dramatique. Au lieu de cela, je le remerciai, fourrai le message dans ma poche et retournai à ma camionnette.

Sam et Eaton étaient toujours en pleine discussion. Ils étaient convenus d'aller chez Sam déjeuner et faire une partie de cartes. Ils me proposèrent de les accompagner. Je m'excusai en promettant d'appeler Sam pour mettre au point notre

* Powwow : assemblée organisée par des Indiens. (N.d.T.)

journée de pêche du lendemain. Je présentai une dernière fois mes condoléances au sénateur et remontai dans ma camionnette. Je démarrai sans trop de difficulté et roulai vers le Nord sur la route 28 qui longe la côte de Pleasant Bay, puis je pris la route des marais. Le chemin de terre s'arrêtait devant un hangar qui tenait debout on ne savait par quel miracle.

Les habitants de Cape Cod qui vivent au bord de l'eau donnent souvent à leur maison des noms aussi surprenants que *Enfin* ou *Je ne cherche plus.* Je n'ai jamais pu me résoudre à graver *Tropfauchépourréparer* sur un bout de bois. Je l'appelle donc tout simplement le *Hangar à Bateaux.* Aujourd'hui, bien qu'il ait résisté à toutes les tempêtes depuis sa construction, le bâtiment serait recalé à tous les contrôles de sécurité.

Je me promenai sur la terrasse et jetai un coup d'œil à la baie : un étroit bras de mer séparé de l'océan Atlantique par une fragile barrière de sable allant du nord au sud. Une boule noire et poilue se précipita vers moi pour se frotter contre mes jambes.

Kojak est un énorme chat noir qui vient du Maine, unique fruit de l'union d'un félin et d'un raton laveur éperdu d'amour ou sacrément myope. A passer le plus clair de son temps à regarder voler les papillons, il est devenu gras et le vétérinaire l'a mis au régime. Il me suivit dans la cuisine et je déposai une sorte de bouillie dans son assiette. Il eut le même regard devant sa nourriture qu'un gamin devant une assiette d'épinards. Je me servis un jus de framboise puis remontai sur la terrasse.

Il faisait beau, de nombreux bateaux de plaisance naviguaient dans la baie. Des canots à moteur passaient et repassaient, gâchant des litres et des litres d'essence, à seule fin de terroriser les bateaux de pêche. Je relus le message de Flagg. Si à cet instant j'avais eu un peu de bon sens, j'aurais déchiré le papier en mille morceaux et accusé cet horrible Joe Lombard de ne pas me l'avoir remis. Je n'étais pas dupe. J'avais à peu près autant de chances d'échapper à Flagg que de réussir à apprendre les bonnes manières aux cow-boys chevauchant leur canot à moteur.

Le message de Flagg ne donnait aucun détail, mais je ne connaissais qu'un seul powwow, celui des Indiens Wampanoag de la ville de Mashpee, qui, chaque année, à l'autre bout du Cap, se rassemblent pour danser et jouer du tambour. Les gens qui comme moi habitent ici toute l'année évitent la foule estivale et ne participent jamais à ces réunions. Flagg est un Wampanoag de Martha Vineyard qui a redécouvert ses origines culturelles avec la délectation d'un Pentecôtiste, et qui devient vraiment rasoir quand il évoque ses racines d'Amérindien. Mais de là à l'imaginer au milieu d'une foule de touristes !

Avec Flagg, on peut s'attendre à tout, mais être assuré d'une chose : les problèmes se cramponnaient à lui comme les tiques sur un chien.

Cette fois, je me faisais peut-être du souci pour rien. Après tout, que pouvait-il se passer dans une petite assemblée d'Indiens sympathiques ?

Plus tard, en repensant à cet instant, je me dirais que le général Custer devait être dans le même état d'esprit en regagnant Little Big Horn à cheval.

3

UNE FEMME AUX JOUES ROUGES et ridées me soutira un droit d'entrée, appliqua un coup de tampon sur ma main et, retirant la chaîne, me laissa pénétrer sur le terrain de base-ball. Un écriteau annonçait : POWWOW ANNUEL DES WAMPANOAGS.

A l'entrée, on pouvait acheter des badges et des autocollants sur lesquels était inscrit : « Christophe Colomb n'était pas le premier. » Aucun descendant de pionniers ne les achetait. Diverses boutiques regorgeaient de bijoux en argent et turquoise, de poteries, de fourrures, de perles et de cassettes de musique country.

Caravanes et voitures s'entassaient sur un parking, derrière les baraquements. Les plaques d'immatriculation témoignaient que tous les Etats du Nord-Est, et parfois du Sud-Ouest, comme le Nouveau-Mexique et l'Arizona, étaient représentés.

Le roulement des tambours m'attira vers une partie du terrain clos par des cordes. Des danseurs vêtus de plumes, de pagnes et de peaux de daim, formaient un grand cercle. Ils se déplaçaient lentement dans le sens inverse des aiguilles d'une montre. Une vieille femme toute ridée guidait les pas d'une petite fille vêtue d'une robe indienne. Une douzaine de jeunes gens étaient assis sur le sol autour de deux tam-tams gros comme une baignoire. Ils tapaient et chantaient « Hi-yeh, Hi-yah ».

Le roulement des tambours et les chants s'arrêtèrent brusquement. Une jeune femme couleur café au lait s'approcha d'un micro. Elle était vêtue d'une lourde robe de perles et ses cheveux foncés, nattés et décorés de plumes pendaient jusqu'à sa taille fine.

La jeune femme chanta quelques vieilles rengaines d'une voix douce. Elle imita ensuite le ululement d'un rapace, expliqua les chants indiens, puis termina avec un hurlement de loup qui aurait fait frémir le chasseur le plus téméraire. En même temps que l'écho faiblissait, elle pointa un doigt vers le ciel : comme un ange noir, une ombre glissait, silencieuse, au-dessus des arbres.

— Regardez au-dessus de vos têtes et voyez qui est venu nous voir, hurla la femme-loup. Le Grand Esprit nous donne sa bénédiction.

De la foule monta un chœur de « Oh » et de « Ah ». L'oiseau, un aigle à tête blanche, tournoya plusieurs fois et disparut vers l'est.

La femme-loup passa le micro au chef de la tribu wampanoag. Il salua la foule et présenta la « Princesse du Powwow », une jeune adolescente au visage très doux. Deux adorables petites filles attaquèrent une danse syncopée, plus rythmique qu'artistique. Puis tout le monde les rejoignit, même quelques touristes intrépides.

Quelqu'un me tapa sur l'épaule.

— M'accorderez-vous cette danse ?

Je me retournai et découvris mon visage déformé dans les verres argentés d'une paire de lunettes d'aviateur. Sur ses cheveux noirs qu'il portait un peu longs et qui couvraient ses oreilles, Flagg avait posé une casquette à l'emblème des Washington Redskins d'une taille trop petite pour sa tête.

— C'est un peu trop rapide pour moi. Si je leur demande gentiment, peut-être accepteront-ils de jouer un fox-trot.

— N'y compte pas trop, me répondit Flagg en souriant.

Nous nous serrâmes la main.

— Je commençais à me demander si je ne m'étais pas trompé de powwow.

— Je savais que tu trouverais. (Il désigna le ciel du doigt.) Que penses-tu de l'aigle ?

Je manifestai un certain scepticisme.

— C'est trop bien calculé pour que ce soit le hasard. C'est peut-être un cerf-volant ou quelqu'un utilisant une télécommande ?

— Je n'y croyais pas non plus, mais chaque année il revient au même moment. C'est sans doute le Grand Esprit qui nous bénit.

— C'est surtout l'heure du déjeuner. Et si tu me bénissais avec de l'authentique cuisine indienne ?

Nous passâmes devant des baraques et des cantines roulantes.

— Choisis. Il y a des hamburgers au bison, des steaks de chevreuil, des patates sautées, des frites indiennes. Il y a de la soupe aux palourdes, de la tarte aux clams et des ailes de poulets épicées.

— Je ne savais pas que les ailes de poulets épicées étaient une recette wampanoag.

— C'est une recette navajo.

— J'espère ne pas te vexer en prenant un hot dog.

— Pas du tout. C'est une invention choctaw.

Il commanda deux hot dogs et deux Cocas. Nous ajoutâmes de la moutarde, des cornichons et de l'oignon, et nous nous installâmes à une table aussi collante que du papier tue-mouches.

Flagg portait toujours un costume bleu marine et des chaussures impeccablement cirées. Mais aujourd'hui il était vêtu d'un jean, d'un T-shirt orange, et avait chaussé de vieux mocassins. Taillé à coups de serpe, le torse large, les hanches étroites et les jambes courtes et puissantes, Flagg donnait l'impression de pouvoir sauter d'un avion sans parachute et d'atterrir sain et sauf sur ses pieds.

Il mangeait pensivement son hot dog. Quand il eut terminé, il ôta ses lunettes de soleil.

— J'ai un ami qui a des ennuis, les flics pensent qu'il a tué quelqu'un.

— Ouais, c'est ce qu'on appelle des ennuis. Est-ce que je le connais ?

— Aucune chance. Il s'appelle Joe Quint. Il vient de la tribu Narragansett de Rhode Island. Nous étions au Vietnam ensemble, dans les paras.

— C'était avant notre rencontre à Quang Tri ?

Il acquiesça.

— J'ai rencontré Joe lors d'une mission près de la frontière cambodgienne. On s'est souvent demandé pourquoi une paire de Peaux Rouges comme nous se battait au côté de la cavalerie, et nous sommes devenus copains. Ensuite, il a été blessé dans une embuscade et on a dû le rapatrier. Quelques mois plus tard, j'ai quitté la division, et tu connais la suite.

La « suite », c'était l'Opération Phœnix. Quand je l'ai rencontré dans un bar de la ville de Quang Tri, Flagg faisait partie d'un groupe qui poursuivait les insurgés dans la clandestinité.

— Pourquoi ce monsieur Quint s'est-il retrouvé accusé de meurtre ?

— Laisse-moi d'abord te briefer. Après le Vietnam, Joe est allé à l'université pour faire son droit. Moi, j'ai rejoint les fédéraux. On se donnait des nouvelles de temps en temps. J'entendais surtout parler de lui dans les journaux. Joe s'est impliqué dans la défense des Indiens d'Amérique. Il y a une semaine, il m'a appelé pour me signaler qu'il aurait peut-être besoin d'un coup de main. Il était sur un gros truc.

— Qu'est-ce que c'était ?

— Il faut que tu saches que Joe agit toujours en solo. C'est d'ailleurs comme ça qu'il s'est fait blesser au Vietnam. Il m'a dit qu'il me ferait signe. Quelques jours après, il était dans le pétrin. As-tu entendu parler de ce crime à la plantation de Plimoth ?

— J'ai passé mon temps à pêcher. Je n'ai pas lu les journaux.

— Un employé de la plantation a été assassiné. Tué avec un tomahawk.

Les paupières à demi fermées, Flagg fit une grimace et ajouta :

— Les flics sont persuadés que c'est le boulot d'un Indien hostile.

— Ton copain Quint ?

Il fit signe que oui.

— Pourquoi lui ? Il y a forcément une autre raison que ce tomahawk ?

— Joe a une grande gueule. C'est un véritable emmerdeur et il crée des problèmes dans Plymouth. On l'a vu à la télé, en face du Plymouth Rock et de la réplique du *Mayflower*, en train d'expliquer que les Indiens se sont encore fait avoir.

— J'attends toujours la clé de l'histoire.

— Voilà. Les flics disent qu'ils ont établi un lien entre Joe et l'arme du crime.

— Tu peux t'arrêter là.

— Il y a pire. Ils ont pu localiser Joe sur les lieux du crime.

— Difficile de faire mieux, Flagg. Je lui conseille d'engager le meilleur avocat qui existe, de plaider coupable d'homicide et de s'en remettre à la Cour.

— Je lui aurais donné le même conseil, mais il y a un hic.

— Tu penses que Joe est innocent.

— Ce n'est pas le genre de type à faire un truc pareil.

— Ce que tu penses, ou ce que je pense ne change rien. L'important, c'est ce que pense la loi.

— Tu as raison. C'est pour cela que je t'ai appelé. Je veux que tu fourres ton nez là-dedans. Si je m'en occupe et que je pose des questions, les gens vont rapidement savoir qui je suis, ce que je fais, et mes patrons n'aimeront pas ça.

Flagg m'avait à maintes reprises tiré d'affaire et je lui avais toujours renvoyé l'ascenseur. Je ne savais pas où nous en étions aujourd'hui et cela n'avait aucune importance. Flagg avait besoin de moi et je répondais présent.

— Aucun problème, j'en ai justement assez de regarder des poissons morts.

— Heureux de te l'entendre dire. Ça compte beaucoup pour moi.

— Je comprends. Toi et Quint vous êtes frères de sang en somme, unis par la guerre.

— Quelque chose de ce genre. Il m'a sauvé la vie plus d'une fois. Je lui dois bien ça.

Je mâchouillai un glaçon.

— Je risque de tomber sur des trucs qui ne te plairont pas, Flagg.

— Je sais. Tu découvriras peut-être que Joe est coupable. Je suis dans ce boulot depuis trop longtemps et je ne m'étonne plus de rien. Mais, je te l'ai déjà dit, je n'y crois pas. Merci quand même de me préparer à un atterrissage difficile.

— OK, vieux, tu le connais mieux que moi. Je vais lui parler. Est-il en taule ou en liberté sous caution ?

— Ni l'un ni l'autre. Il a fait une connerie. Quand les flics ont commencé à le chercher, il s'est enfui.

J'émis un petit sifflement.

— Tu as raison, c'est vraiment con.

— Il le sait et maintenant il a l'intention de se rendre.

— Tu sais où il est ?

— Oui. Assis dans ma voiture.

Flagg remit ses lunettes.

— Viens, je vais te présenter.

Nous jetâmes les assiettes en papier et les serviettes dans une poubelle et traversâmes le champ. Les gosses continuaient à taper sur les tam-tams et les danseurs frappaient du pied autour du cercle.

— Il y a autre chose, me précisa Flagg sur le chemin du parking. Joe n'est pas quelqu'un de facile. Il s'énerve très vite dès qu'on aborde le sujet des Amérindiens. Il essaie de se faire passer pour un dur, mais il est intelligent. Tu feras la part des choses.

— Je serai un ange de patience, Flagg.

— Ouais fit-il diplomatiquement. Ma voiture est un peu plus loin.

Nous coupâmes derrière une immense tente ouverte sur le devant.

Je croisai un type à la carrure impressionnante. Il se déplaçait lentement et bizarrement, comme s'il marchait sur des œufs. Sa bouche était pincée et il fixait quelque chose que je ne pouvais pas voir. Il portait les mêmes lunettes de soleil que Flagg, mais c'était surtout son blouson qui avait attiré mon attention. On ne porte pas un caban pareil quand il fait plus de trente degrés.

Je me retournai et le suivis jusqu'au coin de la baraque. Il s'arrêta, glissa le bras vers l'arrière de sa veste et à deux mains dégaina un revolver. Je le vis plier les genoux et viser, l'arme pointée sur un homme qui courait vers les bois, à environ cent mètres de là.

En trois grandes enjambées je fus sur lui et le plaquai au sol. Ma technique n'avait rien à voir avec celle de l'équipe nationale de football américain. Le type était solide comme un roc et il prit son temps pour tomber. J'atterris sur lui et essayai sans succès de saisir son revolver. Il agita son bras comme quelqu'un qui hèle un taxi. Nous n'étions plus qu'une masse vociférante de genoux, de coudes, d'épaules.

Le revolver s'approcha de ma tête. La gueule semblait assez large pour contenir un boulet de canon. Ce n'était pas le moment de faire le mariole. Je plantai mes dents dans le poignet qui le prolongeait et aussitôt les doigts se relâchèrent. Le revolver tomba par terre et je le repoussai du pied. Autour de nous les gens hurlaient. Moi aussi sans doute.

Me débarrasser de l'arme n'était pas forcément une bonne idée. Maintenant le type avait les deux mains libres et essayait de s'en rapprocher. Je plongeai sur son dos. Un coude écrasa mes côtes. Je luttai pour ne pas vomir, repliai mes jambes, mis mes mains sous son menton et tirai de toutes mes forces. Avec ses ongles, il essaya de me balafrer le visage et je lui expédiai un genou dans le dos. Dans une seconde, il crierait grâce.

Je suis connu pour vendre la peau de l'ours avant de l'avoir tué. C'est un défaut qui remonte à l'époque où j'étais dans l'armée. Les Marines ont toujours l'impression de tout contrôler. J'aurais dû me souvenir que les flics n'abandonnent jamais.

Cela m'aurait permis d'éviter qu'une massue me dégringole sur la tête.

4

MES YEUX ARRÊTÈRENT DE TOURNER comme des boules de loto et les traits flous de la femme-loup reprirent un aspect normal.

— Ça va ? demanda-t-elle, l'air désolé.

Ma tête reposait sur ses hanches douces, et les franges de sa robe me chatouillaient le nez. Je me redressai lentement. Les oiseaux gazouillaient au-dessus de ma tête et j'avais l'impression qu'une centaine de poignards me perforaient l'estomac.

Les gens faisaient cercle autour de nous et je compris que j'avais volé la vedette aux danseuses. Dans la foule, je repérai Flagg qui discutait avec le type que j'avais attaqué. Ils avaient l'air de bons copains, ce que je trouvai extrêmement contrariant.

Je voulus l'appeler, mais j'avais l'impression d'être une grenouille asthmatique chantant *La Traviata*. Flagg m'entendit quand même, s'approcha et s'agenouilla près de moi. La femme-loup vérifia que je ne retombais pas, puis alla bavarder sous la tente avec des gens.

— Ça va aller, Soc ? demanda Flagg.

J'avais l'impression d'avoir servi de punching-ball. Cependant les douleurs n'étaient rien, très supportables comparées à la colère qui grondait en moi.

— Pourquoi ce tas d'ordures n'est pas en taule ? demandai-je.

L'homme soutint mon regard. Puis il dit quelque chose à un type qui se trouvait sous l'auvent. Je ne possède pas le don de lire sur les lèvres, mais je devinai qu'il n'était pas en train de réciter un poème en mon honneur.

— Il faut qu'on parle, mon vieux. Peux-tu te lever ? demanda Flagg.

— Ouais. Montre-moi simplement le chemin.

Je dus m'agripper à lui. Lorsqu'il vit que j'étais debout, l'homme s'approcha. Je serrai les poings et les brandis dans sa direction. Ses yeux verts brillèrent, mais il s'arrêta hors de portée.

Flagg s'interposa entre nous comme l'aurait fait l'arbitre dans un match de boxe. D'un regard ferme, il me fit comprendre que je devais la boucler.

— Soc, je voudrais te présenter Stanley Rourke. Rourke est un agent du FBI.

A cette seconde, Stanley Rourke m'avait l'air de tout sauf d'un agent du FBI, avec ses vêtements couverts d'herbe et de boue, ses cheveux roux hirsutes et sa moustache plus haute d'un côté que de l'autre. Il se frottait la main droite à l'endroit où je l'avais mordu.

— Du FBI ? (Je peux parfois avoir le sens de la repartie.)

— Exact, grogna Rourke. Du FBI.

— Qu'est-ce qu'un agent du FBI vient foutre avec son flingue dans une réunion de famille ?

— Je poursuivais un suspect, répondit-il d'un ton sec. Et je l'aurais attrapé si ce connard n'était pas intervenu.

— Ecoutez, Rourke, c'est une regrettable erreur, lui dit Flagg.

J'ouvris la bouche et criai :

— Merde, Flagg, ce n'est pas une erreur. Ce type a sorti son flingue. Il n'a ni insigne ni uniforme et n'a fait aucune sommation préalable.

Rourke s'avança, fou de rage.

— Espèce d'enfoiré, tu as de la chance que je ne t'arrête pas pour insulte à officier fédéral et entrave à la justice.

Je contemplai avec satisfaction l'empreinte de mes dents sur sa main.

— Tu as de la chance, je n'ai pas la rage.

Flagg m'attrapa par l'épaule, me poussa vers la baraque en m'ordonnant de ne pas bouger et de la fermer. Il rejoignit Rourke et ils reprirent leur conversation. Rourke grimaçait, gesticulait et me montrait le poing pendant que Flagg écoutait, impassible.

La foule s'était maintenant éloignée. La femme-loup, postée à quelques mètres de moi, me tendit ma casquette des Rex Sox.

— Je l'ai trouvée. Je crois que c'est à vous.

J'enlevai méticuleusement les brins d'herbe, la terre, et la remis avec soin sur ma tête.

Avec ses lèvres pleines et sa peau café au lait, la femme-loup ressemblait à ces créatures exotiques des mers du Sud que peignait Gauguin.

— Merci, lui dis-je. Comment vous êtes-vous retrouvée au milieu de tout ça ?

— Je me dirigeais vers la tente quand je vous ai vu vous battre avec l'autre... gentleman. Puis son ami vous a frappé et vous êtes resté allongé là. Je ne suis pas infirmière, mais le moins que je pouvais faire c'était de vous soulever la tête.

Flagg revenait, un sourire de regret aux lèvres.

— Dois-je faire mes bagages pour la taule ?

— Pour cette fois, tu es tiré d'affaire. Je lui ai exhibé toutes mes cartes d'identité jusqu'à ce qu'il y en ait une qui l'impressionne.

— Merveilleux ! Je suis ravi que tu aies eu l'occasion de jouer les fédéraux. Raconte-moi ce qui s'est passé. J'ai fait une petite sieste et j'ai manqué une partie de l'histoire.

— Je récapitule. Joe attendait dans le parking. Il a repéré ces types et compris que c'étaient des flics. Alors il s'est enfui. Rourke et l'autre fédé l'ont vu se tailler vers les bois.

Rourke dit qu'il s'apprêtait à tirer un coup de semonce quand tu es intervenu. Pendant que tu lui mordais la main, son collègue est arrivé et t'a assommé.

— Pourquoi traînent-ils encore ici ? Ils devraient être dans les bois à traquer ton copain.

— Bon Dieu, Soc, ce n'est que le premier acte. Joe fait vraiment chier ces types. Pendant que Rourke et toi faisiez connaissance, Joe s'est rendu à un flic qui réglait la circulation.

— J'aurais économisé quelques comprimés d'aspirine s'il avait fait ça dès le début.

— Tu peux oublier ce que je t'ai demandé, Soc. Cette histoire avec le FBI complique les choses.

Je me retournai. La femme-loup était partie et j'avais oublié de lui demander son nom. Flagg attendait une réponse et je ne pouvais lui en donner qu'une.

5

KOJAK BONDIT SUR LA TABLE BASSE de la terrasse, étalant ses huit kilos de fourrure noire. Il ne prêta aucune attention au dossier que je lisais. Je l'observai quelques secondes et me demandai si je ne devrais pas l'échanger contre une paire de cochons bien dodus, puis j'allai à la cuisine ajouter un peu de thon à sa pâtée. En entendant le bruit de l'ouvre-boîte, il se précipita pour renifler sa gamelle. J'attrapai une canette de bière dans le frigo et retournai sur la terrasse me replonger dans le récit de la vie de Joe Quint.

Flagg m'avait confié le dossier avant de partir Dieu sait où. Il s'absentait quelques jours pour affaires, et avait griffonné le numéro de téléphone où je pouvais le joindre. En dernière minute, il me conseilla de ne mordre aucun agent du FBI avant de m'être fait vacciner contre la rage.

Le dossier se lisait comme un roman d'aventures. Quint avait parcouru plus de chemin que le Dernier des Mohicans. Né à Charlestown, en Rhode Island, il avait été appelé sous les drapeaux et s'était engagé dans les paras. Après des études à l'université de Bristol, et un diplôme de l'université de Suffolk à Boston, il avait commencé à représenter les réserves indiennes de l'Ouest et du Sud-Ouest. Il travaillait en collaboration avec le Bureau des Affaires indiennes, flirtait avec le

Mouvement radical indien et, de temps en temps, franchissait la ligne qui séparait le juridique pur de la politique.

Quint entretenait très habilement sa popularité. J'avais justement sous les yeux un article du *Boston Globe* qui relatait comment Quint avait empêché la ville de Boston de transformer un ancien cimetière indien en champs d'épandage. Il avait organisé une « Marche de la mort » le long de la route que la tribu Mahheconneuk avait empruntée quand les colons les avaient expulsés de leur terre, en 1675, pour les parquer dans des réserves.

« Ce furent les premiers camps de concentration et le début de l'holocauste indien. »

Je passai à un autre article. Pour fêter le Columbus Day *, Quint avait participé à l'organisation d'une fête qui se déroulait à l'Esplanade, le petit parc qui borde la rivière Charles près du kiosque à musique où joue le Boston Pops. Cet endroit est un hommage à l'homme blanc. De multiples concerts du 4 Juillet s'y déroulent, et le fantôme d'Arthur Fiedler le fréquente. Partout étaient placardées des affiches célébrant la découverte. Quint voua au diable les historiens qui disaient que Colomb avait découvert l'Amérique.

« Si les membres de la tribu Micmac du Maine avaient eu des canoës capables de traverser l'Atlantique jusqu'en Europe, pourraient-ils affirmer *avoir découvert* l'Angleterre ou l'Espagne ? Colomb était cruel et cupide, disait Quint, et la violence contre les Amérindiens continue encore aujourd'hui. »

Il y avait bien un cliché de Quint debout sur la scène du Hatch Shell au milieu d'un groupe, mais son large chapeau de cow-boy et ses lunettes de soleil empêchaient de voir à quoi il ressemblait.

Partout, dès que les Indiens défendaient leur cause, Quint était présent. Médiateur dans l'Etat de New York quand les

* Jour commémoratif de la découverte de l'Amérique par Colomb, le 12 octobre 1452. (N.d.T.)

flics voulurent empêcher les Senecas de vendre les cigarettes hors taxes. En coulisse dans l'affaire des casinos, lorsque plusieurs personnes trouvèrent la mort dans un attentat perpétré par les Mohawks. Sur les barricades, en Arizona, aux côtés des Apaches qui bloquaient les routes pour empêcher les flics de saisir les machines à sous dans leur réserve.

N'avait-il pas clamé : « Aimeriez-vous que quelqu'un fasse irruption chez vous pour embarquer votre télé et votre magnétoscope sous prétexte qu'ils sont illégaux ? »

De plus, Quint faisait partie de l'équipe juridique qui, au nom des Abenakis, revendiquait auprès de la cour fédérale un tiers de la Nouvelle-Angleterre. Il empêcha l'installation d'un site nucléaire près d'une réserve dans le Minnesota. Il se trouva au cœur d'une bataille juridique concernant le droit de pêche des Sioux. Chaque fois qu'il y avait un conflit entre Indiens et Blancs, on pouvait parier que Quint y participait. Je me demandais comment il avait réussi à glisser un meurtre dans un emploi du temps aussi chargé : il avait à peine le temps d'avaler un sandwich.

J'observai un héron bleu qui planait gracieusement au-dessus des marais en direction de la baie. Puis, je saisis mon portable et appelai les renseignements pour obtenir le numéro du commissariat de Plymouth.

Dans les petites juridictions d'Etats, la plupart des enquêtes criminelles sont gérées par l'UCPC (l'Unité de Contrôle de la Prévention Criminelle). Les fédés me conseillèrent de m'adresser au lieutenant Bacudas, du bureau du procureur du comté de Plymouth, à Brockton. Cette ville proche de Boston, spécialisée dans la fabrication des chaussures, est le chef-lieu du comté.

Quelques minutes plus tard je réussis à joindre le lieutenant. Je lui expliquai que j'enquêtais – comme privé – sur l'affaire Joe Quint et lui demandai de me recevoir.

Il consulta son agenda.

— Etes-vous libre demain pour déjeuner ?

Je l'étais.

— Je serai à Plymouth. Près du ponton de surveillance, il y a un petit troquet où l'on peut se faire servir d'excellents fruits de mer à emporter. Pouvez-vous m'y rejoindre à midi ?

— J'y serai.

J'entendis des pneus crisser bruyamment sur mon allée de coquillages. La semaine précédente, j'avais déversé à cet endroit un camion entier de coquilles de palourdes qui n'étaient pas encore totalement écrasées. Je reposai le téléphone et me dirigeai à l'avant de la maison. J'aperçus le sénateur Alan Eaton qui s'extrayait de sa voiture. Les béquilles s'accrochaient à la surface raboteuse. J'attendis tranquillement qu'il arrive jusqu'à moi, car il aurait considéré comme une offense toute tentative pour l'aider.

— Merde, hurla-t-il, heureusement que ce n'est pas un bâtiment public. Vous seriez obligé de construire une rampe d'accès pour handicapés.

Je bredouillai de vagues excuses, mais m'arrêtai net en voyant le large sourire sur son visage buriné. Je lui tins la porte et lui proposai une bière sur la terrasse. Il acquiesça. Je pris donc deux canettes dans le frigo et le rejoignis.

— J'espère ne pas vous avoir interrompu dans votre travail ?

— Aucun problème, j'avais juste terminé.

— Parfait. Ce n'est pas bon de trop travailler. Vous n'allez plus pêcher ?

— Un boulot de privé à régler. A propos, je dois appeler Sam, je ne vais pas pouvoir pêcher avec lui pendant deux ou trois jours.

Eaton éclata de rire.

— Avec ses gains, le jeune Sam peut envisager une retraite confortable. Il m'a lessivé aujourd'hui.

— Il y a longtemps que j'ai cessé de taper le carton avec lui. Il me piquait tout mon fric. Pour faire fortune, je rêverais de constituer une coopérative pour financer Sam au jeu. Seriez-vous intéressé, sénateur ?

— Naturellement, Soc. En fait, je suis passé vous dire au

revoir. Je serai de retour dans deux semaines. D'ailleurs, Sam pense que la pêche sera plus favorable à cette époque.

Pendant une heure, nous échangeâmes des histoires de pêcheurs. Nous discutâmes de leurres et de marées, de matériel de pêche et de bateaux, et de prises légendaires.

Quand Eaton jeta un coup d'œil sur sa montre, le soleil avait disparu derrière les arbres.

— Il faut que j'y aille. Je prends le dernier avion pour Washington ce soir.

Je le raccompagnai à sa voiture.

— Alors à dans deux semaines, sénateur.

Par la vitre du conducteur, il serra ma main affectueusement.

— Deux semaines, Soc. Autre chose. Je voulais encore vous remercier pour les mots que vous avez prononcés ce matin sur les cendres de Maggie. Cela compte énormément pour moi.

— Je l'aimais beaucoup.

— Je sais. S'il y a quoi que ce soit que je puisse faire pour vous, faites-le-moi savoir. Je parle sincèrement, Soc, téléphonez-moi.

— Je le ferai, sénateur.

Je me demandai ce que le président du Comité juridique au Sénat pourrait faire pour un pauvre pêcheur. Mais on ne sait jamais. Peut-être pourrait-il me faire engager par le FBI.

Après le départ du sénateur Eaton, j'appelai Sam pour lui annoncer que je ne pourrais pas aller pêcher avec lui à cause d'une affaire qui allait m'accaparer pendant quelques jours. Il me répondit qu'il demanderait au fils Nickerson de me remplacer. Sam et moi, on se comprend toujours.

Les gens se demandaient parfois pourquoi un pêcheur professionnel était également détective privé. D'habitude je restais assez vague là-dessus. Je répondais que les pieds plats d'un ex-flic avaient besoin de bottes en caoutchouc pour se reposer. Mais la vraie raison était beaucoup plus compliquée.

Ma mère dit toujours que du sang crétois coule dans mes

veines ; le sang de mon grand-père Nikos, un fermier sympathique qui, un jour, pour donner un coup de main à un voisin, s'est retrouvé à combattre avec acharnement l'armée d'occupation turque. Mam, elle, est bien plus sophistiquée qu'elle n'en a l'air. Quand elle m'a prénommé Aristote Platon Socarides, elle croyait encore que les gens étaient à la hauteur du nom qu'ils portaient. Cette vieille croyance explique pourquoi la Grèce est peuplée de petits bonshommes nerveux qui se nomment Héraclès, et de femmes sans beauté appelées Aphrodite. Heureusement, ma mère apprend vite : mon plus jeune frère s'appelle George.

Mam avait beaucoup d'influence sur moi : c'est elle qui m'a poussé à aller en fac pour étudier le latin et le grec. J'ai coupé le cordon ombilical en m'enrôlant dans les Marines, et je suis parti pour sauver le monde au Vietnam. J'aimerais pouvoir dire que le Vietnam m'a mûri, mais ça n'a réussi qu'à perturber un peu plus un esprit confus. Après ma démobilisation, je suis devenu flic à Boston, et j'ai rencontré Jennifer, une femme qui, avec beaucoup d'amour, m'a fait passer l'habitude de sursauter chaque fois qu'une voiture avait des ratés. Je semblais alors destiné au mariage et aux enfants, ce que Zorba appelle « la totale ».

Comme dit Sophocle : « Rien n'est plus étrange que le destin. » Un jour, des gamins drogués au volant d'une voiture volée brûlèrent un feu rouge. En une seconde, ma fiancée était morte et ma vie à tout jamais chavirée. Je me serais laissé mourir si je n'avais découvert – lors d'un week-end de pêche avec des types de la brigade des mœurs – ce hangar à bateaux. Je venais de verser le premier acompte avec l'argent mis de côté pour mon mariage, lorsque, grâce à ses appuis politiques, on libéra un jeune crétin que j'avais arrêté pour conduite en état d'ébriété. Je démissionnai sur-le-champ et allai m'installer ailleurs.

J'ai rencontré Sam au café d'Elsie. Il cherchait un matelot. Je n'avais aucune expérience mais de l'enthousiasme à revendre. Nous ne nous sommes plus quittés. Lui et sa femme

Mildred avaient eu un fils – tué à l'âge de vingt ans dans le delta du Mékong. Ils m'adoptèrent, en quelque sorte, ce qui montre qu'ils étaient simples et généreux.

Chaque année, j'envisage de ne pas renouveler ma licence de détective privé, et chaque année, pourtant, je retourne à la mairie. Je me dis que je le fais pour le fric, mais la plupart du temps les frais de licence me coûtent plus cher que ce que me rapportent mes honoraires. Parfois, je pense que cet accident de voiture qui a bouleversé ma vie est la vraie raison qui me pousse à jouer au flic. J'essaie encore de donner un sens à ce qui n'en a plus. Si être détective privé me permet d'aider quelqu'un qui a des ennuis, Jennifer ne sera pas morte pour rien. Ou alors, tout cela n'est que du raisonnement, et ma mère est dans le vrai : j'ai ça dans le sang.

Quand je ne pêche pas ou que je ne joue pas au détective, je fais de la plongée sous-marine. J'ai commencé au Vietnam pour me changer les idées et j'ai toujours gardé mon brevet. Les gens m'embauchent pour récupérer un hors-bord perdu ou pour inspecter la coque de leur bateau.

J'ai une amie fidèle, Sally Corlin, dont l'amitié continue à juste titre de m'étonner.

Sally travaille à l'Oceanus, un parc d'attractions aquatiques où elle dresse des dauphins. Elle a de beaux cheveux châtain clair, et des yeux à mi-chemin entre le bleu marine et le bleu lavande. Son seul défaut, malgré sa vive intelligence, est sa tendance à perdre son temps avec des types dépourvus d'intérêt, mais elle fait des progrès.

S'il fallait tracer un graphique de notre relation, la courbe ferait penser à des montagnes russes. Sally est le seul être humain capable de me supporter et de ne jamais critiquer ma façon de m'habiller. Elle ne se plaint que de ma cuisine quand elle lui donne mal à l'estomac. Certes, elle n'aime pas les risques de mon boulot de privé, mais elle se console en pensant que j'aide les gens dans le pétrin.

Il y a deux semaines, je lui ai posé un lapin. Elle était furieuse. J'avais pourtant une excellente raison : j'étais trop saoul pour conduire. Elle refusa d'admettre que j'aurais été un danger pour les autres et pour moi-même si j'avais pris le volant et, peu de temps après, m'annonça qu'elle partait pendant tout un week-end suivre une conférence sur les mammifères marins avec Mike, le costaud qui l'aide à dresser les dauphins. Depuis, nous ne nous sommes pas adressé la parole.

A part ça, je mène une vie assez pépère. Avec, de temps en temps, un petit événement qui vient troubler cette tranquillité. Par exemple un ouragan, ou le naufrage d'un bateau. Ou un coup de fil de John Flagg.

6

Un type solidement bâti, aux cheveux jaune paille, était assis seul à une table de ciment près de la jetée de Plymouth. Il lisait un journal. Je m'approchai et lui demandai s'il était bien le lieutenant Bacudas. Il me dévisagea de ses yeux bleu ciel qui semblaient trop vieux pour son visage poupin et son teint clair.

— Comment avez-vous deviné ?

— Des trucs de détective que j'ai appris quand j'étais flic à Boston. Premièrement, vous lisez un journal de Brockton où se trouve le bureau du procureur du comté de Plymouth. Deuxièmement, vous portez une cravate.

Lui montrant les autres tables, j'ajoutai :

— Et troisièmement, vous êtes, ici, la seule personne sans enfant.

Bacudas, s'obligeant à sourire, me serra la main et m'invita à m'asseoir.

— Heureusement que je ne suis pas en mission de surveillance, remarqua-t-il en me tendant un menu. Je vous recommande le sandwich au poisson. C'est moi qui invite. Un Coca ?

J'acquiesçai aussitôt, alléché par la délicieuse odeur qui arrivait de la cuisine. Pendant qu'il attendait les sandwichs au comptoir, je jetai un coup d'œil sur le classement des Red Sox : leurs fans ont beau être stoïques de nature, ils encaissent difficilement de voir leurs espoirs brisés chaque année, car depuis que l'équipe avait vendu Babe Ruth aux Yankees, elle baissait régulièrement. Je repoussai le journal en grognant et portai mon attention sur la jetée dont le spectacle était nettement plus agréable.

Plymouth, malgré le commerce des touristes, restait une ville de pêcheurs, active et authentique, avec ses bateaux, dont les filets de pêche battaient au vent. Les tracteurs attendaient pour transporter les poissons jusqu'au marché. Une odeur de diesel, de crustacés et de vieux poissons imprégnait l'atmosphère. Des gens faisaient la queue au guichet pour la pêche sous-marine ou les balades en mer proposant d'admirer les baleines. Les boutiques ne vendaient pas de vêtements à la dernière mode et à des prix exorbitants. Les restaurants ne baptisaient pas leurs sandwichs de noms de célébrités : sur les menus pas de « Capitaine Neptune : délicieux méli-mélo de thon, de gouda, de brie et de pousses de soja, le tout nappé de sauce *à la française* et servi sur une pâte croustillante... ».

Peu de temps après, Bacudas revint, portant un plateau en plastique sur lequel il y avait deux tranches de morue bien dorées posées sur des petits pains. Les habitants de la Nouvelle-Angleterre sont très stricts en ce qui concerne la fraîcheur du poisson : ils exigeraient presque que le poisson gigote encore au moment de le dévorer. Bacudas goûta son sandwich, eut un grognement satisfait, et essuya les traces de sauce tartare de sa moustache, si fine qu'elle était presque invisible.

— Mon Dieu ! s'exclama-t-il, pourquoi faut-il que les bonnes choses fassent toujours horriblement grossir ?

La première bouchée me brûla le palais ; un peu de Coca me soulagea. Le lieutenant guettait mes réactions comme si la réputation de sa mère dépendait de mon approbation.

— C'est assez frais pour vous ?

— Plus frais, je serais obligé de le tuer avec ma fourchette.

Rassuré, il dévora la moitié de son sandwich.

— Expliquez-moi, dit-il entre deux bouchées, comment vous vous êtes retrouvé impliqué dans l'affaire de Joe ?

— Un type que j'ai connu au Vietnam m'a demandé d'enquêter pour dégoter quelques éléments qui pourraient aider M. Quint.

— Sans vous offenser, dites à votre ami que, s'il veut vraiment aider Joe, il ferait mieux de bouffer son dossier.

— Vous êtes en train de m'expliquer que Joe Quint ne devrait pas faire de projets de voyage.

— Sauf s'il lui pousse des ailes ; on trouve partout ses empreintes et il faudrait qu'il entame une sacrée danse de la pluie pour les faire disparaître.

Pas mauvais comme métaphore pour un flic.

— C'est pour cette raison que je voulais vous rencontrer. Tout ce que je sais c'est que quelqu'un a été tué à la plantation de Plimoth et que Quint est le seul suspect.

Il approuva d'un signe de tête et termina son sandwich.

— Etes-vous déjà allé à la plantation ?

— Une fois, il y a des années, et encore pas longtemps parce que, ce jour-là, tous les écoliers du Massachusetts étaient en voyage d'études sur la propriété.

— C'est incroyable, reprit Bacudas en secouant la tête, les gens viennent du monde entier et dépensent un fric fou pour voir dans quel merdier vivaient les pionniers. Ils devraient écouter ma grand-mère. Quand j'étais gosse, elle ne cessait de rabâcher à quel point la vie était moche en Lituanie avant qu'ils n'arrivent ici en bateau.

Il rota.

— Vous souvenez-vous de la disposition de la plantation ?

— C'est vieux, mais je me souviens d'un fort avec des canons en haut de la colline, d'un vieux village construit sur la pente, et de poulets et de canards courant à l'intérieur des maisons.

— C'est bien cela. Donc, il y a environ une semaine, un dénommé Mike Woods décide de se rendre à la plantation pour exécuter quelques petits boulots de maintenance qu'il n'avait pas pu faire durant la journée ; il embrasse sa femme et lui annonce qu'il sera de retour vers 23 heures. A 23 heures 30, Mike n'est toujours pas rentré, elle pense qu'il s'est arrêté pour boire une bière. Mais, à 2 heures du matin, elle se réveille et constate qu'il n'est toujours pas là, elle s'inquiète et appelle les flics qui envoient une voiture à la plantation. Mauvaise nouvelle pour Mme Woods.

— M. Woods était mort.

— Tout ce qu'il y a de mort.

— La cause du décès ?

— Le médecin légiste a rapporté qu'il avait le crâne fendu en deux.

— Avec un tomahawk, c'est ça ?

— Ouais, c'est exact. Celui de la victime. Un peu à l'écart du village, quelques Indiens vivent dans des huttes, et donnent ainsi aux gens une idée des coutumes indiennes. Quelques Indiens wampanoag traînent par ici, ils fabriquent des canoës et cuisinent pour les touristes. Mike Woods s'est rendu là-bas un jour et a observé un type qui utilisait un tomahawk. Il s'est dit que ça pourrait lui rendre service dans son atelier.

— Vous avez interrogé l'Indien ?

— Ouais. Il m'a dit que Woods avait tellement admiré l'objet que finalement il le lui avait donné.

— Des empreintes dessus ?

— Non, elles ont été soigneusement effacées.

Je terminai mon sandwich et bus une gorgée de Coca.

— J'ai raté un épisode, lieutenant. Quel rapport avec Joe Quint ?

Bacudas regardait avec envie défiler les plateaux devant nous. Il me proposa un autre sandwich que je refusai en le remerciant, ce qui ne l'empêcha pas de s'en commander un, ainsi qu'un autre Coca à mon intention. En attendant que son sandwich refroidisse, il répondit à ma question :

— OK, je vais vous le dire, mais c'est sacrément embrouillé. D'abord, il faut revenir quelques semaines en arrière, quand Quint a débarqué en ville et a commencé à foutre le bordel en gueulant partout que les Blancs avaient toujours arnaqué les Indiens.

— Quint est réputé dans le pays pour être un Indien militant. Il a un talent certain pour attirer l'attention des foules.

— Je suis d'accord. Il sait sur quels boutons appuyer. Il s'est installé devant le Plymouth Rock et a harangué les touristes, leur disant qu'ils devraient rougir de ce symbole, selon lui, de l'oppression blanche. Il a fait la même chose sur le *Mayflower*, fustigeant les pionniers, ces voleurs de maïs, ces pilleurs de terre qui ont apporté la peste avec eux. Naturellement, il a invité une équipe de la télévision qui a filmé et enregistré son discours pour le journal de 6 heures.

— Bien entendu.

— Joe proclame partout qu'il veut vendre le *Mayflower* à une usine de cure-dents et se débarrasser du Plymouth Rock.

— Cet énorme bloc de pierre ! Je lui souhaite bonne chance pour le déplacer.

— Mais non, il a une autre idée : il veut le débiter au marteau-piqueur en petits morceaux qu'il vendra comme souvenirs. L'argent récolté servira à la défense de la cause indienne.

— Ce n'est pas idiot comme publicité, mais je ne vois pas les gens du coin accepter que l'on transforme en graviers l'attraction touristique de la région.

— Vous n'imaginez même pas la réaction : il y a bien de temps en temps des crétins qui badigeonnent de peinture le vieux rocher ; au moins, on peut le nettoyer. Mais le *détruire* ! Bon Dieu, certains ici préféreraient vendre leurs enfants ! Au moment du meurtre, ils étaient déjà tous complètement affolés. Maintenant, ils sont persuadés que les Indiens vont les violer et les piller. Je suis certain qu'ils cachent tous des fusils chargés sous leur lit.

— Donc, Joe Quint a attiré l'attention sur lui, et les gens de la Société du *Mayflower* le regardaient d'un mauvais œil. Nous sommes quand même en démocratie, et une grande gueule n'est pas forcément un meurtrier.

— Ce n'est pas tout. Un jour, Joe s'est installé aux portes de la plantation pour dire à chaque personne qui entrait – attendez, quels étaient ses mots exacts... ah, oui – que c'était un monument élevé à l'oppression. Comme construire une réplique d'Auschwitz en laissant de côté les fours et les chambres à gaz. Il prétendait que si l'on voulait une reconstitution exacte de la plantation, on devait exhiber à l'entrée le scalp d'un Indien. Certaines personnes auraient été ravies que Quint propose le sien.

— Ce n'est pas la première fois que Quint fait une analogie avec les camps de concentration, mais je le répète, il y a un grand pas à franchir entre convoquer une équipe de tournage et tuer quelqu'un. Qu'est-ce qui fait que Joe est le principal suspect ?

— Plusieurs indices. D'abord, Joe se trouvait à proximité de la plantation la nuit du meurtre.

— Quelqu'un l'a *vu* précisément ?

Bacudas fit marche arrière.

— Pas vraiment. Ils *pensent* l'avoir vu.

— Un jury ne gobera pas ça.

— Ouais, je suis d'accord, mais quelqu'un a formellement reconnu sa voiture.

— Un témoin sérieux ?

— Le meilleur. Un flic.

Je réfléchis une seconde.

— Voyons si j'ai bien compris. Personne n'est vraiment sûr de l'avoir vu sur les lieux du crime, et il n'y a pas d'empreintes sur l'arme. Vous pourrez peut-être l'inculper, je suis bien placé pour savoir que la plupart des témoignages sont circonstanciels, mais vous n'avez pas grand-chose. Vous pensez vraiment que, devant un avocat un peu malin, vos arguments tiendront la route ?

— Non. Je connais une demi-douzaine de types qui pourraient les réfuter. C'est pour cela que vous devez écouter la suite de l'histoire. Après avoir trouvé le cadavre, les flics ont fouillé un peu partout, ce qui leur a permis de comprendre qu'on avait essayé de mettre le feu au fort. Le bois était carbonisé et ils ont découvert des traces d'essence, ainsi que le sweat-shirt de Mike Woods complètement brûlé par terre à proximité du fort. Les types de la brigade pensent que Woods a réussi à éteindre l'incendie avant de se rendre au village. Son corps a été retrouvé près de la maison des Standish. Ils ont trouvé de l'essence, un briquet Bic sans empreintes, mais aucune trace d'incendie. Woods a certainement surpris l'incendiaire et s'est fait descendre.

— Vous disiez qu'il y avait un rapport avec Quint.

— Ouais, et sérieux. Vous vous souvenez du tomahawk dont je vous ai parlé ?

— Celui que l'Indien a donné à Mike ?

— Oui. Eh bien, il a été retrouvé dans la voiture de Joe, et le sang sur la lame était bien celui de Woods. Une autre mauvaise nouvelle pour votre copain : il y avait un bidon d'essence dans sa voiture.

— Vous avez raison, c'est vraiment la merde.

— En ce qui me concerne, l'affaire est dans le sac.

— Pas sûr !

Bacudas parut sincèrement étonné.

— Vous avez encore des doutes ?

Pendant que Bacudas me racontait son histoire, j'avais construit une petite tour avec les récipients en papier qui contenaient la sauce tartare. Je levai les yeux de mon œuvre et demandai :

— Que savez-vous au sujet de Joe Quint ?

— Ce que m'en ont dit les autres services de police.

— Alors vous avez appris que Quint avait été affecté à l'une des plus dures unités détachées dans les plus sales coins du Vietnam. Il a été décoré, puis a entrepris des études de droit et obtenu son diplôme avec mention. C'est un militant notoire qui est souvent intervenu comme médiateur dans des situations périlleuses où il y a eu des morts. Il a gagné un nombre incalculable de procès contre une kyrielle d'avocats fédéraux.

— Et alors ? C'est vraiment un enfoiré ! Où voulez-vous en venir ?

— Ce que je veux dire, c'est qu'il est impensable qu'un type aussi courageux, aussi intelligent et dévoué à sa cause, qui a semé l'agitation et menacé devant les caméras de détruire la fierté de la ville, qu'un tel type aille ensuite mettre le feu à la plantation, commettre un meurtre à coups de tomahawk, se faire remarquer par un flic, et, pour couronner le tout, qu'il soit assez connard pour oublier l'arme du crime dans sa voiture.

Bacudas regardait son assiette vide en se demandant s'il n'allait pas encore reprendre un sandwich ; finalement il y renonça, déclarant :

— C'est peut-être un bon soldat et un bon avocat, mais peut-être aussi un escroc minable.

— Qu'en pensez-vous, lieutenant ?

— Mon boulot, c'est d'énoncer les faits. Mon Dieu, je parle comme le sergent Joe Friday.

— Et Quint ? Que dit-il, lui ?

— D'abord, qu'il n'est pas coupable, ensuite, qu'il se trouvait chez sa petite amie au Cape.

— L'avez-vous interrogée ?

— Naturellement. Elle confirme.

— Et la voiture qui a été vue à Plymouth ?

— Il n'a pas d'explication.

Un baleinier quittait la jetée. Je le suivis des yeux, tout en songeant à Joe Quint, me mettant à la place de la défense.

— Son avocat pourra peut-être créer le doute dans l'esprit du jury en ce qui concerne l'arme et l'essence, mais la voiture indique bien qu'il se trouvait à l'endroit du crime. Il aura plus de mal avec ça.

— Je pensais que vous étiez au courant. Joe ne veut pas d'avocat ; il assure lui-même sa défense.

J'étais étonné.

— Joe n'est peut-être pas aussi intelligent que je le pensais, parce que, en général, ce n'est pas une très bonne idée. Est-ce que le juge a accordé la liberté provisoire ?

— Il a ordonné une caution de 500 000 dollars que Joe aurait facilement pu réunir avec l'aide de ses amis indiens, or il est toujours en taule. Je ne comprends pas ce qui se passe. Il apprécie peut-être la bouffe de la prison !

Il jeta un coup d'œil sur sa montre et se leva.

— Je dois retourner au commissariat. Si vous avez besoin de quoi que ce soit, passez-moi un coup de fil.

Je le remerciai pour le temps qu'il m'avait accordé, ainsi que pour le déjeuner, et il me répondit que c'était bien naturel.

Après son départ, je passai devant un restaurant de poisson, signalé par un loup de mer en fer forgé, je longeai Water Street et me dirigeai vers le *Mayflower II.*

La coque de la réplique du vieux vaisseau qui amena les pionniers à Plymouth est en acajou et son accastillage rouge, blanc et bleu. On dirait une grosse baignoire à trois mâts, trop petite et trop lourde pour naviguer, et encore moins pour traverser l'océan Atlantique. Avec un billet pour le *Mayflower*, dont les ponts grouillaient de monde, on pouvait également visiter la plantation de Plimoth.

J'attrapai un prospectus indiquant que le bateau, long de trente-deux mètres, et large de huit mètres et demi, avait été construit à Devon en 1955 et avait navigué jusqu'à Plymouth deux ans plus tard. Sur le côté se trouvait une chaloupe d'environ dix mètres, réplique des bateaux utilisés par les pionniers pour pêcher, faire du commerce et de l'exploration. Un plan du *Mayflower* que, plus tard, je regretterais de ne pas avoir examiné de plus près, me confirma ce que je savais déjà, à savoir qu'il n'offrait qu'un espace très exigu, surtout pour un voyage de soixante-six jours.

A environ cent mètres du *Mayflower*, un auvent à colonnes en pierre grise – sorte de mausolée de l'époque victorienne et tout aussi excitant – abrite le rocher de Plymouth. J'achetai un cornet de glace dans une petite boutique et marchai jusqu'au monument. Le rocher de Plymouth se dresse au milieu d'une carrière de sable dont l'ouverture donne sur la mer. Il est protégé par des barres métalliques qui laissent entrer l'eau mais empêchent les gens de s'approcher.

D'environ un mètre quatre-vingts de long sur un mètre cinquante de large, c'est un bloc de pierre comme on en trouve au bout de n'importe quelle jetée, mais lui présente sur son côté lisse, gravée en caractères d'à peu près vingt-cinq centimètres, une date, 1620, et, en son milieu, une fissure comblée avec du béton. Tout autour, sur le sable, traînent des centaines de pièces, quelques capsules de bouteilles et une canette de bière vide. J'imagine que les gens qui jettent ces objets au lieu de simplement regarder un bloc de pierre sans intérêt espèrent quelque chose en retour.

C'est devant ce symbole que les gosses comprennent ce qu'est l'exagération. Je n'avais pas plus de dix ans quand mes parents nous emmenèrent tous voir le Rocher. Je ne sais pas à quoi je m'attendais mais certainement pas à cette espèce de bloc de pierre posé sur le sable.

Des anciens combattants, à en juger par leur casquette, venus assister à une réunion, photographiaient le Rocher : après avoir fait tout ce chemin, c'était une sorte de pèlerinage incontournable. Je terminai ma glace, traversai la rue et grimpai jusqu'au musée de cire.

Près de celui-ci, une haute statue d'Indien rappelle le souvenir de Massasoit, le grand sachem des Wampanoags, qui aida les pionniers et fut rejeté par l'Ordre supérieur des Peaux-Rouges. Massasoit tourne le dos au siège de la Société du *Mayflower* et regarde vers le port de Plymouth, regrettant probablement que, à son époque, les lois sur l'immigration n'aient pas été plus sévères. Profitant de la bonne vue du front de mer, je m'attardai quelques minutes, balayant du regard le port et, plus loin, la baie de Cape Cod. Après avoir vérifié l'heure, je retournai au parking près de la jetée pour récupérer ma camionnette ; le moment était venu de me rendre à la prison du comté de Plymouth, en dehors de la ville, pour discuter avec un Indien bien vivant.

7

Le Peau-Rouge vous fait dire qu'il ne veut pas vous voir, et qu'il ne le voudrait pas même s'il vous connaissait, ce qui n'est pas le cas.

Le gardien de la prison parlait comme le majordome sous-payé d'un club privé remettant à sa place un nouveau riche. Je griffonnai quelques mots sur un morceau de papier et le collai sous le nez du gardien.

— Si Quint persiste dans son refus après avoir lu ce message, je m'en irai sans faire d'histoire.

Le gardien jeta un coup d'œil sur la feuille, constata que ce n'était pas le plan détaillé des sous-sols de la prison, et repassa la porte en acier.

Quelques minutes plus tard il revint, suivi d'un type de taille moyenne vêtu d'un jean, d'un T-shirt noir Harley Davidson, et chaussé de mules chinoises. Il nous montra du doigt une table et nous lut le règlement concernant les visites. L'homme s'assit d'un côté de la table, moi en face, et nous nous dévisageâmes comme deux chiens affamés prêts à se disputer un os.

Ses longs cheveux noirs, séparés au milieu, étaient retenus en queue-de-cheval par un élastique. Son visage avait la couleur d'une peau de chamois neuve, et son nez, un peu fort, était légèrement tordu comme s'il était rentré dans un mur. Il me fixa de son regard perçant et tripota sa fine moustache au-dessus de sa large bouche. Après nous être mutuellement et longuement fixés comme pour un défi qui se terminait par un match nul, il repoussa le papier vers moi. Me lançant un regard furieux, il lâcha :

— Qu'est-ce que c'est que *cette* connerie ?

Mon message était assez clair. J'avais écrit : « *Flagg m'envoie.* »

— Cela veut dire que je suis le type que vous deviez rencontrer hier au powwow.

— C'est à Flagg que je devais parler, il n'a jamais mentionné quelqu'un d'autre. (Il y avait de la méfiance dans sa voix.)

— John aime les surprises.

Je sortis ma carte de visite de mon portefeuille et la déposai sur la table, comme un joueur de poker abat son quatrième as.

— Il m'a demandé de vous aider.

Sous mon nom était précisé « Détective privé ». Ça en impressionnait certains ; Quint n'était pas de ceux-là.

— Je n'ai pas besoin de votre aide, dit-il carrément.

Flagg m'avait recommandé d'être patient avec Quint. Bon, j'allais être patient. Regardant les murs blanchis à la chaux, j'ajoutai :

— Vous n'avez peut-être besoin de l'aide de *personne*. Mais dans trente secondes, quand je quitterai cet endroit et qu'ils refermeront cette lourde porte en acier derrière moi, je pourrai aller directement au prochain bar et prendre une bière. Je pourrai m'arrêter chez Mickey D et manger un hamburger. Je pourrai appeler une femme et lui proposer la botte. Ou je pourrai tout simplement rentrer chez moi et faire une sieste. Et vous, de retour dans votre cellule, vous ferez quoi ? Barrer un jour de plus sur votre calendrier et regarder La Roue de la fortune à la télé ?

Il secoua la tête et ne put s'empêcher de sourire.

— Où diable est-ce que Flagg vous a trouvé, à l'Opéra-Comique ?

— Non, là où il vous a déniché, au Vietnam. On venait de vous renvoyer chez vous avec un trou dans la jambe et il avait besoin d'un pote pour râler contre la guerre. Nous nous sommes rencontrés dans un bar, et ça lui a fait du bien de me parler. Jeunes et un peu fous, nous aurions souhaité nous trouver n'importe où plutôt qu'au Vietnam. Je faisais partie des Marines, lui de l'Opération Phoenix et il n'appréciait vraiment pas la manière dont les choses se passaient. Flagg et moi sommes devenus amis, et quand il a quitté l'Armée, nous avons travaillé ensemble sur quelques affaires.

Il prit la carte, la lut et fit claquer sa langue.

— Vous n'avez vraiment pas l'allure d'un Aristote ou d'un Platon.

— Je ne suis pas aussi intelligent. C'est d'ailleurs pour ça que je perds mon temps, ici, avec vous. Quel est votre nom indien ?

Il hésita.

— Running Deer *... C'était avant de recevoir une balle dans la jambe en 72.

— C'est du pipeau. Je vous ai vu hier dans les bois, ce n'est pas votre jambe qui vous gêne. Vous êtes tout simplement trop gras pour courir au-delà du réfrigérateur. Cessez maintenant de jouer au plus fin avec moi et venons-en à la raison de ma visite.

— Il y a une salle de jeux ici et je peux y aller quand je veux. (Puis, renonçant, il commença :) OK, expliquez-moi pourquoi Flagg vous a demandé de venir.

— Sa position officielle lui interdit de s'occuper de votre affaire. Aussi veut-il que je découvre ce qui s'est passé. Il pense que vous êtes innocent.

Quint cligna les yeux et me jeta un regard mauvais.

— Je n'étais pas dans les parages de la plantation ce soir-là. C'est aussi simple que ça.

---

* Running Deer : Cerf qui court. (N.d.T.)

— Un flic vient de me dire qu'un témoin a vu votre voiture à Plymouth.

— Le témoin se trompe. Mon alibi est solide : j'ai passé la nuit à Mashpee avec une amie, et personne n'a pu me voir sur le lieu du crime, ni de près, ni de loin.

Je me penchai vers lui, les deux coudes sur la table.

— Je sais que vous êtes avocat, spécialiste de droit civil, mais vous y connaissez-vous un peu en droit pénal ?

— Mon domaine d'expertise est la loi fédérale indienne. Ce n'est pas un secret.

— Alors faites-moi confiance sur ce coup. Le jury retiendra que votre voiture se trouvait dans le voisinage. Et, pour eux, la personne ou la voiture, c'est la même chose. On sait aussi que le tomahawk et le bidon d'essence ont été retrouvés dans votre véhicule. D'après vous, comment sont-ils arrivés là ?

Il se pencha et sa réponse siffla :

— Est-ce que vous me croyez capable de risquer ma peau pour brûler ce putain de fort à la Walt Disney, fendre le crâne d'un pauvre mec et de laisser ensuite l'arme sanglante bien en évidence dans ma voiture ?

— Si vous aviez un avocat, il vous dirait que la stupidité n'est jamais une bonne défense.

— Ecoutez, monsieur Socarides...

— Appelez-moi Soc, on gagnera du temps.

— OK... Soc. C'est un coup monté, ça saute aux yeux. Quelqu'un m'a piégé en mettant ces objets dans ma voiture.

— D'accord, mais qui peut avoir fait ça ?

Il grogna :

— Mon engagement ne plaît pas à tout le monde.

— Quelqu'un en particulier ?

Il serra les dents. Si Quint avait une idée, il ne me la ferait pas partager.

— Pourquoi êtes-vous venu à Plymouth ?

— J'étais à Cape Cod.

— Pour faire quoi ?

— En vacances.

— Pourquoi avez-vous interrompu vos vacances pour terroriser la Société du *Mayflower* ?

— J'avais une bonne raison.

— Laquelle ?

— Cela ne vous regarde pas.

— Il y a autre chose qui ne me regarde sûrement pas non plus : j'ai entendu dire que vous pouviez obtenir la liberté provisoire. Comment se fait-il que vous soyez toujours en taule ?

Quint s'installa au fond de sa chaise et croisa les bras.

— Ce n'est pas de votre compétence, monsieur le détective privé.

— Lancez-moi doucement une balle facile et j'arriverai peut-être à la renvoyer.

J'attendis.

Quint grogna doucement et secoua la tête.

— L'affaire Leonard Peltier, ça vous dit quelque chose ?

— Il s'agit de celui qui est en prison pour avoir assassiné deux types du FBI, et dont certains clament l'innocence ?

— Pour moi, il n'y a aucun doute : il est innocent. Mais aussi longtemps qu'il restera en prison, il sera un martyr et le symbole de l'injustice et de l'oppression de l'homme blanc.

— C'est un peu dur pour Peltier, non ?

— Il comprend.

— Ai-je bien compris ? Vous vous comportez exactement de la même manière pour démontrer que le système juridique est une honte quand il concerne des Amérindiens. Vous espérez peut-être aussi que Robert Redford s'inspirera de votre vie pour son prochain film.

— Nous traînons derrière nous quatre cents ans d'injustice. Nous nous débrouillons avec les éléments que nous avons.

Ma patience avait des limites. Je désignai le gardien qui m'avait laissé entrer.

— Savez-vous comment lui et ses collègues vous appellent ?

— Ouais... le Peau-Rouge.

— Et c'est en vous laissant ridiculiser que vous pensez défendre votre cause ?

Les nerfs à fleur de peau, Quint se leva et grommela :

— L'interview est terminée.

Il fit signe au gardien et ajouta :

— Excusez-moi, mon vieux, j'ai des jours à barrer sur mon calendrier.

Je lui demandai :

— Qu'est-ce que vous voulez que je fasse ?

Sur le seuil de la pièce, il se retourna et me donna ses instructions :

— Allez vous faire foutre.

Je criai :

— Quint, aviez-vous vraiment l'intention de transformer le rocher de Plymouth en gravier ?

Juste avant que la porte se referme sur lui, il sourit pour me répondre :

— Naturellement.

Je peux l'affirmer devant n'importe qui : je suis sûr qu'il ne plaisantait pas.

Une fois dehors, je respirai un bon coup, pour dissiper le cafard qui m'envahit toujours dans ces endroits d'où l'on ne peut s'échapper : prison, hôpital, clinique, ou zoo. Venant du parking, un homme vêtu d'un costume gris marchait à ma rencontre. C'était Rourke, l'agent du FBI avec qui j'avais esquissé quelques pas de tango au powwow. Il n'était ni beau ni très laid, certes il n'aurait jamais pu illustrer une affiche de recrutement pour le FBI : son visage était trop large, ses oreilles en forme de chou-fleur, et sa bouche énorme se crispait sur une expression bougonne à force de traiter des cas difficiles.

— Que diable faites-vous ici ?

— Au sens physique ou métaphysique ?

Il rougit de colère.

— Je vous le demande en tant qu'officier de police fédéral.

— Dans ce cas, il paraît que c'est l'endroit rêvé pour rencontrer des femmes seules ; lorsque la visite à leur ami est terminée.

— Vous savez, dit-il calmement, ça ne m'est pas difficile d'entrer, de montrer mon insigne pour savoir tout ce que vous avez fabriqué là-dedans.

Je crois que j'avais besoin de me défouler après ma visite à Joe Quint, c'est sans doute pourquoi je continuai à le harceler.

— Je ne voudrais pas être la cause de tant de dérangement.

J'attrapai mon portefeuille et lui tendis ma carte de visite. Pas plus impressionné que Joe Quint ne l'avait été, il me la rendit.

— Votre copain Flagg m'a mis au courant, je sais que vous êtes détective privé. Renseignez-moi donc sur ce que j'ignore, par exemple, sur ce que vous faisiez à l'intérieur.

— Je suis venu rendre visite à un client.

Il eut une lueur d'inspiration.

— Joe Quint, dit-il. C'est ça, c'est Joe Quint, n'est-ce pas ?

— Je veux bien vous aider, agent Rourke, mais quand même pas faire tout le boulot à votre place.

Son visage vira au violet. Il enfonça un doigt dans mon torse pour me prévenir :

— Ecoute, espèce de dégueulis, ne t'occupe pas de cette affaire.

Accompagnant cet avertissement, suivit la liste détaillée des châtiments inimaginables que j'encourrais si je n'obtempérais pas. Personne ne m'avait jusqu'alors traité de dégueulis et je ne savais pas si je devais me fâcher ou rire. Je choisis de rire, ce qui le rendit encore plus furieux ; comme il continuait son petit manège avec ses doigts, je lui fis comprendre que j'en avais assez d'être pris pour une sonnette.

— Si vous m'enfoncez encore une fois cette chose dans la poitrine, agent Rourke, c'est de votre nez que vous vous servirez pour tirer au prochain entraînement.

Les yeux exorbités, il réalisait que quelqu'un avait le culot de menacer un des gars de Hoover. Moi non plus, je n'aurais pas imaginé cela possible, pas plus que je n'aurais imaginé m'attaquer un jour à un agent du FBI armé.

— Je vous avertis une dernière fois. Ne vous mêlez pas de cette histoire. Pour vous ce n'est qu'une affaire comme une autre, pour moi, c'est personnel. Si vous vous mettez en travers de mon chemin, je vous écraserai comme une mouche.

D'une part, m'en prendre à un agent fédéral n'était pas très malin de ma part, mais le meilleur moyen d'exciter ma curiosité c'était de me menacer. D'autre part, comme je ne suis pas complètement idiot, je ne lui balançai pas les remarques cinglantes qu'il m'inspirait.

— Merci pour l'avertissement, dis-je respectueusement. Je vais y penser.

— J'espère bien.

Il tourna les talons et se dirigea vers la prison.

Je le regardai s'éloigner en me demandant si je n'avais pas poussé le bouchon un peu loin. Si tel était le cas, je m'en fichais totalement.

8

LA ROUTE 3 EST UNE AUTOROUTE à quatre voies qui relie Cape Cod, au nord, à Boston, au sud, et qui traverse les collines boisées de la forêt de Miles Standish à quelques kilomètres à l'ouest de Plymouth. Bien que son nom officiel soit Pilgrim Highway, la route n'existait pas quand les pionniers débarquèrent, pas plus que le bar du restaurant mexicain où je m'installai pour boire une Dos Equis.

L'endroit était vide, à l'exception d'un homme vêtu d'un costume aussi chiffonné que son visage. Il était assis à quelques tabourets de moi, seul, et n'arrêtait pas de jeter des coups d'œil de mon côté comme s'il cherchait quelqu'un à qui parler. Je grignotais des nachos accompagnées de sauce piquante, me rafraîchissant à grandes gorgées de bière et repensant à mon entrevue avec Joe Quint.

Selon lui, il aurait passé la nuit avec son amie. Je sortis mon carnet de notes. Patricia Hoagland, c'était le nom indiqué par le lieutenant Bacudas. Le type du bar s'était rapproché d'un tabouret. Il était temps de partir. Je payai ma bière et repris la route 3 vers le sud, traversant le canal de Cape Cod à hauteur du pont Bourne. La forme du Cape suggère le geste du bras qui peut, dans certains pays, vous mener à la mort. J'habite juste à l'endroit du coude, Plymouth étant l'épaule, et la ville de Mashpee, le triceps.

Mashpee est sillonnée d'une multitude de petites routes que

j'ai dû toutes emprunter au moins une fois. J'ai bien trouvé la forêt et le marais, mais j'ai dû demander mon chemin à plusieurs personnes qui, comme moi, s'étaient égarées. J'ai examiné ma carte et me suis à nouveau perdu. Jamais je n'aurais remarqué la boîte aux lettres si elle n'avait eu la forme d'un camion de pompiers rouge, avec le nom Hoagland se détachant en lettres noires.

Le chemin de terre conduisait, trois cents mètres plus loin, à un pavillon d'un étage au toit de tuiles d'un vert insipide. Un break blanc poussiéreux couvert d'autocollants était garé devant la maison. Je fis le tour et sonnai. Un chien aboya. Quelques secondes plus tard, la porte s'ouvrit. Bien que cela ne soit pas poli de fixer les gens, je restai bouche bée devant Patricia Hoagland : elle était la femme-loup.

— Miss Hoagland ?

— Oui, répondit-elle.

Je devais avoir l'air tellement ahuri qu'elle ajouta :

— Quel est le problème ?

— Rien, dis-je en refermant la bouche, je suis simplement surpris de vous trouver ici.

— Je ne vois pas pourquoi vous seriez étonné. Cette maison est à moi.

— Nous nous sommes rencontrés hier au powwow.

Je touchai ma visière.

— Vous m'avez rapporté ma casquette.

— Oui, bien sûr, je m'en souviens.

— Peut-être devrais-je vous expliquer pourquoi je suis ici.

— En effet.

Je lui tendis ma carte de visite. Elle fronça les sourcils.

— Vous êtes détective privé ?

Au son de sa voix, je compris qu'elle avait du mal à le croire. Je ne fais pas attention, d'habitude, à mes fringues, mais pour mon rendez-vous avec Bacudas, j'avais échangé short, T-shirt et sandales contre un pantalon, une chemise propre et des tennis, tenue moins traditionnelle, cependant, que celle qu'elle avait pu voir dans un feuilleton à la télé.

— Les chapeaux mous et les trench-coats ont disparu avec Humphrey Bogart, miss Hoagland.

— Excusez-moi, je ne voulais pas être impolie, mais je n'ai jamais rencontré de détective privé. Que puis-je pour vous ?

— On m'a demandé de m'occuper de l'affaire Joe Quint. Acceptez-vous que je vous pose quelques questions ?

— Je ne sais pas. J'aimerais savoir qui vous a engagé.

— Un ami commun.

— Puis-je vous demander le nom de cet ami ?

— John Flagg.

Un labrador noir imposant qui aboyait depuis mon arrivée s'approcha et me dévisagea. Le poil blanchi autour de son museau lui donnait l'air sympathique d'un vieux marin. Il passa devant elle pour renifler ma main.

Patricia Hoagland lui sourit.

— Entrez donc, dit-elle.

Elle me guida vers le salon, une pièce aux couleurs d'automne : roux, ocre et marron. L'épais tapis était orné d'un dessin géométrique aztèque. Des tapisseries et des tableaux indiens étaient accrochés au mur. Un masque ressemblant à un bison ivre me fixait du manteau de la cheminée.

Je m'installai confortablement sur le divan. Le chien s'approcha et bava sur mes cuisses.

— Si Cochise vous embête, dites-lui de s'asseoir, me conseilla Patricia.

Elle déplaça un chat d'un fauteuil à bascule et s'assit, prenant l'animal sur ses genoux.

— Il a l'air sympa.

— Ne vous y trompez pas. Il s'appelle Sitting Bull et il vous arrachera le cœur si vous l'énervez.

Je jetai un coup d'œil au chat, mais il ronronnait tranquillement, les yeux clos.

— J'ai admiré votre prestation au powwow, mademoiselle Hoagland.

C'était une réflexion intéressée, en partie honnête, mais

destinée surtout à montrer à Patricia Hoagland quel type gentil et généreux j'étais. Sceptique, elle ironisa en souriant :

— De là où j'étais, vous aviez plutôt l'air intéressé au catch dans la boue.

— J'ai abandonné, trop dangereux.

— C'est une excellente idée. Voulez-vous un peu de café glacé ?

Je fis signe que oui. Patricia posa le chat endormi par terre et alla dans la cuisine. Elle avait remplacé sa robe en daim et ses plumes par un jean et un T-shirt. Elle devait mesurer un mètre soixante et était bien foutue. Elle revint quelques minutes plus tard.

— Comment connaissez-vous John Flagg ? demanda-t-elle en me tendant un verre.

— Nous avons combattu au Vietnam côte à côte. Depuis, nous avons suivi quelques affaires ensemble. L'avez-vous déjà vu ?

— Joe m'a souvent parlé de lui. J'espérais le rencontrer au powwow.

— L'occasion se représentera, j'en suis certain.

Elle caressa la tête du chat.

— Que voulez-vous savoir ?

— J'ai rendu visite à Joe, à la prison ; il m'a dit qu'il était avec vous la nuit où l'homme a été assassiné à la plantation.

— C'est exact, ici, dans cette maison.

— Sa voiture a été vue à Plymouth. Comment cela a-t-il pu arriver ? Avez-vous une idée ?

— On s'est trompé.

— Le témoignage est solide.

— C'est une *erreur*, affirma-t-elle vigoureusement. Il n'y a aucune chance que Joe ait pu sortir sans que je m'en aperçoive.

— Est-ce que quelqu'un aurait pu emprunter sa voiture ?

Elle réfléchit un instant.

— C'est possible mais peu probable : elle était garée dans le chemin, et les clés étaient dans la maison.

— Ce soir-là, est-ce que quelqu'un d'autre l'a aperçu ici ?

— Non. Attendez ! Mon jeune frère est passé.

— Comment s'appelle-t-il ?

— Peter Hoagland. Il tient une agence immobilière en ville. Il est resté peu de temps.

— A quelle heure Joe est-il parti ?

— Tôt le matin, avec un ami. Puis, vers 9 heures, la police a débarqué avec un mandat et a fouillé la voiture.

Elle tapotait ses genoux avec impatience.

— Monsieur Socarides, j'ai raconté exactement la même chose aux policiers. Excusez-moi, mais je ne vois vraiment pas où est le problème. Joe était ici. Il ne peut pas avoir tué cet homme.

— Depuis combien de temps connaissez-vous Joe, miss Hoagland ?

— Trois ans.

— Etes-vous bons amis ?

— Très bons amis.

— L'aimez-vous ?

Elle rougit.

— Je ne vois pas...

— Vous avez raison, cela ne me regarde pas. Mais cela regarde le procureur. Il vous posera la même question. Il essayera de mettre en doute votre crédibilité, vous décrivant au jury comme une femme follement amoureuse prête à se parjurer pour protéger son homme. Les jurés se diront que, à votre place, ils auraient, eux aussi, peut-être menti. Ils penseront même que c'est un beau sentiment et ils vous admireront. Mais ils ne vous approuveront pas pour autant. Votre témoignage n'aura aucune valeur ; il laissera seulement entendre que vous avez quelque chose à cacher.

Je m'attendais à ce qu'elle argumente. Au lieu de cela, elle dit :

— Pourquoi voulez-vous aider Joe, monsieur Socarides ?

— Je ne le veux pas. Je l'ai rencontré pour la première fois aujourd'hui et je l'ai trouvé terriblement imbu de lui-même. Mais John Flagg est un ami et il m'a demandé de lui rendre ce service.

Patricia Hoagland écarquilla les yeux.

— Et la justice ?

— Quoi, la justice ?

— Vous seriez prêt à laisser condamner un innocent ?

— C'est fréquent, mademoiselle Hoagland.

— Vous n'avez toujours pas répondu à ma question.

— Entendu. Je ne suis pas d'accord pour laisser payer un innocent, mais parfois il m'est impossible d'empêcher cela et je ne peux pas me payer le luxe de passer le reste de ma vie à me battre contre des moulins à vent. Maintenant, permettez-moi de vous demander quelque chose.

Elle hésita.

— D'accord.

— J'ai jeté un coup d'œil sur les coupures de presse concernant Joe. La presse sort un article dès qu'il manifeste : c'est organisé. Que ce soit quand il a essayé de faire annuler des décisions prises par les fédéraux ou quand il a réclamé les terres à l'ouest du Mississippi, tout est prémédité et bien préparé. Mais cette histoire à Plymouth, c'est n'importe quoi : il effraie les gens à un point tel qu'ils sont prêts à sortir leurs armes ; là c'est disproportionné. Que s'est-il passé ? Pour quelle raison Joe a-t-il menacé de faire sauter le rocher de Plymouth ?

— Joe ne me dit pas tout. Tout ce que je sais, c'est qu'il est allé à Plymouth un soir et qu'il en est revenu très inquiet et furieux. Je lui ai demandé de quoi il s'agissait. Il m'a répondu qu'il m'expliquerait plus tard.

— Savez-vous où il s'est rendu à Plymouth ?

— A une vente aux enchères, je ne sais pas où.

— Et le lendemain, il fait la une des journaux.

— En fait, c'était quelques jours plus tard. Il a d'abord passé de nombreux coups de fil et puis il est allé à Boston.

— Une idée de la personne qu'il a vue ou à qui il a parlé ?

— D'après les quelques conversations que j'ai entendues,

il a eu des contacts avec quelqu'un du ministère des Affaires étrangères, à Boston, et aussi avec des directeurs de musée et des archéologues, je crois. Mais j'essayais de rester discrète.

— Vous souvenez-vous de certains noms ?

— Oui, d'un, un peu bizarre. Zane.

— Zane, c'est tout ?

— Oui.

Une voiture freina dans le chemin. J'étais dos à la fenêtre. Patricia jeta un coup d'œil par-dessus mon épaule, mais ne bougea pas. La porte d'entrée s'ouvrit et j'entendis des bruits de pas dans le couloir. Cochise leva sa tête de mes genoux et partit en remuant la queue pour accueillir deux hommes qui entrèrent dans le salon. Le plus grand était un type maigre, aux mains puissantes, vêtu d'un jean, d'une chemise de travail et de bottes de cow-boy ; il avait un visage rond et tanné et un profil de Romain. Le second lui ressemblait comme un jumeau, avec quinze centimètres de moins ; un large torse sur des jambes puissantes. Le plus grand regarda Patricia Hoagland, puis me jeta un regard dur.

— Tout va bien, Patricia ?

— C'est bon. Tommy et Ed, je vous présente monsieur Socarides.

— Nous sommes venus te parler, Patty. Nous repasserons un peu plus tard.

— Non, restez. Monsieur Socarides, est-ce que je peux encore vous être utile ?

— Vous m'avez déjà beaucoup aidé. Merci pour votre patience.

Patricia me raccompagna jusqu'à ma camionnette. Une Ford Ranger bleue, immatriculée à New York, était garée sur le chemin.

— Vos amis, Tommy et Ed, ne sont pas des Wampanoags locaux ?

— Non, ils viennent d'un autre Etat. Ce sont des amis de Joe.

Je fis un signe de la tête, remerciai Patricia, non sans lui demander de m'appeler si quelque chose lui revenait en mémoire. Alors que je me dirigeais vers mon véhicule, elle posa sa main sur mon bras.

— Je voulais vous remercier. Hier, au powwow, vous avez certainement sauvé la vie de Joe. Je crois que cet homme était prêt à lui tirer dessus.

— Pourquoi est-ce qu'un agent du FBI braquerait son revolver sur Joe ?

— Je ne sais pas. Comme je vous l'ai dit, Joe ne me tient pas au courant de toutes ses affaires.

— Est-ce que cela vous ennuie ?

— Je peux comprendre que certaines choses concernant ses clients restent confidentielles, mais apprendre ses interventions par les journaux me peine.

— Est-ce qu'en ce moment, il vous parle de ce qu'il fait ?

— Non. Je pense qu'il est impliqué dans un problème sérieux qu'il garde pour lui.

— Qu'est-ce qui vous fait croire cela ?

— Il était perturbé déjà avant cet assassinat, mais je ne sais pas par quoi.

Je montai dans ma voiture et mis le moteur en marche.

— Si vous découvrez ce qui le tracasse, faites-le-moi savoir, mademoiselle Hoagland.

— Vous pouvez m'appeler Patty.

— Seulement si vous m'appelez Soc.

— D'accord, Soc. Je suis heureuse de voir que vous êtes toujours prêt à l'aider. Surtout après ce que vous avez dit sur les moulins à vent.

J'eus un petit sourire supérieur et démarrai. Pourquoi donc les femmes sympathiques comme Patty se retrouvent-elles toujours avec des connards ? Je commençai à recenser les femmes que j'avais connues, mais comme ce n'était pas à mon avantage, je changeai de sujet. Qu'est-ce que Patty avait dit exactement ? *Quelque chose d'autre*.

9

La secrétaire de Peter Hoagland me dit que je trouverais le frère de Patty route 28, sur son chantier, près d'un supermarché. Je me garai en face du magasin et m'approchai d'un baraquement où deux hommes étaient en train de discuter. L'un d'eux, solidement bâti et vêtu d'un bleu de travail, portait un casque. L'autre, beaucoup plus jeune, plus petit et pesant bien quarante kilos de moins, portait un costume qui montrait qui était le patron.

Ses mains dessinaient dans le vide des plans imaginaires, des carrés, des cercles, des trapèzes, des huit. Il gesticulait et parlait tout en élevant la voix pour couvrir le boucan du marteau-piqueur.

— Tom, il ne nous reste que trois semaines pour terminer la première partie de ce projet. Les banques sont sur mon dos, les propriétaires sont sur mon dos, et du coup *je suis*, moi-même sur mon dos. Je ne veux pas inaugurer le nouveau magasin après le départ du dernier touriste et de son carnet de chèques.

— Notre problème, Pete, ce sont les sous-traitants.

— Je t'arrête, Tom. Il est hors de question que notre problème soit lié aux sous-traitants. S'ils ne sont pas disponibles quand j'ai besoin d'eux, prends-en d'autres.

Une sonnerie vibra. Pete sortit un portable de sa poche et prit la communication. Il écouta une seconde, puis hurla :

— Dites à M. Peterson que je n'obtiendrai pas une meilleure offre pour sa maison. Si j'étais lui, je la vendrais illico.

Il referma le téléphone brutalement et reprit la conversation là où il l'avait laissée.

— Voilà ce que tu vas faire, Tom. Vire les menuisiers. Vire les maçons. Recrute Jackie Crowell et Frankie Souza. Dis-leur que je les paierai deux pour cent au-dessus de leurs tarifs habituels qui sont déjà scandaleux s'ils acceptent de tout laisser tomber pour terminer le boulot dans les temps.

Tom leva les épaules.

— C'est d'accord, répondit-il en s'éloignant d'un pas lourd.

Hoagland tourna ses yeux noirs et vifs vers moi. Son visage s'éclaira d'un grand sourire et il me tendit la main.

— Peter Hoagland. Que puis-je faire pour vous ?

— Je suis passé à votre bureau. Votre secrétaire m'a dit que je vous trouverais ici.

— Je viens de lui parler. Elle m'a dit que quelqu'un voulait me voir.

Je lui donnai mon nom et lui expliquai que j'étais détective privé.

— Je travaille sur l'affaire Joe Quint. Je viens de parler à votre sœur. Est-ce que nous pouvons discuter un moment ?

Peter me jeta un regard hésitant.

— Un détective privé ? Vous travaillez pour Joe ?

— En quelque sorte.

— Il est dans un vrai merdier.

— Peut-être savez-vous quelque chose qui pourrait l'aider.

— Je le souhaite. Je considère Joe comme mon grand frère. Je lui reproche seulement de ne pas avoir épousé ma sœur. Excusez-moi un instant. (Il sortit son téléphone et appela un numéro.) Denise, gardez tous les appels. Oui, sans exception. Je sais, je dois rappeler McGrath : ce salaud me prend deux cents dollars chaque fois qu'il me dit bonjour, c'est normal qu'il aime me parler. Dites-lui que je le verrai à

4 heures pile, et que j'ai besoin de plus d'argent, sinon pas question.

Il ferma le téléphone et le fourra dans sa poche.

— Denise est pire qu'une mère, mais sans elle, je serais déjà en faillite, expliqua-t-il en souriant. Cela vous plaît de travailler sur l'affaire de Joe ?

— C'est un défi.

— J'en suis sûr. (Il secoua la tête.) Il peut être vraiment casse-pieds.

— En fait, c'est un service que je rends.

— Un détective privé et désintéressé. J'aime ça. Dois-je vous appeler Aristote ?

— Vous seriez bien le seul, à l'exception de mes parents. En général, on m'appelle Soc.

Il passa la main par la fenêtre de la BMW noire garée près du baraquement et attrapa un étui en aluminium d'où il retira deux cigares longs d'au moins trente centimètres.

— Havane. Un ami me les apporte de Montréal. Essayez-en un, Soc.

Je refusai. Il dessina avec la fumée un rond dans le ciel.

— Ils coûtent chacun dix dollars, un dollar la bouffée, mais au diable l'avarice !

Peter avait les cheveux foncés et brillants, et la peau mate comme sa sœur. Mais, alors que Patricia était sérieuse et gauche, il était vif et charmeur.

— Votre sœur m'a dit que vous étiez chez elle le soir du meurtre.

— Ouais, je suis passé ; j'ai discuté avec Joe en prenant une bière.

— Combien de temps êtes-vous resté ?

— Environ une heure. Je me suis accroché avec Patty et je suis parti.

— Est-ce que cela vous dérange de me dire à quel sujet vous vous êtes disputés ?

— Comme d'habitude. (Il montra du doigt le marteau-piqueur.) Elle n'apprécie pas mes activités : elle prétend que je viole la ville et que je saccage le patrimoine wampanoag. Ce à quoi je lui réponds qu'elle en fait un peu trop en ce qui concerne la culture indienne. Vous avez vu sa maison ! Une vraie boutique de souvenirs dans une réserve hopi !

— Si vous ne vous entendez pas, pourquoi lui avez-vous rendu visite ?

— Je fais de réels efforts pour me rapprocher de Patty. Nos parents sont morts et il ne reste plus que nous deux.

— C'est pour cela que vous êtes passé, pour recoller la famille ?

— Pour être franc, je suis passé voir Joe. Nous ne voyons pas les choses de la même façon, mais il ne le prend pas pour une atteinte personnelle, comme Patty. Il est décontracté. Il me traite d'Indien qui a mal tourné, mais c'est une blague entre nous deux. Je ferais n'importe quoi pour lui rendre service. Avec Patty, c'est peut-être simplement le problème des relations entre frère et sœur.

Ça, je connaissais : j'avais des rapports difficiles avec mon jeune frère George.

— Jalousie entre frère et sœurs ?

— En partie, mais c'est un peu plus compliqué. (Il jeta un coup d'œil sur sa montre.) Je peux vous montrer, vous comprendrez mieux que si j'essaie de vous expliquer. Vous avez quelques minutes ?

— J'ai toute la journée.

Il ouvrit la portière, puis s'installa au volant de la BMW.

— Vous connaissez un peu l'histoire de Mashpee ?

— Je sais simplement que c'est une ancienne réserve indienne et qu'elle pousse comme un champignon.

— C'est la ville de l'Etat qui se développe le plus rapidement, en fait.

Il démarra et s'engagea sur la route 28.

— Ma sœur pense que je ne comprends pas la situation. Or, je suis diplômé d'histoire de Cornell et je connais *parfaitement* les faits. Vous avez entendu parler du procès dans les années 70 ?

— Les Wampanoags revendiquaient la plus grande partie de la ville comme territoire de leur tribu. Ils ont intenté un procès qu'ils ont perdu.

— C'est ça ! Il faut remonter trois cents ans en arrière pour avoir une idée plus claire. Miles Standish arriva de Plymouth et offrit d'acheter la terre aux Indiens. Les autochtones ne savaient même pas ce que signifiait le mot « propriété » ; à leurs yeux les terres appartenaient à tout le monde. L'offre leur parut honnête et, pour des clopinettes, ils abandonnèrent leurs biens. Quand ils découvrirent qu'ils ne pouvaient plus ni pêcher ni chasser, ils retournèrent voir Miles qui leur montra le contrat, leur rappelant qu'ils l'avaient signé.

— Dommage que les Indiens n'aient pas pu faire appel aux services de votre avocat.

— Ce salaud leur aurait facturé une fortune l'heure. De toute façon, un Blanc, dénommé Richard Bourne, eut mauvaise conscience et rendit aux Indiens et à leurs descendants quarante kilomètres carrés de terre, et il installa la plantation Mashpee pour les bons « Indiens chrétiens ». Après la mort de Bourne, les voleurs essayèrent de nouveau de s'approprier la terre pour une bouchée de pain.

Peter conduisait la BMW au milieu d'une circulation dense en direction de Nantucket Sound.

— Un matin, les Indiens se réveillèrent et réalisèrent que les Blancs étaient propriétaires de la majeure partie de leur territoire ; cependant, ceux-ci habitaient pour la plupart loin de Cape et les Indiens continuaient à tout diriger. C'est à cette époque qu'ils commencèrent à prendre conscience de certaines choses et à étudier de près leurs vieilles coutumes. Ils créèrent les assemblées d'été, mais pendant qu'ils tapaient sur leurs tam-tams, les Blancs, eux, prenaient le contrôle de la mairie et de l'immobilier. Les Indiens luttèrent pour récupérer leurs droits, organisant le Conseil de la tribu dont vous voyez le siège là-bas. (Il me montra un petit immeuble dans les bois.)

De chaque côté de la route, les bois étaient envahis par les immeubles de lotissements, comme Sea Mist ou Sandalwood, et protégés par des panneaux DÉFENSE D'ENTRER ou RÉSERVE AUX RIVERAINS devant lesquels Peter s'arrêta.

— Vous voyez ?

— Chasseurs de lapins et pêcheurs jouent décidément de malchance !

— Exact.

Il fit demi-tour et retourna sur la route 28.

— Avant, c'était la forêt. A la place, maintenant, des centaines d'immeubles et de maisons, deux très beaux terrains de golf – où je joue –, des piscines, des jacuzzis. Le Conseil de la tribu a décidé que ça suffisait, et que, illégalement chassés de leurs terres, ils voulaient les récupérer. Ce fut l'affolement général chez les promoteurs, et pendant trois ans, aucune transaction n'a pu avoir lieu. Et puis les fédéraux ont décrété que : « Non, vous n'êtes pas une tribu. Vous avez perdu. » Et voilà ! Mashpee se transforme en ville-champignon : des nouveaux quartiers, des centres commerciaux, et même une boîte de strip-tease.

— Dur pour les Indiens !

— Oui et non. Ils se doutaient bien que cela se terminerait ainsi, mais ce qui les a vraiment blessés dans leur fierté c'est qu'on leur dise qu'ils ne constituaient pas une tribu. Ils ont laissé tomber ce qui leur restait de pouvoir politique.

Nous nous dirigeâmes vers le centre-ville. Là, les maisons, plus anciennes, étaient un peu défraîchies. Nous passâmes devant la petite église blanche des pentecôtistes, prîmes à gauche au bureau de poste et longeâmes un immeuble en briques.

— L'hôtel de ville, dit Peter. Un quartier anglais maintenant.

— Parlez-moi de votre sœur. Pourquoi êtes-vous si différents ?

— Patty est loin d'être bête. Elle est diplômée en psychologie et enseigne à l'école de la ville. Je pense que c'est l'abandon par les Indiens de leurs activités au sein de la municipalité qui l'a incitée à s'engager à leur côté.

— Mais vous n'avez pas réagi de la même manière ?

— M. et Mme Hoagland étaient pauvres, mais leurs enfants n'étaient pas stupides. Je suis pragmatique, Soc. Je le répète, il faut s'inspirer de l'Histoire. En 1620, quand les pionniers ont débarqué à Plymouth, les Wampanoags se sont dit : « Bon, voilà nos nouveaux voisins ! » Mais à la vue de leurs fusils, ils ont souri et se sont faits tout petits. Et puis les nôtres ont appris aux pionniers à survivre et, en guise de remerciement, les pionniers les ont décimés en les traquant et en leur refilant la tuberculose et la petite vérole.

— N'oubliez pas Thanksgiving ; il y a eu ça aussi !

— Ça *c'est* l'arnaque intégrale. C'est vrai, les pionniers avaient invité les Indiens à leur fête, mais ceux de la tribu de Massasoit avaient apporté cinq daims ; quelle généreuse invitation ! Et vous savez ce qu'ils ont obtenu en échange ?

— Un immeuble sur la plage à Mashpee ?

— Tu parles ! Je vais vous le dire. Quelques années plus tard, les pionniers ont interdit à Matacomet, le plus jeune fils de Massasoit, que l'on appelait le Roi Philip, de vendre ses terres sans l'autorisation de Plymouth, lui enjoignant de déposer les armes. Ensuite, les Blancs l'ont poussé à la guerre que, de toute façon, ils ne pouvaient pas perdre ; ils ont tué Philip, et l'ont décapité pour accrocher sa tête à un poteau de Plymouth. Ils ont vendu sa femme et son fils comme esclaves, ainsi que les quelques centaines d'Indiens qu'ils n'avaient pas exécutés, y compris bien sûr les Mashpee Wampanoags qui avaient signé le traité de non-agression avec les pionniers. Maintenant, d'après vous, qui sont les sauvages ?

— Apparemment, il n'y a jamais eu d'entente entre Indiens et pionniers.

— Ce n'est qu'une partie du problème, Soc, car les Indiens faisaient le jeu des Blancs, en se chamaillant tout le temps. Les Blancs avaient beau jeu de monter les tribus les unes contre les autres, pour mieux les récupérer ensuite.

— En bref, les Blancs exploitaient les Indiens. C'est exactement l'opinion de votre grande sœur.

— Bien sûr, et nous sommes même d'accord tous les deux pour dire que les Indiens continuent à être des victimes. Il y a à peine quelques années, un flic de la ville a poursuivi en voiture un Wampanoag de la région et, après l'avoir arrêté, lui a vidé son chargeur dans le corps. Il y a eu une enquête, le flic a été blanchi et a conservé son poste jusqu'à ce que la tribu commence à faire un foin d'enfer. Là il a dû quitter la police. Il est parti avec une grosse indemnité – une prime pour avoir tué un Wampanoag, en quelque sorte.

— C'est moche, mais je ne vois toujours pas ce qui vous oppose, Patty et vous.

— Patty estime que pour réussir avec les Blancs, il faut user de persuasion et de pédagogie et que, à force d'organiser des powwows, ils finiront par admettre qu'ils doivent nous restituer ce qu'ils nous ont dérobé.

— Et vous, quel est votre avis ?

— Je suis convaincu que c'est idiot d'essayer de raisonner avec les Blancs : ça n'a jamais marché ; c'est encore plus stupide de les combattre parce qu'ils sont plus nombreux. Vous croyez vraiment que le nombre de Wampanoags siégeant au conseil municipal ou au conseil d'administration a la moindre importance ?

— Je ne sais pas, expliquez-moi.

— Cela ne signifie rien. Dès que les Anglo-Saxons décident d'un projet immobilier, ils convoquent leurs avocats et leurs ingénieurs, puis ils tirent les ficelles à l'assemblée ou à Washington et ils obtiennent absolument tout ce qu'ils veulent. Comme à l'époque où ils ont coupé la tête du Roi Philip, nous sommes trop peu nombreux et sans armes.

— Où voulez-vous en venir ?

— Pour ma part, je pense que la seule manière de prendre notre revanche sur les Blancs est d'agir comme eux, d'être cupides comme eux et de leur piquer leur fric. Ma sœur, elle, ne veut pas renier nos racines.

— On ne peut pas, effectivement, totalement les occulter.

— Je ne les occulte pas du tout, et si, pour obtenir quelque chose, je dois danser avec des plumes sur la tête, je le ferai. Je ferai cracher les dernières traces de culpabilité à l'Amérique blanche. Mais soyons réalistes, Soc. Regardez-nous, ma sœur et moi. Ici, le métissage est identique à celui de l'Amérique du Sud : les gens se marient entre eux depuis des générations, mais aussi avec les Noirs du Cap-Vert venus travailler dans les vergers, et même avec les Anglo-Saxons. Bien sûr, on peut voir le Wampanoag à mes yeux et à mes pommettes, mais j'ai plus de sang africain et yankee qu'indien. Bref, je n'ai pas un profil de médaille.

— Une tribu ne se limite pas à la couleur de la peau, pourtant.

— Merde, Soc, je le sais. Mais ce n'est pas en ressortant les tam-tams et les plumes après toutes ces années – « Eh ! Nous savons jouer du tam-tam, nous, donc nous sommes indiens » – que nous affirmerons notre identité. Bon Dieu, vous êtes grec ? Vous ne portez pourtant pas la toge ?

— Ce n'étaient pas les Grecs ; mais les Romains.

— Qu'importe ! Vous comprenez très bien ce que je veux dire. (Et en désignant les maisons vieillies par le temps, il ajouta :) Les propriétaires vivent là depuis des générations et c'est leur seul bien. Patty est heureuse de vivre dans la demeure familiale, quant à moi, j'habite près de l'eau, un endroit qui vous surprendrait. Si c'est ce qu'ils veulent, ils peuvent l'avoir, à la seule différence que, cette fois-ci, Miles Standish et les Blancs payeront le maximum. Faites-moi confiance, hommes blancs ! Mon Dieu, peut-être que, au fond, Patty et moi, nous nous ressemblons plus que je ne le pensais.

Il se gara près de son bureau, un immeuble de plain-pied, de couleur bleu foncé et signalé par un panneau en forme de pointe de flèche : IMMOBILIER MAUSHOP.

— Est-ce que ce panneau est supposé indiquer votre identité indienne ?

Il éclata de rire.

— Je me servirai de mon héritage quand ça en vaudra vraiment le coup. Nous avons de très belles plages et des sites somptueux dans cette ville, mais vous avez la même chose tout au long de Cape. Alors nous vendons une image. Appelez un immeuble « complexe Paukawananee », les gens en raffolent. On peut même inventer un nom à consonance indienne comme je viens de le faire.

A l'intérieur, trois courtiers, à l'étroit dans une petite pièce, téléphonaient.

— Je suis de retour, Denise, dit Peter à une ravissante réceptionniste blonde. Tu pourras me passer les appels dans quelques minutes.

Ayant jaugé la pile de messages qui l'attendait sur son bureau, Peter reconnut :

— Il va falloir que je travaille un peu. Est-ce que je peux encore vous être utile ?

— Revenons à Joe. Avez-vous un moyen quelconque de vérifier s'il a passé toute la nuit dans la maison ?

Il étendit les bras.

— Merde, j'aimerais pouvoir. Je mentirais même pour ce garçon, mais qui va croire un courtier en immobilier ?

Je sortis d'un présentoir sa carte de visite et écrivis au dos mon nom et mon numéro de téléphone.

— Si une quelconque information vous revient en mémoire, passez-moi un coup de fil. Je n'ai pas de répondeur, insistez.

Il me serra la main.

— Merci pour l'aide que vous tentez d'apporter à Joe.

— Merci pour la balade et la leçon d'histoire.

Denise passa la tête par l'entrebâillement de la porte.

— Peter, c'est M. McGrath : il ne pourra pas être ici à 4 heures et il veut vous parler.

Peter me fit un large sourire et me serra les mains.

— Le devoir m'appelle, Soc. Il faut que je retourne violer la ville.

De retour chez moi, je m'installai sur la terrasse et appelai Flagg. Les pieds sur la table basse et sirotant une citronnade, je contemplai les plages baignées de la lumière jaune du soleil déclinant, tout en attendant que le service des abonnés absents trouve Flagg. Quand je l'eus au bout du fil, je lui annonçai ma visite à Joe Quint.

— Ça s'est passé comment ?

— Nous nous sommes montrés très courtois. Enfin, plus ou moins.

— Je vais lui dire de se calmer.

— Ce serait dans son intérêt, car il ne réalise pas à quel point il est dans le pétrin. Le bon côté, c'est que j'ai rencontré son amie, Patty.

— Ton opinion ?

— Jolie, intelligente... jolie.

— C'est bien. Est-ce qu'elle a pu t'aider ?

— Pas beaucoup. C'est son alibi. Elle fera bonne impression à la barre, mais les jurés penseront qu'elle essaie de protéger Joe. Elle ignore pourquoi il a fait un tel foin autour de Plymouth ; qui sait, elle m'a peut-être donné une piste. J'ai parlé à Peter, son jeune frère ; il avait rencontré Joe chez Patty le soir du meurtre. Mais, étant donné qu'il est rentré chez lui de bonne heure, il ne peut pas confirmer les déclarations de sa sœur.

Puis je lui racontai ma conversation avec Carl Bacudas.

— D'accord, Soc. Quel est le résultat ?

— On arrivera peut-être à convaincre un jury que le tomahawk et le bidon d'essence ont été déposés par quelqu'un, mais ils se demanderont ce que faisait la voiture de Joe à Plymouth ce soir-là. S'ils estiment que Joe ment à ce sujet, ils estimeront qu'il ment à propos de tout le reste. Je vais tenter de tirer au clair cette histoire de voiture, mais je n'ai pas grand espoir.

— Fais de ton mieux. Appelle si tu as besoin de moi.

— Merci. En premier lieu, je voudrais parler au flic qui a vu la voiture de Joe, puis me rendre sur les lieux du crime. Si c'est nécessaire, je retournerai à la prison pour un nouveau concours de sourires avec Joe.

Je me servis à nouveau de la citronnade et appelai la police de Plymouth. Après avoir expliqué qui j'étais et sur quoi je travaillais, je demandai à parler à l'officier qui avait signalé la voiture de Joe. Les avocats de la défense engagent de temps en temps des détectives privés, aussi ne furent-ils pas étonnés de mon appel ; l'officier Petrillo me donna rendez-vous le lendemain matin dans un café de la ville.

Kojak n'avait rien mangé. Je remplis sa gamelle et, me mettant à quatre pattes, je fis semblant de tout dévorer, mais cela ne servit à rien. Je tentai autre chose et dessinai un sourire sur sa pâtée avec ses croquettes préférées. Je me préparai des spaghettis et un hot dog, après quoi je partis chez Sam où je perdis ma culotte aux cartes.

Quand je rentrai, les croquettes avaient disparu, mais Kojak n'avait toujours pas touché au reste.

10

L'officier Jack Petrillo avait tout juste 20 ans et aurait été plus à l'aise dans un uniforme de boy-scout que dans celui de flic. Quand j'arrivai au café, il papotait avec les habitués. Nous nous sommes installés à une table isolée pour pouvoir discuter tranquillement. Petrillo me recommanda le sandwich aux œufs avec saucisse et fromage. Décidément, tous les flics que je rencontrais ces derniers temps se prenaient pour des gastronomes.

— Comment êtes-vous arrivé sur l'affaire Quint ? me demanda-t-il. C'est la Cour qui vous a nommé ?

— Un ami de Joe m'a demandé d'y jeter un coup d'œil.

Il lâcha en riant :

— Drôle d'ami ! Je ne vous envie pas sur ce coup-là.

— Vous n'êtes pas le premier à me le dire. C'est pour ça que je voulais vous parler. Une grande partie de cette affaire repose sur votre témoignage. Vous avez vu la voiture de Joe près de la plantation le soir du meurtre.

— Je terminais mon service, confirma-t-il, la journée avait été longue. Il faisait chaud et humide. Les touristes grouillaient. Je me suis d'abord occupé de la circulation et ensuite j'ai patrouillé en voiture jusqu'à 11 heures du soir. J'habite au sud de la ville et, pour rentrer chez moi, je passe par la plantation. A un croisement, j'ai vu devant moi une Jeep Cherokee noire immatriculée à Rhode Island tourner et prendre le chemin qui traverse la forêt jusqu'à la route 3. (Petrillo prit un air désabusé.) J'aurais peut-être dû l'arrêter, mais il n'y avait vraiment aucune raison.

— Quint conduit une Jeep noire ?

Petrillo fit signe que oui.

— Il doit y en avoir plus d'une dans le coin, immatriculée à Rhode Island.

— Oui, mais combien avec SCALP sur la plaque et un autocollant INDIENS UN, CUSTER ZÉRO ?

Pas de réponse.

— Quand avez-vous entendu parler du meurtre ?

— Le lendemain matin, je prenais mon petit déjeuner en écoutant les nouvelles de 7 heures. Je connaissais le vieux Mike, un type sympa qui vous aurait donné sa chemise. Par réflexe, j'ai appelé le commissariat pour faire faire une recherche sur la plaque de la Jeep noire, pensant que le conducteur avait peut-être remarqué quelque chose. Il s'agissait de la voiture de Joe Quint. Je savais qui il était car j'avais vu son nom dans le journal. J'ai donné l'info au sergent et nous avons identifié la voiture, qui était bien celle que j'avais vue à Plymouth.

— C'est à ce moment-là que vous avez trouvé le tomahawk et le bidon d'essence ?

— Ouais, dans la Jeep.

— Où était le tomahawk ?

— Sur le siège arrière, à moitié recouvert de journaux.

— Et le bidon d'essence ?

— Dans le compartiment à bagages.

— Des empreintes ?

— Non, on avait dû les nettoyer ou utiliser des gants.

Je me penchai un peu pour écouter la conversation de la table d'à côté : il ne manquait qu'un point aux Red Sox pour gagner. Satisfait, je me replongeai dans mon affaire. La suite d'erreurs qu'avait commises Quint, décrites par Petrillo, ne collait pas avec ce que je savais du personnage.

— D'après votre expérience de flic, si vous avez l'intention de mettre le feu à l'endroit où vous venez de commettre un meurtre, est-ce que vous effaceriez vos empreintes ?

— Naturellement, répondit-il en riant, il suffit de regarder la télé pour savoir cela.

— Je suis d'accord. Maintenant, imaginons que vous soyez assez intelligent pour effacer vos empreintes, que feriez-vous ensuite ?

— Je jetterais les pièces à conviction dans le canal.

— Est-ce que vous les laisseriez dans votre voiture pour que les flics tombent dessus ?

— Mon Dieu, moi pas, mais les gens font souvent des trucs idiots. Je vois ça tout le temps.

— Joe Quint est loin d'être stupide.

— C'est ce que j'ai entendu dire, répondit-il, il s'est peut-être affolé.

— Les gens affolés ont tendance à faire n'importe quoi. Ils font des erreurs, mais ils agissent. Ils jettent les preuves à la première aire de repos, ou sur le bord de la route. En aucun cas ils ne sont passifs. Ils n'abandonnent pas bêtement leur voiture.

— Vous avez raison. Quel est votre avis ?

— Je ne sais pas. (Je bus une gorgée de café et regardai droit devant moi.) Pouvez-vous me montrer l'endroit où vous avez vu la Jeep ?

Petrillo était coopératif. Son 4 × 4 sur lequel étaient peints les mots : BERCEAU DE L'AMÉRIQUE était garé au coin de la rue. Je le suivis sur la route 3A qui longe la côte du nord au sud jusqu'à Cape Cod et qui était la route principale avant que la 3 ne soit construite. A un croisement, il s'arrêta sur le bas-côté pour me montrer l'endroit d'où il arrivait lorsqu'il avait vu la Jeep noire. Je le remerciai de son aide.

A la plantation de Plimoth où je me rendis ensuite, j'achetai mon billet et pris une documentation à l'accueil, sorte de bâtiment au toit triangulaire avec une tourelle d'observation. Je suivis la foule des visiteurs le long du sentier qui montait jusqu'au fort au milieu des champs dont je repérai sans difficulté la base noircie par le feu. Au premier étage, sur une terrasse, des canons pointaient leurs gueules par les créneaux d'une balustrade en bois.

De ma position élevée, je regardai, en bas, le village, une douzaine de petites maisons au toit de chaume de part et d'autre du chemin de terre que je venais d'escalader, des jardins et des corrals pour les vaches et les moutons. Une clôture, équipée de plates-formes d'où les pionniers surveillaient l'arrivée des Peaux-Rouges, entourait tout le village. Environ un kilomètre plus loin, le port de Plymouth et la baie de Cape Cod brillaient dans le soleil du matin. Je quittai le fort et descendis le long du chemin principal.

Les touristes se bousculaient dans les maisons ou s'entretenaient avec les employés vêtus comme au XVIIe siècle : les hommes portaient des pantalons bouffants et de larges chapeaux, les femmes des bonnets en lin et des jupes jusqu'aux chevilles. Un jeune homme qui donnait du foin à des vaches expliquait face à la caméra d'un touriste japonais : « Il y a sept ans maintenant que le *Mayflower* nous a débarqués ici, sains et saufs grâce à Dieu... » et les poulets erraient librement comme à l'époque où Frank Perdue ne les avait pas encore attrapés.

La maison à deux étages de Miles Standish, dans laquelle Mike Woods avait été assassiné, se trouvait en bas de la colline. J'en fis le tour plusieurs fois mais ne remarquai rien de particulier. Puis, longeant les berges de l'Eel, j'atteignis les quelques cabanes en roseaux du site Hobbamock. J'y observai des jeunes gens, vêtus à l'indienne, occupés à brûler la partie centrale d'un tronc pour y creuser un canoë, et plus particulièrement l'un d'entre eux qui coupait du bois : la hachette qu'il utilisait retint toute mon attention durant quelques minutes.

Il faisait chaud et je commençais à ressentir la fatigue. Je me dirigeai donc vers la sortie. J'arrivais à la hauteur d'une boutique de souvenirs, où je comptais acheter un carnet pour noter des noms, quand on m'interpella : une femme mince, aux cheveux roux et au sourire éclatant, se dirigeait vers moi. Elle s'approcha, m'entoura de ses bras et m'embrassa sur la joue.

— C'est incroyable, Soc. Je ne pensais jamais te revoir. Comment vas-tu ?

Notre dernière rencontre avait eu lieu sur la jetée de Provincetown. Eileen Barrett pleurait son frère Michael, qui venait d'assassiner plusieurs personnes pour un vieux trésor. Michael était mon client et son histoire s'était mal terminée.

— Un peu étonné, Eileen. La dernière fois que nous nous sommes vus, tu partais pour le Kansas.

— Arrivée en Pennsylvanie, j'ai fait demi-tour.

Elle me dévisagea de ses yeux bleu cobalt qui donnaient envie de la suivre et, en même temps, de s'en éloigner.

— Tu as l'air en forme, me dit-elle.

— Eileen, toi, tu as *toujours* l'air en forme.

J'étais sincère, car ni la monture noire de ses lunettes ni son chignon bas sur la nuque, comme celui d'une institutrice, ne réussissait à l'enlaidir, à supposer qu'elle en ait jamais eu l'intention. Le vert de son short et la couleur corail de sa chemise soulignaient le bronzage de ses longues jambes et de ses bras minces. Elle avait pris environ trois kilos, harmonieusement répartis.

Ecartant l'idée de continuer mon chemin après l'avoir assurée d'un « J'ai été ravi de te revoir », j'allais lui proposer de s'asseoir quand elle me montra une table à la terrasse d'un restaurant et suggéra que nous sortions de la foule.

A grands coups de thé glacé, nous nous racontâmes nos vies. Après la mort de son frère, une fois terminées ses études d'anthropologie à Harvard, elle avait enseigné à l'université de Pennsylvanie. Puis, elle était retournée dans sa Nouvelle-Angleterre natale, à Boston, où elle travaillait maintenant comme archéologue. Pour ma part, le résumé de mon parcours me prit trente secondes.

Elle se cala le menton entre le pouce et l'index pour me demander :

— Tu gagnes toujours ta vie en faisant de la plongée ?

— De temps en temps, quand quelqu'un fait appel à moi.

— Eh bien, je fais appel à toi, Soc. J'ai besoin d'un plongeur – en fait, j'en ai désespérément besoin.

— Je ne pense pas avoir le temps, Eileen, j'ai un boulot monstre en ce moment. (Je ne pouvais oublier ni Joe Quint ni ma promesse à Flagg.)

— Ça ne te prendra pas beaucoup de temps, c'est près d'ici, et ça te permettrait de faire une bonne action, insista-t-elle, voyant que j'hésitais.

L'Eileen que j'avais connue portait son assurance comme une armure. Celle d'aujourd'hui semblait plus vulnérable, pas faible mais plus humaine. Elle était plus jolie aussi, comme polie par la tristesse des événements de notre dernière rencontre, encore lisible dans ses yeux.

— Avant de prendre une décision, je dois en savoir un peu plus.

Elle avait gagné facilement, mais eut la délicatesse de ne pas se réjouir ouvertement, se contentant de sourire.

— C'est normal, reconnut-elle en me pressant affectueusement la main.

Quelques minutes plus tard la Dodge d'Eileen nous emmenait sur la route 3A, vers le sud. Après avoir parcouru plusieurs kilomètres, Eileen tourna à gauche sur un chemin de terre : il bordait une pinède dense, avant de déboucher quelque cinq cents mètres plus loin dans un pré où poussaient des cèdres rouges. Nous nous garâmes au bord du champ derrière une Toyota, un 4 × 4 Isuzu et un cabriolet Mustang rouge.

Eileen me guida le long d'un sentier légèrement en pente jusqu'à un garçon d'à peine 20 ans qui déposait des pelletées de terre dans un tamis. Une jeune femme, à peu près du même âge, les passait au crible et triait le résidu. Un homme de petite taille, en chemise beige et short militaire anglais comme ceux que l'on trouvait chez Abercrombie & Fitch, se tenait près d'eux, prenant des notes.

Eileen s'approcha et lui demanda :

— Comment ça se passe, docteur ?

Il retira son chapeau en coton blanc et essuya la sueur de son crâne chauve avec le dos de la main.

— Comme vous pouvez le voir, répondit-il d'une voix desséchée par la poussière, tout se passe très bien, à l'exception des moustiques qui se gavent à qui mieux mieux de mon sang, et de ce soleil d'enfer sous lequel je suis en train de cuire. (Il s'interrompit pour écraser un insecte sur sa jambe.) Ce sont nos jeunes assistants qui font tout le sale boulot.

La jeune femme au tamis dégagea quelque chose de la grille parmi les cailloux. Ses yeux brillaient d'excitation.

— Ça en vaut la peine, nous en avons trouvé plusieurs comme celui-ci, dit-elle en tendant à Eileen ce qu'elle venait de repérer.

Eileen prit la trouvaille dans sa main et l'examina.

— Ça vient d'un pot en céramique, très certainement de forme conique. (Elle suivit de son ongle des traits sur la poterie.) Des traces d'entailles primitives. C'est plein de promesses. (Elle se tourna vers l'homme qui prenait des notes.) Docteur, j'aimerais vous présenter Aristote Socarides, un vieil ami. Soc, je te présente le docteur Emery Zane, l'administrateur de notre projet.

Zane. Patty Hoagland avait entendu Joe Quint mentionner ce nom au téléphone.

Le Dr Zane pointa son nez dans ma direction et me jaugea rapidement de ses yeux verts et perçants malgré ses lunettes aux verres épais ; il me fit penser à un moineau évaluant un épis de maïs. Ses cheveux et sa barbe, qu'il n'entretenait manifestement pas, auréolaient de gris son visage tanné. Il devait avoir la petite soixantaine ; mais son regard intense exprimait un émerveillement enfantin.

— Félicitations, Eileen. Je vous envoie chercher du Gatorade pour vous reposer un peu de ce travail de titan, et vous revenez avec ce gentleman qui porte un nom de philosophe, fit-il, en souriant pour masquer un léger ton de reproche.

— Le Gatorade est dans le camion, docteur Zane. Je me suis arrêtée à la Plantation Plimoth où je voulais voir quelqu'un de leur département de recherche et je suis tombée sur Soc, c'était un ami de mon frère. Soc est *plongeur* professionnel, docteur Zane.

Ses yeux s'agrandirent, et mettant le bloc-notes sous son bras, il s'approcha pour me serrer la main.

— Je vous en prie, excusez mon impolitesse. Plongeur... J'aurais dû me douter qu'Eileen ne se contenterait pas de rapporter ce que je lui avais demandé. Elle s'est toujours montrée pleine de ressources.

Je jetai un coup d'œil aux alentours qui évoquaient un échiquier de quatre-vingt-dix mètres carrés environ, quadrillé par des ficelles blanches tendues à quelques centimètres du sol. Dans chaque case, une fosse rectangulaire avait été creusée, en gros à un mètre de la suivante.

— En quoi consiste exactement ce projet ?

— Un énorme complexe, répondit Eileen. L'entrepreneur faisait creuser une tranchée quand les ouvriers sont tombés sur des vestiges préhistoriques. Ils ont trouvé des objets façonnés : des poteries, des têtes de flèches. L'Etat a ordonné aussitôt que l'on prospecte le lieu pour en évaluer l'importance archéologique. C'est ainsi que le Dr Zane a été engagé comme consultant. Les premières études montrent que c'est un site vierge.

— J'ai aussi obtenu d'être responsable de l'inventaire, ajouta le Dr Zane. J'étais persuadé de l'intérêt de ce site malgré sa faible profondeur, et je voulais y travailler. Nous avons commencé par déterminer l'intégrité de l'emplacement en creusant des trous d'un mètre cube. L'examen préliminaire montre que l'endroit, dans l'ensemble, est intact, et qu'il n'a pas été visité.

— D'après ce que je vois, je dirais que vous avez plus besoin d'un excavateur que d'un plongeur.

— Attends, Soc, il y a autre chose, et bien plus fascinant

encore, dit Eileen interrogeant Zane du regard avant de continuer.

— Allez-y, Eileen. Quand le poisson a accroché l'hameçon, il faut le remonter, mais, excusez-moi, il faut que j'aille chercher un ou deux bidons de Gatorade, ajouta-t-il en se dirigeant vers la Jeep.

Eileen expliqua alors en souriant :

— Le Dr Zane est président des Services archéologiques du Nord-Est, je suis la directrice du projet. Quant à Dilligham Hoxie et Norma Lang, ils poursuivent leurs études à l'université Brown et nous assistent, ajouta-t-elle en me présentant le jeune couple, avant de m'entraîner vers une fosse dans laquelle un homme de grande taille, bâti comme un athlète, grattait sans grand enthousiasme une couche de poussière, à l'aide d'une truelle qu'il maniait comme un jouet.

— Comment vous en sortez-vous, Rick ? lui demanda Eileen.

— C'est tout ce que j'ai trouvé ; j'ai pourtant passé la matinée à suer dans cette tranchée, marmonna-t-il en ramassant un sac de plastique qu'il lui tendit.

Eileen en examina le contenu et déclara :

— C'est un beau morceau de poterie, Rick. Creusez encore un peu et si vous ne trouvez rien, passez à un autre trou. (Elle se tourna vers moi.) Soc, voici Rick Mason. C'est notre homme à tout faire : surveillant, photographe, journaliste et chercheur. Rick, je vous présente mon ami Soc. Il est plongeur.

Celui-ci me regarda comme si je lui rappelais quelqu'un avec qui il se serait engueulé auparavant. Son visage rougeâtre, barré d'une moustache tombante et auréolé de cheveux noirs qui bouclaient dans le cou, se terminait par un menton étroit et fin. Sous un large front, des yeux vifs me dévisagèrent.

— Vous avez l'intention de nous aider ?

— J'ai dit à Eileen que je vous donnerais un coup de main.

— Bon, alors on sera peut-être partis d'ici avant Noël.

— Merci, Rick, dit Eileen en lui coupant la parole. Je vais montrer à Soc l'endroit où il peut nous être utile. (Nous nous éloignâmes.)

— Rick n'a pas l'air particulièrement heureux ici.

— C'est tout Rick, répondit-elle avec impatience. Il n'aime pas cet endroit. Franchement, je ne sais pas comment le Dr Zane arrive à le supporter. Mais il y a autre chose, expliqua-t-elle en souriant, il m'a demandé une ou deux fois de sortir avec lui et j'ai refusé ; maintenant qu'il me voit avec toi, il doit être jaloux.

Nous marchions le long du champ, Eileen continuant à parler.

— Nous ne savons pas encore si cet endroit était occupé en permanence. Nous n'avons pas trouvé assez d'objets, des ustensiles de cuisine, par exemple, qui suggéreraient l'existence d'un vrai village. Il y a une source tout près, et il est possible que les gens y soient venus au printemps pêcher le hareng. En outre, la présence à proximité d'une « autoroute » indienne qui traverse la forêt indique que les lieux étaient fréquentés, il y a environ trois mille ans ou plus. Peut-être les habitants de différents villages s'y retrouvaient-ils à date fixe pour faire du commerce, palabrer ou célébrer des fêtes religieuses.

Le champ se terminait brutalement, juste au-delà du périmètre des fouilles. Une pente abrupte, de quatre ou cinq mètres, dégringolait jusqu'à un bassin d'environ huit cents mètres de diamètre. Un pieu enterré dans le sol et entouré de ruban adhésif orange prévenait de la présence de la falaise.

— C'est la partie la plus importante du chantier, dit Eileen en me montrant le bassin. La colline sur laquelle nous nous trouvons devait à une époque surplomber des pâturages. Là-bas, près de ces arbres, il y a une rivière que les cultivateurs d'airelles ont endiguée, créant ce bassin. D'après nos hypothèses, un important dépôt d'argile retiendrait l'eau.

Elle s'agenouilla et se pencha. Je fis de même.

— Regarde.

Le remblayage sous l'herbe était couvert de milliers de coquillages décolorés et brisés.

— C'est certainement l'endroit où les Indiens se faisaient cuire les palourdes.

— C'est exact. Cet amas de coquillages est énorme, laissant espérer qu'on y trouvera des vestiges, car c'est ici que les habitants jetaient leurs poteries cassées ou les débris des armes et des ustensiles qu'ils fabriquaient. Nous nous sommes demandé si des fragments avaient pu être emportés par la mer. Rick, ayant fait de la plongée, s'est porté volontaire ; c'est alors qu'il a découvert la grotte des Fées.

— Raconte, bien qu'on m'ait toujours conseillé de ne pas croire aux contes de fées.

— C'est un nom idiot pour une grotte sous-marine. Les Indiens s'y réfugiaient quand ils venaient chasser ou pêcher. Rick a trouvé des outils et des morceaux de poterie près de l'entrée, mais il y en a certainement beaucoup plus à l'intérieur. Rick a voulu y retourner, mais le Dr Zane a refusé qu'il y aille seul.

— C'est un bon réflexe. Plonger seul dans des cavités comporte des risques.

— Tous les plongeurs sont pris. Alors, quand je t'ai rencontré...

— Et moi qui pensais que tu étais tout simplement heureuse de me voir ! lâchai-je en simulant le dépit.

La lumière du soleil accentuait les reflets cuivrés des cheveux d'Eileen. Son parfum évoquait les fleurs des champs. Fatiguée par sa posture de pénitente, elle changea de position, puis me dévisagea.

— Je suis vraiment heureuse de te revoir, Soc.

D'un geste irréfléchi, je mis mon bras autour de son épaule.

— Je plaisante, Eileen. Tu me connais, toujours prêt à blaguer.

— Tu ne m'as jamais appelée, se plaignit-elle en me regardant droit dans les yeux.

— Je n'avais pas ton numéro, rétorquai-je tout en sachant qu'il y avait une autre raison.

Mon sang crétois m'amène sûrement à voir les choses en noir et blanc : j'avais été attiré par Eileen, non seulement par son allure, par son corps, mais aussi par le tempérament de feu que cachait sans doute son abord plutôt froid. Et puis, elle m'avait menti, ce qui m'avait profondément vexé. Maintenant elle me demandait un service.

— Quelle est la profondeur du bassin ?

— Environ dix-huit mètres, d'après les cartes. Rick dit que la grotte est à douze mètres.

— Que voulez-vous que je fasse ?

— Nous aimerions que tu inspectes avec Rick les alentours de la cavité pour vérifier si quoi que ce soit peut y avoir été entraîné ; ensuite, que tu pénètres à l'intérieur. D'après les autres abris déjà explorés, il est certainement assez étroit, pas plus de trois mètres cinquante. S'il y a des vestiges, on se débrouillera plus tard pour les remonter.

— Pourquoi ne pas le faire tout de suite ?

— Les explorateurs ont la réputation de se comporter sur les sites comme Indiana Jones et de dénicher des vestiges en or, alors que nous ne récupérons que des lances ou des flèches. Les sites archéologiques ont des ressources limitées que nous protégeons. Si tu désires reconnaître un site parce que tu estimes qu'il est menacé, comme ici, par exemple, par un chantier de construction et qu'il te soit impossible de tout récupérer, il est préférable de ne retirer que ce qui est nécessaire pour une évaluation. Cela devrait prendre un jour ou deux, pas plus.

— Est-ce que, à part celui-ci et celui de la plantation, il y a d'autres sites archéologiques dans les environs ?

— Pas que je sache ; la communauté des archéologues est restreinte et tout le monde se connaît. S'il en existait d'autres, nous le saurions.

J'aidai Eileen à se relever tout en mémorisant rapidement le bassin et l'endroit des fouilles.

— C'est bon, lui dis-je, tu as trouvé ton plongeur. Je vais m'organiser pour me libérer une heure ou deux de temps en temps.

Elle mit ses bras autour de moi et m'embrassa dans le cou. Un frisson d'excitation me parcourut des pieds à la tête.

— Je savais bien que tu ne nous laisserais pas tomber. J'ajoute que le salaire est intéressant et que tu pourras habiter avec nous dans la maison que nous avons louée à Plymouth, ce qui t'évitera de faire le trajet. Et puis nous pourrons bavarder, ce sera sympa ; nous nous sommes séparés trop brutalement la dernière fois.

Je crois qu'on peut dire de moi que je suis un mec simple : une bière et un hamburger à la fin de la journée, une bonne saison pour les Red Sox, et je suis heureux comme un roi. Mais dans ces situations-là, je sais que je deviens faux-jeton.

Certes, je rendais service à Eileen, peut-être pour me faire pardonner de l'avoir jugée aussi durement. Mais mes neurones, eux, travaillaient sur l'affaire Joe Quint, et si Eileen ne m'avait pas demandé de lui donner un coup de main, je me serais porté volontaire pour manier la truelle. Je n'avais pas oublié, en effet, que Joe avait commencé à mettre la pagaille après être tombé sur un truc qui concernait un site archéologique et un certain Zane.

— Ce sera très agréable de discuter, acquiesçai-je.

J'avais regretté, il me semble, que la situation entre Eileen et moi reste en suspens ; mais au lieu de faire ces yeux de merlan frit, j'aurais mieux fait d'écouter la petite voix en moi qui faisait de son mieux pour me rappeler que Joe Quint n'avait eu que des emmerdements en se renseignant sur le dénommé Zane.

11

Je retrouvai Sam chez Elsie ; il discutait avec des pêcheurs qui se plaignaient du prix de vente de la morue. Je m'installai sur un tabouret à côté de lui et commandai un café glacé. La conversation passa de la pêche au concours organisé par Mme Eelgrass à l'approche du printemps : c'est une tradition annuelle au cours de laquelle les jeunes citadines, vêtues d'algues, de coquillages et de carapaces, quêtent au bénéfice d'œuvres de charité. Certains estimaient que cette année, le premier prix aurait dû revenir à la langouste sexy en justaucorps rouge et non à la palourde qui asticotait les garçons pour qu'ils viennent, avec leur binette, dans sa coquille. Quand je leur dis que mon choix s'était porté sur Madonna la sirène, ils répondirent en chœur que les sirènes à la peau verte et aux cheveux de varech jaune, ça courait les rues.

Je changeai de sujet et demandai à Sam si sa journée de pêche sans moi s'était bien passée.

— Les poissons, c'est sûr, te préfèrent au petit Nickerson, ils ne se sont pas précipités dans le bateau comme ils le font d'habitude. Pour une fois, il a fallu que je bosse, me répondit-il.

— Désolé d'avoir raté ça.

On m'apporta mon café glacé, une décoction tiédasse avec

des gouttelettes de graisse flottant autour de la crème. Je fronçai les sourcils.

— Comment fait Elsie pour arriver à foirer une chose aussi simple qu'un café glacé ?

— Comme le reste : le plus naturellement du monde, répondit Sam.

Je remplis le verre de sucre à ras bord.

— Cette affaire va prendre plus de temps que je ne le pensais, Sam, je vais avoir besoin de toute la semaine.

— Plus compliqué que ce à quoi tu t'attendais ?

— Ouais ! (Je bus une autre gorgée de café glacé et, réalisant que rien ne pouvait l'améliorer, je repoussai le verre.) Tu connais quelque chose aux Indiens, Sam ?

— Seulement d'après les films de John Wayne que j'ai vus à la télé.

— Je parle des Indiens de Cape Cod.

— Laisse-moi réfléchir. Ah oui, il y a des années, un dénommé Charlie Cherokee habitait ici. Il était fou à lier. La police interdisait à quiconque en ville de lui vendre de l'alcool, mais des gens qu'il payait lui rapportaient du whisky ; ensuite il se cuitait jusqu'à l'épuisement de son stock. Il se fringuait de peaux de daim et de plumes, se baladait en brandissant un tomahawk et en racontant que le général Custer et la cavalerie franchissaient les ponts du canal. Il était inoffensif et, au bout d'un moment, les gens se sont habitués à lui. Je me souviens qu'il venait ici, du temps où ça s'appelait Lonzo. Ce n'était pas le même propriétaire.

— Est-ce que la bouffe était meilleure ?

— Lonzo était le père d'Elsie. Il lui a appris tout ce qu'elle sait faire. Tu en conclus quoi ?

— J'ai compris ! Que faisait un Cherokee à Cape Cod, Sam ?

— Ce n'était pas vraiment un Cherokee. Il était syrien ou libanais, je crois. Mais s'il avait envie d'être un Indien, on n'allait pas lui gâcher son plaisir. Dans une petite ville, tu fais avec ce que tu as. Essaie le thé glacé, Soc.

Le thé avait un goût de brûlé. D'autres pêcheurs arrivèrent et, la discussion tournant à la politique locale, je saluai Sam, lui dis que je resterais en contact et retournai au hangar.

Derrière la grille, je trouvai une enveloppe de pli exprès. Ce n'est qu'après avoir donné à manger à Kojak et m'être préparé un pot de thé à la menthe glacé, que je l'ouvris. Elle contenait un mot de Flagg : « Je pense que ceci peut t'intéresser. » Kojak renifla sa gamelle et vint se frotter à ma jambe, espérant que j'allais rajouter un peu de croquettes. Je le grattai entre les deux oreilles.

— Cette affaire est dingue, Kojak. Mon client veut que je me casse et le FBI rêve de me voir prendre mes cliques et mes claques pour Madagascar. Pour les fédéraux, l'affaire est classée. Le flic local dit qu'il a vraiment vu la voiture de Joe, et la copine de Joe qu'il était vraiment avec elle. De plus je viens de me porter volontaire pour aller faire de la plongée avec une bande d'archéologues dont fait partie Eileen Barrett. Tu te souviens d'Eileen, n'est-ce pas ? (Kojak se mit en boule.)

Flagg m'adressait le rapport d'autopsie de Mike Woods. Le médecin légiste expliquait que la victime avait été tuée par un coup à la tête assené avec un instrument tranchant correspondant au tomahawk trouvé dans la voiture de Joe, que les traces de sang et les cheveux trouvés sur l'arme étaient bien ceux de la victime, qu'il n'y avait pas d'empreinte, renseignements qui concordaient avec ceux que j'avais déjà.

Je m'appuyai sur le dossier de ma chaise pour reprendre l'enchaînement des événements tels que les flics les avaient décrits. Joe va dîner chez son amie, prend une bière avec le frère de celle-ci, conduit jusqu'à Plymouth, met le feu au fort, assassine le gardien, et sa voiture est repérée par un flic. Il rentre chez lui, laisse dans sa voiture le bidon d'essence et l'arme qui l'associent au meurtre, et va se coucher. C'est difficile de penser qu'il ait pu quitter Patty sans qu'elle s'en aperçoive ; les femmes sentent le danger, et si on quitte leur lit ne serait-ce qu'une minute, leurs bras commencent à chercher le corps chaud qui vient de partir. En revanche, si Patty savait que Joe s'était absenté, alors elle mentait, et à la police et à moi.

J'étudiai de nouveau le rapport cherchant à y déceler une incohérence. Je mis rapidement le doigt dessus : selon Patty, les flics s'étaient présentés chez elle à 9 heures environ pour chercher Joe. Voyons cela de plus près : Petrillo, le flic qui a vu la voiture de Joe, a entendu parler du meurtre à la radio, aux informations de 7 heures, pendant qu'il prenait son petit déjeuner ; il exploite le numéro de la voiture, ce qui a dû lui prendre un peu de temps puisque c'est une plaque de Rhode Island ; il prévient son chef. Les flics avaient déjà un mandat de perquisition en arrivant à Mashpee qui se trouve à presque une demi-heure de route de Plymouth. A quoi il faut ajouter le temps de prévenir, par courtoisie, les flics locaux que vous débarquez sur leur territoire. Comment sont-ils parvenus à venir à bout de tout cela en aussi peu de temps ?

Si ce n'est pas l'histoire de Petrillo qui a mis les flics sur la piste de Joe, qu'est-ce que ça peut bien être ? Je notai mes remarques sur le coin de l'enveloppe FedEx. Autre chose : dans le rapport de police, Patty Hoagland dit que Joe est arrivé chez elle vers 3 heures de l'après-midi, mais elle ne fait aucune allusion à la visite de son frère Peter dans la soirée.

J'appelai la police de Plymouth et demandai à parler à l'officier Petrillo. Celui-ci s'étant absenté quelques instants, je laissai un message pour qu'il me rappelle. Ensuite, je téléphonai à Patty :

— J'ai parcouru le rapport de police et je voudrais vous poser une question.

— Je serais heureuse de vous aider si c'est en mon pouvoir.

— Vous avez dit aux flics que Joe était venu chez vous vers 3 heures, que vous avez mangé à 7 heures, regardé la télévision jusqu'au journal de 11 heures, et que vous êtes ensuite allés vous coucher.

— C'est exact, quel est le problème ?

— Il manque un fait. Peter. La visite de votre frère n'est pas mentionnée dans le rapport. J'en déduis que vous n'en avez pas parlé. Est-ce un oubli ?

— Non. Je ne voulais pas que Peter soit impliqué dans cette histoire. Je pensais que c'était sans importance, puisque Peter est parti longtemps avant de pouvoir confirmer ou réfuter l'alibi de Joe. Vous croyez que j'ai eu tort de ne pas le dire à la police ?

— Un bon avocat mettra le doigt sur tout ce que vous aurez omis dans votre déposition. Pour lui, c'est un argument supplémentaire dont il se servira pour convaincre le jury que votre témoignage n'est pas digne de foi.

Je l'entendis soupirer au bout du fil.

— Vous avez raison, naturellement. Faut-il que j'en parle maintenant ?

— Attendez un jour ou deux, car ils vont sûrement revenir vous voir. Glissez-le alors dans la conversation pour que cela soit consigné. Dites quelque chose comme « Ah, au fait... » Dites-leur que vous étiez bouleversée, que vous avez oublié. Soyez le plus crédible possible. A ce stade, on essaie de limiter les dégâts, mais je pense que ça marchera.

— Merci, Soc. (Il y eut un moment de silence.) Je veux juste que vous sachiez à quel point j'apprécie l'intérêt que vous portez à cette affaire. Je sais que Joe peut être difficile, soyez patient avec lui.

— J'en ai bien l'intention. Pendant que je vous ai au téléphone, Patty, pouvons-nous revenir un peu en arrière ? Joe est venu chez vous il y a quelques semaines. Que faisait-il dans la région ? Il n'habite pas ici, n'est-ce pas ?

— Joe a une adresse à Rhode Island, mais il n'y réside pas souvent, car il travaille essentiellement à Boston. Il était en vacances, ce qui nous permettait de nous voir : nous avons fait du bateau, pique-niqué, nous nous sommes reposés. Il faisait un temps splendide, et ç'a été de belles vacances bien remplies.

— Joe était donc détendu et heureux.

— Détendu à sa manière. Oui, je dirais qu'il était heureux.

— Bien, revenons sur quelques points. Donc, Joe est heureux comme un poisson dans l'eau, et puis tout d'un coup, il part à l'assaut de Plymouth comme Geronimo sur le sentier de la guerre. Je sais que nous en avons déjà parlé, mais avez-vous ressenti le moment précis où les choses ont changé ?

— Je comprends ce que vous voulez dire : Oui, tout a commencé par un coup de fil. Quelqu'un a appelé Joe ici.

— Savez-vous qui c'était ?

— Non. Joe a d'abord paru perplexe. Le soir, quand il est rentré, c'était différent.

— Qu'est-ce qu'il a dit exactement ?

— Qu'il était allé à une vente aux enchères, et qu'il était fou de rage. Le lendemain, il passait les coups de fil dont je vous ai parlé et commençait à s'agiter, comme vous dites.

— Il ne vous a jamais rien expliqué au sujet de ce qui l'avait rendu tellement furieux.

— Non, juste qu'il le ferait seulement quand lui comprendrait ce qui se passe.

— Il a bien mentionné un dénommé Zane ? Etes-vous sûre du nom ?

— Tout à fait sûre ce n'est pas très courant. Est-ce que tout cela peut vous aider ?

— Sûrement. Mais il faudrait que j'en sache un peu plus sur cette vente aux enchères. Essayez d'aborder de nouveau ce sujet avec Joe, et de lui faire lâcher son secret. Renseignez-vous aussi sur ce Zane.

— Je vais faire de mon mieux. Quelles sont vos intentions maintenant ?

— Exploiter les quelques indices en ma possession. Je vous tiendrai au courant.

Elle me répéta à quel point elle m'était reconnaissante d'aider Joe. Je rayai la note au sujet du frère de Patty, écrivis « vente aux enchères », et regardai au loin. Puis, me rappelant ma promesse à Eileen, je vérifiai mon équipement de plongée. La bouteille était vide, mais, à la boutique, on m'assura qu'ils en auraient dès le lendemain. Je venais d'étaler sur le lit ma combinaison, les régulateurs, les palmes, la ceinture plombée et le compensateur, quand le téléphone sonna : c'était Petrillo.

— J'avais une question à vous poser. Vous veniez de terminer votre garde quand vous avez aperçu la voiture de Joe, n'est-ce pas ?

— C'est exact.

— Vous m'avez dit, il me semble, n'avoir retravaillé que le lendemain après-midi. Vous vous êtes fait communiquer les renseignements au sujet de la plaque de Joe, puis vous avez alerté votre chef ; c'était après avoir entendu parler du meurtre, pendant que vous preniez votre petit déjeuner.

— C'est toujours exact.

— D'accord, mais comment avez-vous réussi à être à Mashpee, un mandat de perquisition en poche, à 9 heures, compte tenu du temps nécessaire à toutes ces démarches ; ça, je n'arrive pas à le comprendre.

— Vous pouvez ne pas quitter ? (Je l'entendis manipuler le téléphone. Une minute plus tard il revenait au bout du fil.) Désolé, reprit-il à voix basse, j'ai dû changer de ligne. Reprenons.

Je répétai la question.

— En fait, fit-il, ils ont reçu un coup de fil.

— Un coup de fil.

— Oui, un coup de fil anonyme, vers 6 heures ce matin-là. Quelqu'un indiquait que, si on voulait savoir qui était derrière l'incendie et le meurtre de la plantation, il fallait s'adresser à Joe Quint, à Mashpee, et le correspondant a donné l'adresse. Le sergent s'est renseigné, et était sur le point de demander aux flics de Mashpee de surveiller Quint, à titre de précaution, juste au moment où j'ai appelé pour communiquer mon information sur les plaques...

— Qui indiquait la présence de Joe à Plymouth ?

— C'est ça. Le sergent a estimé qu'on avait assez d'éléments. On a sorti le juge de son lit pour lui faire signer le mandat et on a foncé à Mashpee. Le tuyau a été passé sous silence pour laisser croire que l'affaire avait été réglée grâce à la diligence de la police. Les preuves que nous avions rassemblées étaient assez solides pour affirmer que Joe était le criminel. Mon Dieu, vous n'allez pas nous le reprocher ?

— Non. Vous l'auriez quand même attrapé.

— C'est à peu près certain, mais je pourrais avoir des ennuis si on venait à apprendre que je vous en ai parlé.

— Motus, promis.

— Merci ; n'hésitez pas à faire appel à moi, si vous avez besoin de quelque chose. Bon, il faut que j'y aille maintenant.

Je le remerciai et raccrochai. *Ils ont reçu un coup de fil*, avait dit Petrillo. Donc, en admettant que Joe Quint soit innocent, la seule personne à pouvoir connaître le meurtre de Mike Woods était l'assassin lui-même. Et son coup de fil à la police ne pouvait être motivé que par une unique raison : faire épingler Quint. Sam avait raison à propos de Cherokee Charlie : les apparences cachent souvent la réalité des choses.

12

UNE VIEILLE RENGAINE OBSÉDAIT MON ESPRIT depuis que j'avais quitté Cape Cod pour me rendre à Plymouth : *Si tu ignores le passé, c'est à tes risques et périls.* Dès que je fouillais dans le présent de Joe Quint, je trébuchais sur le passé.

Mike Woods a été assassiné dans l'enceinte de la réplique d'un village vieux de trois cents ans. L'arme du crime est la copie exacte d'un antique tomahawk. Quint fait tout un foin sur le rocher de Plymouth, qui remonte à 1620 et des poussières. Patty Hoagland s'habille comme ses ancêtres, entonne leurs chants et voit des présages dans le vol d'un gros oiseau. Son frère Peter riposte aux pratiques de générations de Blancs en les battant à leur propre jeu. Et maintenant, Eileen et son équipe suent sous un soleil de plomb à la recherche de poubelles abandonnées par des populations mortes depuis si longtemps que leurs os sont devenus poussière.

La ville s'éveillait alors que, laissant derrière moi le centre commercial, j'arrivais dans un secteur résidentiel, bâti sur une colline aux rues étroites bordées de vieilles maisons. Je me garai au pied de Burial Hill près d'une grande église en pierre aux allures de presbytère anglais. D'après le panneau à l'entrée il y avait toujours eu, depuis 1620, une église à cet endroit, et l'édifice original, reproduit à la plantation de Plimoth, avait dû se trouver là, lui aussi. Le sermon du jour :

« Chacun de nous est responsable du mal qu'il aurait pu empêcher. » me donna à méditer.

On accédait à Burial Hill par un chemin ombragé, le Sentier des pionniers. Du sommet, la vue embrassait la ville, de la Chambre du comté au Palais de justice, et le port. Le cimetière accueillait des tombes vieilles de plusieurs siècles sur lesquelles étaient gravés des noms bibliques : Jabez, Mercy, Bethsabée, ou encore « Mme Ruth Turner, ce modèle de vertu ». Je me demandai si, aujourd'hui, la chasteté était considérée comme une vertu.

Les pierres ne me révélèrent aucun secret. En descendant la colline pour retrouver mon pick-up, je passai devant un monument à la mémoire d'Elder William Brewster, patriarche des pionniers, mort en 1644 ; une pierre tombale pour Edward Doty, un passager du *Mayflower* ; et une autre indiquant où John Alden avait vécu. Encore le passé. Malgré les étalages proposant aux touristes cartes postales, objets d'un goût douteux et souvenirs hors de prix, malgré le musée de cire, cette ville tenait à son histoire, et avait à cœur de la rappeler à tous.

La maison louée par le Centre d'archéologie du Nord-Est occupait, rue Sever près du tribunal des tutelles, un prétentieux immeuble victorien d'un étage et demi avec une tour cylindrique qui ressemblait à un silo de lancement. Eileen m'attendait sur le perron. Quand elle m'aperçut garant la voiture, elle vint à ma rencontre, m'embrassa légèrement sur les lèvres et attrapa un de mes sacs.

— Le Dr Zane et les autres sont déjà sur le site, dit-elle en me précédant à l'intérieur. As-tu pris ton petit déjeuner ? Il reste des crêpes à la myrtille, des myrtilles fraîchement cueillies.

— Merci, je me suis arrêté en chemin.

La porte d'entrée s'ouvrait sur un grand hall au plancher scrupuleusement entretenu. Eileen gravit agilement le large escalier pour me conduire à ma chambre à l'étage. Le papier peint y était très gai, représentant des oiseaux-mouches. Le mobilier, deux armoires anciennes, un lit en cuivre et un bureau, luisait dans la lumière prodiguée par deux grandes portes-fenêtres.

— Ça te plaît ? me demanda Eileen.

J'écartai les rideaux de coton blanc et aperçus la jetée où j'avais déjeuné avec le lieutenant Bacudas, le *Mayflower* amarré à son quai et l'auvent de granit du Rocher de Plymouth.

— Je risque de ne jamais repartir. (Je jetai mon sac sur le lit.) Donne-moi quelques minutes pour m'organiser.

— D'accord. Quand tu seras prêt, retrouve-moi dans le laboratoire au bout du couloir, j'y travaille. (Elle s'arrêta à la porte et imita Lauren Bacall parlant à Bogie dans *Le Port de l'angoisse.*) Nous serons voisins, ma chambre est juste en face.

Je vidai ma valise en un rien de temps : je voyage léger, T-shirts, sous-vêtements et brosse à dents. Je jetai un coup d'œil à la chambre d'Eileen : identique à la mienne sauf que le rose y dominait et qu'elle sentait comme Eileen, les fleurs de printemps, le shampooing et la crème pour le corps.

La tourelle au bout du couloir abritait le laboratoire, pièce parfaitement circulaire, dont le bureau d'Eileen, une simple porte posée sur deux classeurs, occupait le centre. Elle tapotait sur un ordinateur.

D'épais manuels et des dossiers étaient éparpillés sur le bureau, d'autres livres rangés n'importe comment sur les rayonnages posés sur des blocs de cèdre. Des topographies du Massachusetts et de Plymouth et des feuilles blanches couvertes de traits grossiers, comme en dessinent les enfants, étaient punaisées aux murs. Sur une commode, étaient posés un microscope, des tonnes de diapos et des petits sacs en plastique, fermés par une glissière, contenant des débris marron ou noirs.

Eileen leva les yeux de son ordinateur et, balayant l'espace d'un grand geste, me demanda :

— Comment trouves-tu notre laboratoire ?

— Il ne manque qu'un assistant qui s'appellerait Igor, des appareils bruyants d'où jailliraient des étincelles et des bocaux de verre contenant des cerveaux.

— Je vais passer un coup de fil au Dr Frankenstein et lui demander de nous envoyer tout ce dont il ne se sert plus. (Elle éteignit son ordinateur.) A propos de scientifiques fous, on ferait mieux de se dépêcher de rejoindre le Dr Zane avant qu'il pique une crise de nerfs.

Je rangeai mon équipement de plongée dans la voiture d'Eileen, et vingt minutes plus tard nous arrivions sur le site. Le Dr Zane et son équipe étaient regroupés sous une tente autour d'une table pliante comme des généraux sur une vieille photo de la guerre de Sécession. Zane se précipita pour venir nous saluer.

— Ça fait plaisir de vous voir, Soc. Est-ce qu'Eileen vous a confortablement installé ?

— Je ne serais pas mieux au Hilton, assurai-je en sortant mes bouteilles et mon sac de matériel de la fourgonnette.

— Bien, fit-il en se frottant les mains. Nous étions en train d'étudier le rapport de Rick.

Zane se rapprocha de la table et me tendit un morceau de papier plein de taches de doigts.

— Voici un permis standard de fouille, que nous avons adapté pour une utilisation sous-marine. (Il posa la feuille sur la table.) Rick, pouvez-vous expliquer à ce gentleman ce que vous avez écrit ?

— Le Dr Zane m'a demandé de remplir ce formulaire, mais je trouve que c'est une perte de temps...

— Pas du tout, coupa Zane. La procédure correcte doit être suivie.

— Vous pouvez oublier tout ce qui concerne les niveaux et les terrains excavés, parce qu'il n'y en a pas, continua Rick en l'ignorant. C'est un plan sommaire. La flèche indique le poteau près de l'à-pic. (Il fit courir son doigt sur une diagonale grossièrement tracée.) Voici la coupe perpendiculaire de l'à-pic sous l'eau, constitué en grande partie d'argile puis, en dessous, de granite, il me semble.

Je montrai du doigt un X dessiné à peu près au milieu de la ligne qui définissait la coupe de la paroi.

— C'est la grotte ?

— Oui. (Il tapota à un endroit.) Ça, c'est l'entrée : un mètre vingt de haut et un peu plus d'un mètre de large.

— Comment êtes-vous tombé dessus ?

— Je nageais le long de la paroi à la recherche d'objets indiens. J'ai aperçu des coquillages et je me suis approché pour les regarder de près. C'est à ce moment-là que j'ai trouvé la cavité.

— Etes-vous entré ?

— Certainement pas ! Pas tout seul.

Le Dr Zane rongeait son frein en silence pendant que Rick menait le débat. Il l'interrompit cependant pour préciser :

— D'après l'expérience que nous avons des autres sites, c'est probablement une brèche peu profonde et non une véritable grotte : peut-être un abri temporaire ? Nous ne découvrirons certainement pas de vestiges permanents. Mais l'archéologie réserve quelquefois des surprises, une minuscule vieillerie pouvant remettre en cause toute une théorie. Eh bien, on y va ?

Rick acquiesça de la tête et enfila sa combinaison de plongée encore humide. Je me préparai moi aussi et me rendis sur place pour inspecter le bassin. La lumière matinale brillait sur la surface lisse. Quand on plonge en eau douce, on se sent sûr de soi et c'est là, justement, que réside le danger, alors que les courants et les marées de l'océan obligent à rester sur le qui-vive. Il arrive qu'on se noie dans l'eau douce aussi facilement que dans l'eau de mer.

— Quelle est la visibilité en bas ?

— Pas trop mauvaise au début : cinq à six mètres, peut-être. L'eau est même assez claire au fond, quand il n'y a pas de plantes. A cet endroit, les mauvaises herbes m'ont donné un mal de chien pour me repérer quand mes palmes ont remué la vase. J'ai dû attendre que tout soit retombé pour bouger de nouveau.

— On se déplacera très lentement. Le long de la paroi, la pente est douce ou abrupte ?

— Douce au début, elle tombe à pic ensuite.

— Je vais déjà délimiter l'endroit, proposai-je.

Je sortis une petite ancre de mon sac que je jetai dans l'eau à environ trois mètres, après l'avoir fait tourner au-dessus de ma tête. Je vérifiai, en tirant sur la chaîne, qu'elle était bien fixée, puis j'accrochai l'autre bout autour du poteau.

— Ce sera notre ligne de secours. A vous de jouer : quel est votre plan de plongée ?

— Nous allons suivre la chaîne jusqu'au fond. Puis nous nous dirigerons vers la droite face à l'à-pic. Quand nous arriverons à l'endroit où, d'après moi, se trouve l'abri, je remonterai. Si je me suis trompé, nous n'aurons plus qu'à replonger et à recommencer.

— Ça me paraît correct.

J'enfilai le haut de ma combinaison. Les étudiants de l'université Brown : Dil, barbu et la mâchoire chevaline, Norma, solide, nez pointu au-dessus d'une bouche sympathique, et les cheveux ramenés en deux couettes comme une jeune Amish, s'approchèrent et nous aidèrent à installer nos bouteilles. Eileen s'était éloignée pendant l'explication de Rick et de Zane. Elle se tenait à l'écart, silencieuse.

— Quelque chose ne va pas ?

— Ça me fait mal de vous regarder passer vos combinaisons. Ça me rappelle le *Gabriella* quand toi et Michael vous prépariez à plonger.

Je lui serrai la main doucement.

— C'est le passé, Eileen. Ce n'est pas le *Gabriella*, et il s'agit de Rick Mason et de moi.

Zane s'approcha pour voir si nous étions prêts. Il jeta un coup d'œil sur la main d'Eileen posée dans la mienne, mais ne fit aucune réflexion. Le voyant se pencher sur le poteau, je lui expliquai le pourquoi de la chaîne.

— C'est ingénieux. Vous avez déjà fait de la recherche archéologique sous-marine ?

— Un peu. Ce n'est qu'une question de bon sens.

— On a besoin de bon sens dans cette discipline, approuva-t-il en me tendant un sac à échantillons et une truelle. Cela vous sera peut-être utile.

J'ajoutai à cet outillage une ardoise en plastique blanc et un crayon noir que j'attachai à mon poignet. Puis nous fîmes l'inspection de routine, vérifiant les appareils à air comprimé, les ceintures de lestage et les détendeurs. Enfin, comme je crevais de chaud sous le soleil dans ma combinaison noire, qui me donnait l'impression d'être une langouste passée au four, je dis à Rick :

— Je suis prêt.

— Allons-y !

Nous nous sommes assis, les jambes dans le vide, et en tenant la chaîne, nous avons glissé le long du talus dans le bassin. Au premier contact, l'eau me parut glacée, mais la température devint vite agréable.

Nous avons passé de la salive sur les verres de nos masques pour empêcher la buée de s'y former, testé une dernière fois nos détendeurs et enfin mordu les embouts. Rick leva son pouce, je lui fis signe que tout était OK. Il sauta les pieds en avant dans une explosion de gerbes d'eau. Je fis un dernier signe à Eileen et aux autres qui étaient penchés par-dessus le talus, j'appuyai sur la valve pour faire sortir de l'air de mon détendeur et me laissai couler en faisant glisser ma main le long de la chaîne.

La paroi était en argile, avec des roches saillantes foncées, probablement déposées à l'époque glaciaire. Rick se frotta accidentellement à la paroi et disparut aussitôt de ma vue dans un nuage de boue et de détritus végétaux. Il m'attendit au fond accroupi à côté de l'ancre.

M'étant assuré que l'ancre tenait toujours bien, j'écrivis « JE SUIS PRÊT » sur mon ardoise.

Rick pointa son doigt vers la droite.

Nous avons nagé au-dessus des plantes, gardant la paroi sur notre gauche ; je me tenais derrière Rick, légèrement sur sa droite. Il remuait sa tête de bas en haut, tel un crocodile en chasse. Au bout de quelques secondes, il s'arrêta pour me montrer la paroi dont il détacha un petit morceau de coquille de palourde. Il fit des gestes au-dessus de sa tête, puis remonta tout droit ; je le suivis. Il n'avait pas fait cinq mètres qu'il stoppa net, alluma sa lampe-torche et éclaira la paroi.

Une bouche noire sans dents bâillait dans la lumière, nous conviant à passer la tête. La lumière de ma lampe vint se superposer à celle de Rick.

J'écrivis : « APRÈS VOUS » sur l'ardoise et, d'un grand geste du bras, l'invitai à entrer.

Le sol de l'abri était couvert de vase, et le moindre remous des palmes de Rick soulevait de minuscules morceaux de pierre volcanique.

L'examen des lieux nous révéla un espace d'environ quatre mètres de large sur deux mètres de haut. Des plantes brunes pendaient du plafond et des murs de pierre. Rick scrutait soigneusement coins et recoins quand il repéra quelque chose sur le sol.

Se servant d'un pinceau qu'il avait pris dans son sac, il brossa le sol boueux. Sa main était couverte de vase noire. Ça n'allait pas être facile. Heureusement la fange, grâce à son poids, se déposa rapidement. Les coups de pinceau mirent au jour d'autres coquilles de palourdes blanches. Rick retira de la vase quelque chose de sombre qu'il essuya et approcha de son masque.

Dans le creux de sa main reposait un objet noir en forme de cône, probablement en terre cuite. Il imita le geste d'un fumeur et écrivit sur son tableau « PIPE ».

Rick rangea sa trouvaille dans son sac et continua à avancer, s'arrêtant une demi-douzaine de fois pour brosser le sol. Il garda certains échantillons et en rejeta d'autres, sans intérêt. Accompagnés des ombres grotesques que nos lampes-torches dessinaient sur les murs de pierre, nous arrivâmes sous une sorte de petite coupole, face à un mur : le fond de la cavité. Comme le Dr Zane l'avait supposé, nous n'avions affaire qu'à une étroite échancrure dans les rochers.

Puis quelque chose, en bas à gauche sur le mur, attira mon attention, c'était une tache noire qui ne s'effaça pas à la lumière. C'était un trou.

Rick m'avait suivi. Il écrivit sur mon tableau : TUNNEL ?

Je hochai la tête affirmativement : je touchai son épaule et du doigt, lui désignai ma montre, car selon la règle, une plongée est planifiée et ne se change pas en cours de route. Or, nous n'avions pas prévu de faire de la spéléologie. Il tapota sa montre et la jauge de pression pour me faire comprendre que nous avions suffisamment de temps pour explorer l'endroit. D'accord, mais prudent, je pris dans mon sac un rouleau de fil retors blanc. Sans expérience dans ce domaine, je savais néanmoins que les ennuis sont monnaie courante.

J'attachai un bout du fil à une saillie haute de trente centimètres, en déroulai environ deux mètres et désignai le tunnel du doigt. Rick passa la tête en premier, puis recula pour détacher son sac d'échantillons ; je l'imitai car il allait falloir se faire tout petit.

Il se faufila dans le passage. Non sans appréhension, je le suivis.

13

BING... CRAC... BANG...Nos bouteilles cognaient et raclaient les murs du tunnel. Je commençais à souffrir de claustrophobie et mon cœur battait à cent à l'heure. Des tonnes de poussière et de pierres m'enserraient de tous les côtés. Et si tout s'affaissait ? Et si je restais coincé ? Et si Rick restait coincé ?

Bing... Scratch... Criss...

De plus en plus profond. C'était de la folie : nous ne pouvions pas faire demi-tour, et si nous nous trouvions face à un obstacle, nous serions obligés de partir à reculons ! Rick insistait. Je décidai de compter jusqu'à trente et de le tirer par la palme s'il ne s'arrêtait pas. J'en étais à vingt-cinq quand Rick disparut aussi brusquement qu'un spot qui s'éteint sur un écran de radar.

Je me dirigeai vers une petite lueur jaune qui se balançait devant moi dans l'obscurité. Le tunnel s'arrêtait net et je me retrouvai dans une toute petite pièce. La lueur provenait de la lampe de Rick. Nous nous rapprochâmes l'un de l'autre dans cette sorte de vaisseau spatial, dans lequel nous étions incapables de nous orienter, ne distinguant pas le haut du bas. Nos lampes parcoururent la cavité et se figèrent sur un visage peint en blanc sur la pierre foncée, comme un dessin d'enfant. Les yeux et la bouche suggérés par des lignes horizontales rappelaient ceux des masques sommaires de Halloween. Puis la scène, esquissée en bâtonnets, s'animait : des bonshommes armés de lances poursuivaient un cerf ; des oiseaux, la Lune dans toutes ses phases, encore des lances et des flèches, des empreintes d'animaux, des figures géométriques.

Dans un lent demi-tour, nous estimâmes à environ six mètres carrés la surface de la cavité sous-marine, qui nous proposait, comme au musée des sciences, un film en boucle sur la Préhistoire.

Mais je revins brusquement à la réalité de notre situation qui n'offrait pour l'heure ni le confort ni la sécurité d'un musée, en constatant que nos réserves d'air commençaient à diminuer sérieusement. J'attrapai le coude de Rick et lui montrai du doigt ma jauge : l'aiguille était presque dans le rouge, j'arrivais sur la réserve. Il me fit signe de la tête qu'il avait compris, et quelques instants plus tard, nous nous retrouvions à l'air libre. Je gonflai mes flotteurs et me laissai aller, clignant les yeux dans la lumière du soleil et inspirant l'air pur à grandes goulées, à quelques mètres de Rick.

Nous avions fait surface pas très loin du poteau, à côté duquel Eileen, Zane et les autres nous attendaient en surveillant l'apparition des bulles d'air. Ils attrapèrent nos flotteurs et nos masques et nous aidèrent à grimper le long de la paroi boueuse. J'enlevai ma combinaison mouillée et m'assis sur l'herbe pour me réchauffer.

— Eh bien, interrogea nerveusement Zane, avez-vous trouvé des vestiges ?

— Quelques-uns, les voilà, lui répondit Rick. (Il désigna le sac en plastique avant de s'éloigner.)

Zane, excité comme un gamin ouvrant ses cadeaux le matin de Noël, passa en revue les morceaux de poterie.

— Tu ne leur parles pas des dessins ?

— Raconte-leur, me répondit Rick, j'ai besoin de boire quelque chose.

— Quel genre de dessins ? demanda Eileen.

— Miró. Picasso. Des oiseaux. Des lunes. Des étoiles. Des gens. Des signes codés. Des éclairs.

Le Dr Zane laissa tomber le sac d'échantillons et approcha son visage en sueur du mien.

— Jeune homme, si vous ne me dites pas immédiatement et dans le détail ce que vous avez trouvé là-dessous, je vous confisque, sur-le-champ, votre truelle et votre bombe anti-moustiques.

— Au fond de l'abri, un étroit tunnel conduit à une cavité dont les murs sont couverts de dessins.

Je lui fis un résumé de notre plongée en commençant par notre première incursion dans l'abri. Ses yeux vifs clignaient de plus en plus vite à mesure que lui parvenaient les détails.

— Sont-ils griffonnés ou peints ?

— Merveilleusement peints. Ils m'ont rappelé ceux de la grotte découverte, il y a des années, en France.

— Savez-vous ce que cela veut dire ? fit-il en enlevant ses lunettes. L'art rupestre est *extrêmement* rare chez les Indiens de l'Est, surtout aussi sophistiqué que le suggère votre description.

— Docteur Zane, renchérit Eileen, excitée, ce site date peut-être de dix ou même vingt mille ans !

— Je partage votre enthousiasme, Eileen, mais soyons prudents.

— Comment rester de marbre en écoutant Soc décrire ces merveilles ?

— Ces *merveilles*, dit Zane en riant : le terme est tout à fait approprié. C'est ce qu'a répondu Howard Carter à lord Carnarvon quand ce dernier lui a demandé de décrire l'intérieur du tombeau du roi Toutankhamon. Très bien, Eileen, profitez-en maintenant et laissez travailler votre imagination gambadeuse car cette découverte sera bientôt analysée sans romantisme par des scientifiques exigeants. Félicitations, Soc, ajouta-t-il en me tapant dans le dos, dès la première plongée, vous faites une découverte monumentale.

— Je n'ai fait que tenir la torche électrique.

— Quoi qu'il en soit, vous avez fait preuve, ainsi que Rick, d'une ingéniosité et d'un courage remarquables.

— Merci. Que fait-on maintenant ?

— Vous allez redescendre avec une caméra. Bon sang ! Je ne pensais pas que nous aurions à filmer sous l'eau, et nous ne sommes équipés que des quelques caméras suffisantes pour le site. Un de mes collègues de Boston devrait pouvoir nous dépanner ; je rentre et je l'appelle.

— Vous n'avez plus besoin de moi pour l'instant ?

— Reposez-vous quelques heures, nous reprendrons à mon retour. Pas un mot à qui que ce soit. Les peintures rupestres découvertes jusqu'à présent en Nouvelle-Angleterre sont attribuées aux Scandinaves ou aux habitants de l'Atlantide, comme si les Indiens n'étaient pas capables de dessiner ! Dieu seul sait ce qu'il adviendrait de notre découverte.

Eileen et les étudiants décidèrent de rester sur le site. Rick aussi, mais sans enthousiasme. Zane me ramena à Plymouth, me donna un jeu de clés de la maison, et partit téléphoner, non sans m'avoir recommandé à nouveau de garder le silence sur notre trouvaille.

Pendant que Zane se débrouillait pour dénicher une caméra sous-marine, je me lançai sur la piste que Patty Hoagland m'avait donnée en me signalant l'exaspération de Quint, après la vente aux enchères de Plymouth. J'enfilai un T-shirt et un short propres pour me rendre à la bibliothèque municipale dans un immeuble en brique, hors de la ville. On pouvait y consulter dans la salle de lecture le journal local, *The Old Colony Memorial*. Je parcourus les numéros des trois derniers mois, et ne tardai pas à trouver un encart publicitaire : « *Importante vente aux enchères. Objets d'époque, montres, fusils, argent, tapis orientaux, peintures.* » La vente avait lieu aux « Heritage Auction Galleries ». Le commissaire-priseur se nommait Claude Renault.

Passant rapidement sur la description d'objets tels qu'un chippendale de Salem, des coffres d'Oxford et des soupières en porcelaine bleue, je tombai sur une mention plus intéressante : *Collection amérindienne*, provenant de biens privés.

Grâce aux explications de la bibliothécaire, je trouvai facilement la salle des ventes de Kingston, une vieille ville à quelques kilomètres de Plymouth. Elle occupait un immeuble vétuste en briques rouges d'un étage accolé à un large bâtiment en tôle ondulée.

Une réceptionniste, le visage rouge, les yeux verts et l'accueil glacial, me demanda sèchement si je venais inspecter les objets de la vente de samedi. En la détrompant, je la déçus terriblement car, manifestement, elle mourait d'envie de me jeter dehors. Elle m'adressa à M. Renault et m'indiqua la direction à prendre.

Un couloir me conduisit à une porte qui s'ouvrait sur une galerie sentant la cire et le moisi. Des centaines de vieux objets étaient empilés sur des étagères qui couraient le long des murs. Deux hommes en salopette étiquetaient les articles de la prochaine vente, dirigés par un athlète, aussi haut que large, vêtu d'un pantalon rouge foncé et d'une chemise en soie violette, qui consultait un listing ; un fort parfum d'eau de Cologne flottait autour de lui.

— Vous arrivez un jour trop tôt pour l'inspection des objets, me dit-il en me regardant de ses yeux tristes.

— Oui, je sais. La vente de samedi ne m'intéresse pas, je voulais vous poser quelques questions au sujet d'une vente qui a eu lieu au début de l'été.

D'un geste impatient, il me fit comprendre qu'il était très occupé.

— Je ne peux pas vous parler maintenant, nous devons finir l'inventaire et l'étiquetage.

— C'est embêtant. Je passais par ici et je ne sais vraiment pas quand je pourrai revenir.

Renault m'étudia pendant un moment, passa le listing à son assistant, et me tendit une main dodue couverte de bagues. Il semblait au bord des larmes.

— Excusez ma brusquerie, mais une partie de l'équipe est malade et tout doit être terminé pour demain.

— Je comprends. (Je me présentai.) J'apprécie votre aide. Vous avez une collection assez impressionnante.

— On ne s'attend pas à trouver cela dans un tel trou, n'est-ce pas ? lança-t-il fièrement. Nous sommes spécialisés dans les meubles américains. La proximité de Plymouth est un plus, naturellement. On peut toujours avancer que chaque pièce a *peut-être* appartenu à John Alden et Pricilla Mullins.

— La période primitive américaine est intéressante, mais ce sont les objets indiens qui me fascinent depuis mon plus jeune âge.

— Indiens, dites-vous ?

— Oui. J'ai quelques très belles pièces chez moi à Weston. (C'était le nom d'un quartier chic de Boston). Les personnes auxquelles j'ai vendu mon affaire, il y a quelques années, m'ont demandé de rester comme consultant ; je suis donc à moitié retraité. Mais entre ma maison de Cape Cod, mon douze-mètres, et les affaires courantes que je traite sur mon portable et que j'expédie par fax, j'ai raté la vente d'objets indiens ; un ami vient de m'en parler.

La description, rapide et totalement imaginaire de ma situation financière, réveilla la cupidité de Renault.

— C'est vraiment dommage, minauda-t-il, c'était une collection extrêmement intéressante. Un riche amateur du Michigan avait amassé ces pièces au fil des années. Son neveu, qui possède une maison près d'ici, en a hérité, et nous a chargés de liquider l'ensemble le plus vite possible.

— Et dire que j'ai raté une telle occasion ! Ça me met hors de moi. Avez-vous plus de détails ?

— Naturellement. Il y avait des objets d'une grande valeur historique : ils provenaient de Wounded Knee.

— Le Wounded Knee des guerres indiennes ?

— Tout à fait. Des outils, des tissus, des bijoux, à peu près tout ce qu'on pouvait trouver dans un village indien de l'époque, et de plus, en excellent état.

— Merde ! Je m'en veux d'avoir loupé ça.

— Ne vous en faites pas. Il y aura d'autres occasions. Ce n'est pas ma spécialité, mais les connaisseurs m'intéressent, bien plus que les snobs qui achètent parce que ça se fait. Je vous passerai un coup de fil si l'opportunité se présente ; laissez votre numéro à Betty, notre réceptionniste.

— Certainement. Prévenez-moi un peu avant, on s'arrangera.

— Ça peut se faire, dit-il en tapotant son menton. Maintenant, vous voudrez bien m'excuser...

Sur le chemin du retour, j'essayai de me rappeler ce que je savais de Wounded Knee. Pas grand-chose ! Les Indiens y ont été massacrés par l'Armée, et plus tard, il y a eu des échauffourées entre le FBI et les activistes indiens. Sans aucun doute l'évocation de ce nom avait le pouvoir de ranimer bien des émotions. Je savais au moins que Wounded Knee était le symbole de la domination des Blancs sur les Indiens. Demain je rendrai visite à Joe et lui demanderai plus de détails ; aujourd'hui c'était impossible, j'étais coincé avec Zane pour le reste de la journée.

Je m'arrêtai à la maison de Sever Street pour passer un coup de fil à Flagg. Je voulais l'entretenir des points faibles dans l'affaire Quint et lui demander d'intervenir auprès de son ami pour que celui-ci soit un peu plus coopératif. Son service de messagerie m'indiqua qu'il était absent. J'expliquai à la standardiste que c'était urgent et lui laissai mon nom.

— Oh, monsieur Socarides, je suis désolée, répondit-elle, monsieur Flagg est en Europe, mais je peux m'arranger pour qu'il vous appelle.

Je lui donnai mon numéro et demandai que Flagg me téléphone à Plymouth vers 18 heures. Je me rendis ensuite sur le site : Eileen et Rick faisaient des tests pendant que Norma et Dil passaient la terre au crible. Je proposai mon aide à Eileen qui me confia l'enregistrement des données.

Zane réapparut une heure plus tard, furieux : la caméra sous-marine ne serait pas disponible avant le lendemain. Je le calmai en lui proposant de faire un plan de la grotte et de reproduire de mémoire ce que nous y avions vu. Nous rentrâmes à la maison vers 16 heures. Après m'être douché et changé, une Heineken à la main, je m'installai paresseusement dans une chaise longue sur la véranda pour admirer le port estompé par la brume.

Eileen préparait le dîner et l'odeur de cuisine qui me chatouilla les narines me rappela l'existence de Kojak ; je pris de ses nouvelles auprès de la voisine qui s'en occupait ; elle me signala que ma sœur avait essayé de me joindre à plusieurs reprises. Je téléphonai à mes parents à Lowell où habite ma sœur Chloe. Ce fut ma mère qui répondit.

— Salut, Mam, Chloe a appelé. Sais-tu pourquoi ?

— Oui, Aristote. J'avais peur que tu sois malade.

— Je vais bien. Pourquoi serais-je malade ?

— C'était la fête de ton père hier, tu avais promis de venir dîner.

Merde ! J'étais tellement occupé avec le projet d'Eileen que j'avais complètement oublié mon père qui attache plus d'importance à sa fête qu'à son anniversaire.

— Je suis désolé, Mam. J'ai oublié. (Mieux valait dire la vérité, ma mère devine toujours quand je mens.)

— Alors, tu viens demain ?

— Je ne peux pas, Mam. Je suis sur une affaire très importante.

— Plus importante que ton père ?

— Non, Mam. Ecoute, je viens vous voir dès que j'ai terminé. Ça ne me prendra pas plus d'un jour ou deux.

— Tu fais ce que tu crois devoir faire, Aristote, dit-elle en soupirant profondément. (Elle ne croyait pas un traître mot de ce qu'elle affirmait.) Viens nous voir... quand tu auras un peu de temps pour la famille.

Dans ces moments-là, ma mère fait preuve d'un grand calme. Pas de cris, pas de scènes. Juste le levier de la culpabilité. Pour effacer ce sentiment, je marchai vers le port et m'assis sur un banc dans le petit parc près du Rocher de Plymouth. La plupart du temps, la vue de l'eau dissipe ma tristesse ; la mer est mon psy, elle ne m'interrompt jamais, ne porte jamais de jugement et, surtout, c'est gratuit.

14

COMMENT UNE PETITE DAME GRECQUE et âgée arrive-t-elle à mener par le bout du nez un ex-Marine mesurant un mètre quatre-vingt-quatre, qui a combattu au Vietnam et faisait la police dans les rues de Boston ? Le visage de ma mère semble avoir été ciselé dans la pierre de sa Crète natale. Menue et digne, ses cheveux poivre et sel ramenés en un petit chignon, elle porte en permanence le deuil de ses nombreux parents. Elle a un sens aigu de la justice, cette justice qui m'a valu tant de problèmes dans un monde où rien n'est tout blanc ou tout noir.

Grâce à son énergie, elle avait transformé en véritable entreprise la petite pizzeria où toute la famille trimait de longues heures dans la chaleur du four. Le sens inné des affaires développé par mon père fit de « Parthenon » la compagnie de pizzas surgelées la plus prisée de Nouvelle-Angleterre.

Le succès a ses contreparties. Mon frère George, ma sœur Chloe et moi-même n'apercevions notre père que le dimanche, jour orchestré de façon immuable : petit déjeuner dans le restaurant d'un ami, messe, promenade dans le parc, après quoi Papa partait jouer au poker et boire du café avec ses copains pendant que Maman préparait le dîner.

Le mois dernier Papa a été victime d'une crise cardiaque. Je me suis aussitôt rendu à Lowell où il était hospitalisé dans un service de soins intensifs. J'y avais retrouvé Chloe, assise près du bureau des infirmières, et George, portant encore sa blouse de boulanger et qui arpentait nerveusement le carrelage. Chloe me sauta au cou et posa son visage sur mon épaule.

— Oh, Soc, je suis tellement heureuse que tu sois là.

George s'était immobilisé et m'avait regardé d'un air dégoûté. Il avait à peine serré la main que je lui tendais et recommençait déjà à faire les cent pas.

— Comment va Papa ? lui demandai-je.

— Pas mal pour quelqu'un qui est branché à des tas de tuyaux comme une batterie à un chargeur.

— Où est Maman ?

— Elle explique aux toubibs comment on dirige un hôpital.

Agacé par son attitude hostile, je l'apostrophai :

— Tu as un problème, George.

— Oui, j'ai un problème. J'ai peur que Papa meure, j'ai peur de la réaction de Maman, et j'ai peur que nos affaires aillent à vau-l'eau. J'ai des soucis par-dessus la tête, mais je fais de mon mieux. Et maintenant, mon grand frère qui se fout éperdument de sa famille et ne trouve jamais assez de temps pour lui rendre visite débarque, et ma petite sœur l'accueille comme un Zorro venu sauver le monde. Et moi, dans tout ça, je suis quoi ? l'Idiot ?

La moustache de George était couverte de farine, témoin des longues heures qu'il consacrait à l'affaire familiale, boulot qu'il n'appréciait pas. Martyr ou pas, George en faisait un peu trop à mon goût.

— Je suis inquiet moi aussi, George. Arrête de te conduire comme un imbécile et dis-moi ce qu'il en est.

Chloe fonça sur nous. Généreuse, ma sœur est prête non seulement à donner la chemise qu'elle porte mais aussi à la repasser pour peu qu'on le lui demande. Pourtant sous cette bonté couve un tempérament de feu, et l'idée que ses frères puissent régler leurs problèmes au chevet de son père l'avait mise en rage.

— Je ne peux pas le *croire* ! avait-elle hurlé. Papa est peut-être en train de mourir et vous vous disputez comme des chiffonniers.

— Chloe, mon ange, rétorquai-je, exaspéré, il y a cinq minutes que je suis arrivé et personne ne m'a encore expliqué de quoi souffre Papa.

— Ne me balance pas des « mon ange » à tout va, Aristote Socarides. George se conduit comme un véritable crétin, mais il a parfaitement raison quand il te reproche de ne jamais nous rendre visite. (Elle était au bord des larmes.)

— Ah ! fit George d'un air suffisant. (Sous le regard de Chloe, il s'arrêta net et leva les bras en signe de défaite.) Je sors prendre l'air. Tu n'as qu'à mettre notre cher frère au courant, ajouta-t-il en se dirigeant vers la sortie.

— Il va fumer une cigarette, déplora Chloe en fronçant les sourcils, ses yeux gris – les yeux de ma mère – pleins de larmes. Il pense que Maman n'est pas au courant. Elle attend tout simplement le bon moment.

Elle sortit un mouchoir de sa poche et se moucha bruyamment.

— Quelle famille unie dans l'adversité ! ironisa-t-elle dans un rire mêlé de larmes.

La gorge serrée, je me rapprochai d'elle pour passer mon bras autour de ses épaules.

— L'angoisse déclenche des réactions violentes, tu sais. Maintenant asseyons-nous et dis-moi ce qui s'est passé.

— Je m'occupais de la comptabilité dans le bureau et j'entendais Papa se démener comme d'habitude en cuisine, sans vouloir tenir compte du fait que maintenant tout est automatique. Puis il est entré et s'est assis ; j'ai levé la tête : il était blanc comme un linge, et il avait l'air de beaucoup souffrir, il se tenait la poitrine. J'ai aussitôt appelé les secours, et ils sont arrivés très rapidement, juste au moment où Papa a perdu connaissance. Les infirmiers l'ont transporté sous oxygène.

— Tu lui as peut-être sauvé la vie, Chloe.

— Peut-être, dit-elle en se tapotant les yeux avec un Kleenex.

— Quel est l'avis des docteurs ?

— « Episode » cardiaque. Je suis sûre que les toubibs suivent des cours pour s'adresser aux gens sans rien leur dire.

— Est-ce que je peux aller le voir ?

De la tête, Chloe fit signe que non.

— Il faudra que tu attendes. Maman est en train de discuter avec les docteurs, d'ailleurs la voilà, je l'entends.

Ma mère arrivait en effet, accompagnée d'un médecin une fois et demie plus grand qu'elle. Nullement impressionnée elle semblait au contraire diriger le toubib. Elle lui parlait et il acquiesçait. On aurait dit deux confrères. Je me levai et allai à leur rencontre. Maman me sourit et vint m'embrasser sur les joues.

— Aristote. Tu es venu ! (Elle se tourna vers le docteur.) Voici Aristote, mon fils aîné. Il est venu de Cape Cod dès qu'on l'a prévenu. Maintenant tout va aller mieux.

Le Dr Ramsdell se présenta, et je lui demandai sans plus attendre des nouvelles de mon père.

— J'étais en train de dire à votre mère qu'il a eu beaucoup de chance. Ce n'est qu'une alerte.

— Quel genre d'alerte ?

— La meilleure : il est vivant. Il n'a, semble-t-il, jamais eu d'accident auparavant, ou alors il n'en a jamais parlé. L'électrocardiogramme montre un comportement irrégulier du cœur. Cela couve depuis un bout de temps. Votre mère me dit que votre père travaille beaucoup et ne prend jamais de vacances.

— Je fais tout pour que ton père se repose, mais il est têtu comme une bourrique, intervint ma mère.

Dans ma famille, tout le monde accuse tout le monde d'être têtu. Maman était bien mal placée pour le faire, car elle avait hérité de son peuple une résistance farouche à toutes les interventions possibles, et même avec de la dynamite, personne au monde n'aurait réussi à la déloger de sa cuisine. Je ne répliquai pas.

— Aussi loin que je me souvienne, il a toujours été comme ça, docteur.

— Eh bien, il va falloir qu'il change de mode de vie s'il veut rester vivant.

— Papa va prendre du repos, appuya ma mère. Je vais m'occuper de lui et le nourrir.

— Ne lui donnez pas trop à manger, madame Socarides, cela ne lui ferait pas de mal de perdre quelques kilos.

— Pouvons-nous voir mon père ?

— Il est sous sédatifs actuellement ; allez-y, mais seulement quelques minutes, et une personne à la fois. Veillez à ne pas le fatiguer.

— Vas-y, Soc, me proposa Chloe. Je vais rester ici avec Maman et attendre George.

Papa était allongé sur le dos, le drap remonté jusqu'au menton. J'approchai une chaise de son lit ; je l'écoutai respirer avec difficulté, et le graphique qui traversait l'écran me rappelait que la vie ne tient qu'à un fil. Il semblait bien vulnérable sous les draps. Je me penchai et, dans la faible lumière, je vis son visage au teint cadavérique.

Je restai assis quelques minutes près de lui, m'interrogeant sur les années passées, sur le moyen de revenir en arrière. Je recensai tout ce que je n'avais jamais osé dire, toutes les occasions manquées, les chagrins que j'avais causés à mes parents en m'éloignant de ma famille. Bref, je m'apitoyais lamentablement sur mon sort quand l'infirmière arriva en m'indiquant sa montre.

Je rajustai les draps autour du cou de mon père, embrassai son crâne chauve, et retournai dans le couloir.

Chloe, sur un signe de ma mère, me remplaça. Quant à George, assis sur une chaise, il avait l'air tout penaud. Maman avait dû l'engueuler parce qu'il fumait.

— Tu es un bon garçon d'être venu de si loin, me dit ma mère.

— Ce n'est qu'à quelques heures, Maman.

— C'est exactement ce que je te fais remarquer quand je te demande de nous rendre visite, répliqua-t-elle en levant les sourcils.

— Tu as raison, Maman. Je devrais venir plus souvent. Je suis désolé.

— Je sais que la pêche t'occupe beaucoup. Tu viens quand tu peux.

— Ecoute, proposai-je, subitement inspiré, maintenant que Papa doit se reposer, je pourrais peut-être venir vous aider ?

George leva les yeux et rigola.

— Tu veux faire des pizzas, Soc ? Comme ils disent dans les Marines, ce n'est pas un boulot, c'est une *aventure*.

Ma mère fit signe à George de la fermer.

— George travaille tellement dur aux cuisines qu'il lui arrive parfois de penser qu'il est le seul à trimer, expliqua-t-elle en me tapotant la joue. Nous t'appellerons si nous avons besoin de toi, ajouta-t-elle gentiment, connaissant ma maladresse. Viens à la maison manger quelque chose. Tu peux même passer la nuit dans ton ancienne chambre.

Je mis dans la balance le retour à Cape Cod en solitaire. Puis je jetai un coup d'œil à George qui, sous ses airs fanfarons, semblait vraiment malheureux. En rentrant à la maison avec eux, je serais l'enfant prodigue, on me considérerait comme le chef de famille, ma mère et ma sœur seraient aux petits soins pour moi, et laisseraient entendre que mon opinion, en tant que frère aîné, comptait plus que celles des autres. Je ne le méritais pas et c'était injuste pour mon frère.

— Non merci, Maman. Je dois rentrer ce soir.

— *Kala*, Aristote. Agis comme tu crois devoir le faire, conclut-elle, compréhensive mais visiblement déçue.

Chloe sortit à ce moment-là de la chambre de mon père. Maman m'embrassa et la remplaça.

— Tu viens à la maison ? demanda Chloe en me prenant par le bras.

— J'aimerais bien, mais je ne suis pas sûr que ce soit une bonne idée. George n'a pas besoin de ça.

— Tu ne restes pas à cause de George ? dit-elle en rougissant de colère.

— C'est plus compliqué. Je ne reste pas à cause de Maman.

Elle jeta un coup d'œil à George qui, debout les mains dans les poches, broyait du noir à côté du bureau des infirmières ; elle abdiqua, elle comprenait. Je lui dis au revoir et l'embrassai. Puis je me dirigeai vers George et lui tendis la main. Il la serra longuement avec force. Son visage était déformé par la peine, ses yeux pleins de larmes.

— Soc, à propos de ce que je t'ai dit tout à l'heure...

— Ne te fais pas de bile, George. Moi aussi je suis désolé de m'être laissé emporter, répondis-je en lui tapant sur l'épaule.

— Tu sais comment c'est quelquefois, lâcha-t-il dans un profond soupir, pendant que j'observais ma mère, penchée sur le comptoir en train de donner des conseils à l'infirmière.

— Bon Dieu, mon vieux, je sais ce qu'il en est *tout le temps*.

Je le serrai dans mes bras, lui dis de m'appeler s'il y avait quelque chose de nouveau et quittai l'hôpital. La route qui m'attendait était longue.

Papa a récupéré rapidement et repris son boulot, mais avec des horaires plus raisonnables.

J'avais oublié, c'est vrai, de me rapprocher de ma famille jusqu'à l'appel de ma mère, le lendemain de la fête de mon père. Le remords s'est mis à me ronger et, comme d'habitude dans ces cas-là, je trouvai un bar et y restai jusqu'à la fermeture.

Quand je rentrai à Sever Street la maison était silencieuse. Je m'arrêtai une seconde devant la porte d'Eileen, mais j'entrai dans ma chambre, me déshabillai, et me faufilai dans les draps froids.

Seul avec mon désarroi et ma fatigue de la journée, je plongeai dans un sommeil profond.

15

— SOC, IL EST 7 HEURES. Le petit déjeuner est prêt, m'annonça Eileen à travers la porte.

Je sautai de mon lit, passai un short et un T-shirt et me dirigeai vers l'odeur du café. L'équipe était déjà réunie autour d'une longue table en acajou, dans le salon. Je m'assis en saluant tout le monde, et plongeai aussitôt le nez dans un bol de café. Il était fort, comme je l'aime, et j'en fis la remarque. Eileen était en train d'emplir mon assiette de crêpes et de saucisses, quand le téléphone sonna. Dil se leva pour répondre.

— C'est pour vous, Soc.

— Ecoute, dit la voix de Flagg. (J'entendis un son de cloche.)

— On dirait Big Ben.

— Eh oui, mon vieux.

— Tu es à Londres ?

— Je rentre à la fin de la semaine. Désolé mais je n'ai pas eu le temps de prendre congé, le devoir m'appelait. Le Concorde et un hôtel près de Westminster, pas mal pour un Peau-Rouge de Gay Head ! Tu as quelque chose pour moi ?

— Oui, je pense qu'on tient des arguments en faveur de Joe.

— Tu peux oublier pour l'instant, répondit Flagg après une pause. Joe est allé se promener.

— Il s'est échappé de prison ?

— On peut voir ça comme ça.

— Bon sang ! Quand ?

— Hier. Il a payé la caution et il est parti. Des gars du FBI le pistaient, Joe les a semés.

— Encore notre ami Rourke ?

— Toujours le même. M. Rourke n'est pas du tout content.

— Il n'est pas le seul. Je me suis cassé le cul pour lui, et maintenant qu'est-ce qu'on est censé faire ?

— Tu ne bouges pas. Je me tourne les pouces et je bouffe du poisson et des frites quelques jours encore, mais je devrais avoir bientôt terminé cette mission. D'où appelles-tu ?

— De Plymouth. Je fais de la plongée, un boulot pour des archéologues. Il n'est pas impossible, d'ailleurs, qu'il y ait une relation avec les problèmes de Joe.

— Tu peux m'expliquer ?

Je jetai un coup d'œil sur l'équipe, elle terminait son petit déjeuner et, d'une minute à l'autre, allait s'éparpiller dans toute la maison.

— Ce n'est pas l'endroit idéal pour en discuter.

— J'ai compris. Rappelle-moi plus tard quand tu pourras parler.

— Je laisserai un message sur ton répondeur.

— D'accord. Il faut que j'y aille, dit Flagg, puis il raccrocha.

Je n'aurais pas dû me moquer du nom indien de Joe, Running Deer. Ce type était aussi imprévisible que le vent. D'abord il refuse la liberté provisoire, ensuite il l'accepte, mais se dérobe à la justice.

Eileen me prévint que mes crêpes refroidissaient, et je retournai déjeuner. Le Dr Zane, assis au bout de la table, pontifiait.

— Les archéologues se sont transformés, pérorait-il. Pendant des décennies, ils ne s'imaginaient pas d'autres lieux que les bibliothèques ; pas question pour eux de se salir les mains en fouillant dans des décombres.

— C'est Schliemann qui le premier, à Troie, a entrepris des fouilles, récita Norma en bonne étudiante.

— Schliemann, en effet : il a massacré Troie et Mycènes ! Il en est revenu avec de l'or, des trésors et des idées fausses. S'il était passé à côté de Troie, personne ne s'en serait rendu compte. Si l'on avait laissé dormir les sites durant quelques années de plus, en attendant la mise au point du matériel scientifique actuel, est-ce que l'archéologie en aurait souffert ? (Il me jeta un coup d'œil.) Soc, vous avez l'esprit pratique. Maintenant que vous avez peut-être fait la découverte du siècle, vous avez droit à la parole. Qu'en pensez-vous ?

— Je pense que les archéologues qui restaient enfermés dans leur bibliothèque étaient perspicaces. Là au moins, pas de moustiques ni de coups de soleil, répondis-je en avalant un morceau de crêpe.

— Ha ! ha ! j'avais raison de parler de votre pragmatisme, encaissa-t-il avec bonne humeur. La méthode de Socrate m'a permis d'accéder à la vérité. Aucune importance si nous ne creusons pas chaque centimètre carré du site. Le manque d'experts et d'argent ne nous empêchera pas de relever des échantillons, puis de les étudier en laboratoire et de les entrer dans nos ordinateurs. Aujourd'hui, nous allons prendre des photos. Malgré mon impatience grandissante, j'ai laissé le temps à cette équipe de se reposer et de se rassasier. Maintenant, je n'en peux plus. Si tout n'est pas mis en œuvre immédiatement pour assouvir ma curiosité, elle me tuera. *Carpe Diem*, mes amis, mettons à profit cette journée ! ajouta-t-il en repoussant sa chaise avant de quitter rapidement la pièce.

Eileen nous conduisit sur le lieu du site. J'avais chargé une bouteille dans le minivan, et Rick, déjà revêtu du bas de sa combinaison, bricolait une caméra vidéo protégée par un étui étanche en plastique rouge et transparent. Le Dr Zane fixa un stroboscope sur un appareil photo étanche, un Nikonos V.

— Nous aurons besoin de photographies pour la publication. Savez-vous vous servir de cet appareil ?

— Je ferai de mon mieux, assurai-je après avoir examiné l'ensemble.

Dix minutes plus tard, Rick et moi, tels des canards noirs géants, nous dirigions jusqu'à notre point de repère. Une fois dans l'eau, après avoir glissé le long du remblai et fait un signe d'adieu aux autres, nous avons laissé échapper l'air de nos bouteilles. Palmes en avant, nous avons suivi la chaîne de l'ancre, puis nagé quelques mètres au fond avant de grimper le long de la paroi jusqu'à l'entrée de l'abri.

Rick s'engagea le premier dans le tunnel. Se déplacer avec le matériel vidéo était un véritable défi. Nous l'avons poussé devant nous dans les méandres jusqu'à la galerie d'art. Après avoir branché la rampe lumineuse, Rick filma lentement l'ensemble puis, peinture après peinture, me faisait parfois poser à côté pour donner un ordre de grandeur.

Ensuite, après que j'eus pris des photos avec le Nikonos, nous fîmes demi-tour pour déboucher, quelques minutes plus tard, dans la lumière du soleil.

Je tendis l'appareil à Dil. Norma m'aida à enlever mes bouteilles et Eileen m'apporta une serviette.

— Le Dr Zane veut voir la cassette tout de suite ; c'est fini ici pour aujourd'hui.

Zane partit aussitôt avec la cassette sans nous attendre. Pourtant quand nous le retrouvâmes, il était en train de pester contre le magnétoscope qu'il n'avait pas réussi à mettre en route. Dil arriva à la rescousse, et enfin les premiers gros plans d'oiseaux ou de cerfs apparurent sur l'écran, accueillis avec enthousiasme.

— Merveilleux, merveilleux, ne cessait de murmurer Zane.

Ils visionnèrent le film une nouvelle fois, mais ayant déjà tout admiré de mes propres yeux, je quittai la pièce pour investir le fauteuil à bascule de la véranda, les yeux posés sur le *Mayflower II*. Je perdais certainement mon temps avec Zane, car je n'arrivais pas à trouver le lien avec Joe Quint. Et maintenant qu'il avait échappé aux flics...

Je ne comprenais rien au comportement de ce type. J'avais prétendu à qui voulait l'entendre que Joe était trop intelligent pour offrir aux flics les preuves de sa culpabilité, mais il avait commis une vraie connerie en s'enfuyant. Il aurait pu tout aussi bien se tenir devant le rocher de Plymouth avec un panneau : « JE SUIS *COUPABLE* ! »

Eileen sortit sur la terrasse, joua avec mes cheveux, posa ses mains sur mes épaules et se pencha pour m'embrasser dans le cou.

— Félicitations, Soc. Le Dr Zane estime que Rick et toi avez retrouvé des dessins paléo-indiens remontant à l'âge de pierre. C'est certainement une découverte d'une importance majeure. Il va faire développer les photos et les envoyer à Boston. Nous sommes libres pour le reste de la journée, et je me disais que nous pourrions aller pique-niquer sur la plage.

Admirer Eileen se dorant au soleil en maillot de bain n'était pas pour me déplaire avec ou sans déjeuner à la clé, mais j'avais fait une promesse à Flagg et je dus décliner son offre pourtant alléchante, lui promettant cependant que ce n'était que partie remise.

— C'est aussi bien, fit-elle en cachant difficilement sa déception, j'ai un travail à terminer au labo. (Elle s'élança dans l'escalier.)

J'annonçai à Zane, qui discutait tout excité au téléphone, et aux étudiants qui rembobinaient la cassette, que je rentrerais en fin d'après-midi.

Vingt minutes plus tard, je m'engageais sur le chemin de Patty Hoagland. Deux types, ressemblant aux Blues Brothers et portant des lunettes de soleil identiques, étaient assis dans une Ford noire garée en face de la boîte aux lettres de Patty.

Patty était contente de me voir. Nous nous sommes installés à la table de la cuisine.

— Est-ce qu'ils sont encore là ? demanda-t-elle.

— Si vous parlez des deux mecs dans la Ford noire, la réponse est oui ; à mon avis, ils ne sont pas là pour observer les oiseaux.

— Il y a aussi des hommes avec des jumelles, derrière, dans le bois.

— Toutes les femmes n'ont pas la chance d'être aussi entourées.

— Elles n'en ont pas spécialement envie. J'imagine que vous avez entendu parler de la disparition de Joe.

— Oui, je viens de l'apprendre. Est-ce que quelqu'un vous a contactée ?

— Pas encore, fit-elle avec une grimace. J'ai prévenu la police au sujet de ces types. Ils m'ont répondu de ne pas m'en faire, que c'était simplement des employés du ministère de l'Environnement qui faisaient une étude sur je ne sais plus trop quoi. Est-ce qu'ils pensent vraiment que je vais gober cela, et que Joe est assez stupide pour venir ici ?

— Probablement pas. Ce sont sans doute des fédéraux qui essayent de vous impressionner afin que vous répondiez bien gentiment à leurs questions le moment venu.

— Qu'ils essayent, dit-elle calmement.

La femme-loup sortait les crocs. Les fédéraux allaient vite s'apercevoir qu'on n'intimidait pas facilement Patty Hoagland.

— Avez-vous eu la possibilité d'obtenir des précisions au sujet de la vente aux enchères ?

— Non, je suis désolée.

Je lui racontai alors ma visite à la salle des ventes et ma conversation avec Renault.

— Wounded Knee, dit-elle doucement en fronçant les sourcils. Tout ce qui en provient a forcément été volé par les soldats qui ont assassiné ces pauvres gens. Les quelques Amérindiens descendant des survivants estiment aujourd'hui que ces objets leur appartiennent. Les voir dans une vente aux enchères a certainement rendu Joe furieux. Fou furieux.

— Assez pour tuer ?

— Non, sûrement pas. Mais assez pour agir. Cela explique tous ces coups de fil aux musées et aux experts. Joe préparait toujours le terrain avant d'attaquer, et c'est pour cela qu'il a gagné tous ses procès.

— Sauf que cette fois, on l'a jeté dans une cellule avant qu'il ait pu agir. Savez-vous pourquoi il ne s'est pas présenté ?

— Non. C'est vraiment idiot de sa part.

— Maintenant, il est coupé de tous ceux qui pouvaient l'aider. Il faudrait qu'il sache qu'il y a des points faibles, et qu'il pourrait faire annuler des charges. Pouvez-vous le lui dire ?

— Vous n'êtes pas très malin, dit-elle en souriant. Vous croyez vraiment que je peux entrer en contact avec lui ?

— C'était une idée.

— Et quid des chiens de garde qui m'entourent ?

— Et l'amour ? Avez-vous pensé à lui envoyer des signaux de fumée ?

— Je vais peut-être essayer ! (Elle examina les glaçons au fond de son verre.) En admettant que je puisse lui parler, ce dont je doute, que dois-je lui dire ?

— Que quelque chose cloche à la salle des ventes, qu'en élucidant ce mystère il pourrait prouver son innocence, et enfin qu'en fuyant il n'arrange pas ses affaires.

— Je vais voir ce que je peux faire, dit-elle gravement.

Je lui donnai le téléphone de Plymouth.

— Appelez ce numéro et demandez à me parler. Ne donnez pas votre nom de famille. Mieux vaut ne mettre au courant que le moins de gens possible.

J'allais sortir quand Patty, prenant une paire de jumelles sur le dessus de la cheminée, me les tendit.

— Regardez à droite du grand chêne.

J'aperçus dans les buissons du verre ou des objets métalliques qui brillaient dans la lumière du soleil. La végétation était dense.

— Ces bois sont remplis de sumacs vénéneux, expliqua-t-elle.

— Et les tiques ? m'informai-je avec le plus grand intérêt.

— Elles attaquent au moindre mouvement.

— J'ai l'impression que les pharmacies vont manquer de lotions calmantes, dis-je pour conclure cette conversation capitale, en lui rendant les jumelles.

— Au fait, qu'avez-vous pensé de mon frère Peter ? lança-t-elle en me serrant la main chaleureusement.

— A part la ressemblance physique, pas grand-chose.

— Vous êtes très diplomate.

— Mais c'est vrai.

Je remontai dans ma camionnette et arrivai au bout du chemin. Il y avait maintenant deux Ford noires garées en face. Rourke sortit de l'une d'elles, traversa la route d'un pas lourd et inspecta l'intérieur de mon pick-up avec insistance.

— Je n'ai pas le bébé Lindbergh, si c'est lui que vous cherchez.

Il retira sa tête.

— Non. J'espérais rencontrer un type que j'avais cru trop intelligent pour se compromettre avec un fugitif.

— Vous semblez avoir des problèmes avec les gens en cavale.

— Ce n'est rien à côté de celui que vous allez avoir si vous ne laissez pas tomber cette affaire. Que faisiez-vous dans cette maison ?

— Je discutais avec Patty Hoagland.

— De quoi ?

— Nous parlions de J. Edgar Hoover : L'était-il ou non ?

— Quoi ? Il était quoi ?

— Etait-il beau ou non en robe de taffetas ?

Le visage de Rourke vira au rouge violacé. Il me lança un vrai regard de haine. Je lui souris, plein d'innocence, et me hâtai de démarrer. Arrivé près du canal, je m'arrêtai dans un bar pour commander un sandwich au poulet avec une bière et téléphoner à mon père d'une cabine.

— Salut, Papa, comment te sens-tu ?

— Aristote ! Bien mieux depuis ton coup de fil.

Malgré quarante ans passés dans ce pays, mon père continue à parler avec l'accent d'un chauffeur de taxi d'Athènes.

— Comment va Maman ?

— Maman ? C'est toi qui me *demandes* ça, Aristote ? Maman c'est Maman !

— Tu as raison, Papa. (Je lui dis que j'étais désolé d'avoir oublié sa fête.)

— Ne t'en fais pas, Aristote. Fils et pères vont chacun leur chemin, mais sans jamais s'éloigner.

— Papa, quand tu t'en sentiras capable, viens à Cape Cod. L'air marin te fera du bien.

— D'accord, Aristote, d'accord. Mais avant il faut que je travaille encore un peu pour que la boutique ne fasse pas faillite. Ne répète pas à Maman ce que je viens de te dire.

— Promis.

16

AVANT DE ME RENDRE À LA SALLE des ventes, je passai l'après-midi à la bibliothèque de Plymouth, plongé dans la lecture de *Enterre mon cœur à Wounded Knee.*

Claude Renault ressemblait à un charlatan : il écoulait sa camelote à de pauvres pékins qu'il étourdissait d'appréciations ronflantes : magnifique, bien foutu, chaleureux, solidement bâti, etc.

Environ deux cents paysans, assis en rang d'oignons, sur des chaises en métal devant l'estrade, constituaient le public.

Je m'appuyai contre un mur et admirai le professionnalisme de Renault. Il s'était adressé à moi avec un très léger accent new-yorkais, tandis que maintenant, il escamotait les « h » et roulait les « r » comme un camelot français.

L'éclairage de la salle diminua, permettant ainsi à un projecteur qu'on venait d'allumer de jouer pleinement son rôle. L'ambiance fut tout à fait réussie quand, soutenus par des roulements de tambour, des haut-parleurs crachèrent la musique de *2001 : Odyssée de l'Espace*. Un panneau pivota alors derrière Renault et un objet – une table de jeux victorienne ? – apparut. Je profitai de la quasi-obscurité et de l'attention générale concentrée sur le lot pour m'éclipser par le couloir près de l'estrade.

Je dépassai les toilettes, puis me heurtai à une porte en verre dépoli : INTERDIT AU PUBLIC. Je ne fus pas pris au dépourvu, car l'étui en cuir qui ne quittait pour ainsi dire jamais ma poche contenait des crochets à serrure, des mini-tournevis, un cutter et une petite lampe de poche. J'ouvris le cadenas en un tour de main. Après avoir refermé doucement la porte derrière moi, je suivis un corridor sombre, qui me mena très vite à l'accueil, déserté par Betty, la réceptionniste, occupée près de l'estrade à noter les enchères. Malgré l'écœurante odeur d'eau de Cologne qui régnait dans la pièce, je me lançai dans la fouille méthodique des classeurs : pièces comptables, factures, bulletins de salaire et autres bordereaux de transport. Rien ne traînait sur le bureau de Renault, rien d'intéressant non plus, à part des magazines pornos, dans les tiroirs que j'avais crochetés. Je retournai donc à l'accueil et m'assis au bureau de Betty. Le jour où j'avais rencontré Renault, il faisait l'inventaire de son stock et tenait à la main un listing informatique : les ventes devaient donc être enregistrées sur une banque de données.

J'allumai l'ordinateur et tapotai jusqu'à ce qu'un répertoire apparaisse avec six fichiers. A côté du listing des ventes un « P » ; j'activai « P » puis « enter » : le répertoire disparut et fit place à « Par date », « Par nom », « Par catégorie », « Par vendeur », « Par acheteur ».

Je fis défiler « Par date » jusqu'à celle de la vente repérée dans le journal et j'ouvris le dossier, pour ne rien apprendre de plus que ce que signalait l'encart publicitaire.

Retour au point de départ. Je tentai : « Americana » et « Recherche » – trop vaste – puis « Amérindiens » qui me renvoya à « Voir Indiens », que j'activai aussitôt.

Un dossier s'ouvrit. Renault avait prétendu que les ventes d'objets indiens étaient rares, pourtant l'écran dévoila une douzaine d'offres avec des centaines d'articles. J'arrivai sans difficulté à la date que je cherchais.

Bingo ! Y étaient recensés sous la rubrique « Vestiges amérindiens – Wounded Knee » quantité de lots dûment décrits, datés, identifiés et estimés, provenant d'une succession, comme me l'avait précisé Renault. L'acheteur était une compagnie de Boston, Acquisitions Unlimited, Inc. J'en imprimai immédiatement la liste et la rangeai soigneusement dans ma poche. Ensuite je vérifiai, une par une, toutes les ventes d'objets indiens qui systématiquement passaient d'un particulier, habitant un autre Etat, à Acquisitions Unlimited, Inc. Je cherchai à en savoir plus sur cette compagnie, mais je restai bredouille : « PAS DE FICHIER. »

Des bruits de pas se firent entendre dans le couloir. J'éteignis l'ordinateur, fonçai dans le bureau de Renault et m'accroupis derrière son gros bureau en chêne. Une femme ouvrit et referma des classeurs en chantonnant. La fumée d'une cigarette arriva jusqu'à moi, et des chevilles féminines apparurent dans mon champ de vision, à quelques centimètres de mon visage. J'entendis le bruit d'un papier que l'on froisse, et retins ma respiration. Puis la lumière s'éteignit. Une seconde plus tard le hall d'accueil était à nouveau plongé dans le noir.

J'attendis quelques minutes pour sortir de ma cachette et frictionner mes genoux engourdis. Je jetai un dernier coup d'œil autour de moi et refis le chemin en sens inverse. Je collai mon oreille à la porte en verre dépoli et l'ouvris doucement. De l'autre bout du bâtiment m'arrivait la voix de Renault. Le couloir était désert. Je me faufilai et refermai la porte.

J'avais encore la main sur la poignée quand Betty sortit des toilettes. Je lui souris, ce qui ne l'empêcha pas de froncer les sourcils.

— Puis-je vous aider ? dit-elle sur un ton peu aimable.

— J'allais aux toilettes ; j'ai dû passer devant.

Le panneau des toilettes pour hommes était aussi visible qu'un panneau publicitaire. Betty me jeta un regard noir.

— Apparemment, cette porte donne sur des bureaux privés. Vous ne savez pas lire ?

— Je me suis un peu perdu. Merci beaucoup pour votre aide, fis-je en lâchant la poignée.

J'entrai dans les toilettes. Ses hauts talons claquèrent sur les dalles et s'arrêtèrent juste devant la porte. Elle devait réfléchir mais elle finit par s'éloigner ; je la vis vérifier que la porte en verre était bien fermée. Satisfaite, elle retourna dans la salle des ventes. Quelques minutes plus tard, je l'y suivis. Elle avait repris son poste et enregistrait les ventes. Je passai devant elle, lui adressant un petit signe de la tête : elle me dévisagea, les lèvres pincées.

Renault manœuvrait la foule adroitement, et un tableau, qui aurait très bien pu être peint par John Singer Sargent, atteignait un prix déjà honorable. Je repris ma place contre le mur, puis après un délai que j'estimai raisonnable, je quittai la salle des ventes.

Arrivé à Plymouth, je dénichai un bar un peu moins bruyant que les autres. Devant une bière, je me dis qu'on peut toujours venir à bout des situations les plus compliquées. Je mis de l'ordre dans mes idées, en commençant par noter sur un carnet les événements récents les plus importants qui jalonnaient malgré lui la vie de mon client.

Joe Quint entend parler de la vente aux enchères et devient fou. Joe est accusé de meurtre. Joe pose de sérieux problèmes à Soc. Joe se tire sans autorisation. J'encadrai cette liste et en commençai une autre : L'Armée extermine les Indiens à Wounded Knee. Des souvenirs sont dérobés. Des vestiges de Wounded Knee atterrissent chez un particulier. Les héritiers les vendent à une compagnie dénommée Acquisitions Unlimited, Inc. Je traçai un cadre autour de cette dernière liste et admirai mon travail.

Entre ces deux colonnes, et selon la même disposition, j'écrivis : « Heritage Auction Galleries », « Claude Renault », « Acquisitions Unlimited, Inc. ». J'entourai chacun de ces titres et les reliai aux deux premiers cadres. *Voilà !* Deux événements bien distincts appartenaient à un ensemble quasi mathématique. Ne restait plus qu'à poser l'équation et à la résoudre. Mais Flagg était à Londres et Joe Quint sans doute caché dans un arbre, me laissant seul. Je pris un autre verre et jouai au flipper jusqu'à ce que le bruit et l'odeur de cigarette et de bière me donnent mal à la tête.

J'attrapai ma casquette et descendis vers le *Mayflower II* tapi dans l'obscurité. J'arpentai les quais comme si, de ces allées et venues, allait surgir la solution de mon problème.

Vers 22 heures, je me décidai à rentrer. Eileen était partie ; Dil et Norma regardaient un film de Woody Allen : *Hannah et ses sœurs*. Je pris une bière dans le frigo et m'assis avec eux. Après le film, nous restâmes à discuter et à boire de la bière.

— Où sont les autres ?

— Rick disparaît tous les soirs aux environs de 21 heures, probablement chez une petite amie, et Eileen a accompagné le Dr Zane à Boston, déclara Dil.

— Comment avez-vous fait la connaissance de ce cher docteur ?

— Nous avons été amenés à travailler avec lui dans son bureau du Sud-Ouest, en Arizona.

— Je ne savais pas qu'il avait un autre bureau.

— Si, si, s'exclama Norma, à Tucson. C'est le premier, en fait. Celui de Boston vient d'ouvrir pour son affaire.

— Le mot « affaire » sonne curieusement quand il s'agit d'archéologie, remarquai-je.

— Ce n'est pas un métier que j'aurais recommandé pour faire fortune, expliqua Dil. Pourtant les choses ont changé depuis l'époque où le seul gagne-pain possible était l'enseignement, car la loi a imposé d'engager un consultant à quiconque, administration ou particulier, désire explorer un site archéologique, de la même façon que la présence d'un ingénieur est nécessaire pour une étude environnementale.

— Zane investit presque tout l'argent qu'il gagne dans la recherche, ajouta Norma. C'est pour cela que nous aimons travailler avec lui. Vous l'avez entendu dire qu'il préférerait abandonner un site s'il n'obtient pas les subventions dont il a besoin, mais pensez-vous vraiment qu'il serait prêt à occulter une découverte dont quelqu'un d'autre pourrait s'attribuer le mérite en 2525 ?

— C'est pour cette raison qu'il est devenu cinglé quand il a vu ces pictographies, reprit Dil. Elles lui permettraient d'obtenir d'autres boulots de consultant, qui subventionneraient d'autres recherches.

— Vous étiez consultants pour lui dans le Sud-Ouest ?

— A dire vrai, nous faisions un travail de recherche patronné par l'université de l'Arizona. Avez-vous entendu parler d'Anasazi ?

— Le lanceur des Chicago Cubs ?

— Peut-être, mais ceux dont je vous parle habitaient la région des « Quatre Coins », à la jonction de l'Arizona, de l'Utah, du Colorado et du Nouveau-Mexique.

— Et ils fabriquaient les plus belles poteries au monde, ajouta Norma. Des motifs et des couleurs inimaginables.

— Ce qui explique leur disparition, grogna Dil.

— Les gens les emportent comme souvenirs ?

Il fit signe que oui et précisa :

— Seulement une partie. Les trafiquants dénichent celles qui sont mises en vente. Un collectionneur privé est capable de dépenser des fortunes pour les enfermer dans sa cave.

— Ça me rappelle certains musées, fit Norma d'un ton sarcastique.

— C'est vrai, mais au moins, ces milliers de pièces gisant dans des sous-sols poussiéreux sont répertoriées, et *peut-être* qu'un jour elles seront offertes à l'admiration du public.

— Ma question risque de vous paraître stupide, mais qui est le mieux placé pour revendiquer ces vestiges ?

— Ça dépend de votre interlocuteur, répondit Dil. Les Indiens exigent à peu près tout ce qui était enfoui dans la terre, ce que je peux comprendre d'une tribu descendant de ceux qui ont fabriqué les objets. Mais les Anasazis ont complètement disparu, alors à qui les donner ? Aux Hopis, aux Navajos.

— J'en ai déjà discuté avec Dil. Nous sommes d'accord pour dire que, en l'absence de descendants directs, ces articles doivent être exposés dans des musées, par exemple, afin de participer à la culture du monde.

— Ce qui risque de poser un problème avec les dessins que nous avons trouvés, Rick et moi.

— Ce n'est pas si grave. Là où ils se trouvent, ils ne craignent pas d'être détériorés par les curieux qui, pour la plupart, se contenteront des films et des photos.

Il était presque minuit.

— Aucune idée des plans de Zane pour demain ?

— Il vous demandera certainement, à Rick et vous, de rechercher des indices concernant la période d'utilisation de cet abri. Les pictographies, bien que précieuses, ne valent rien si on n'est pas susceptible de les dater. Si on trouve des outils, des silex...

– Je ferais mieux d'aller me coucher, dis-je en bâillant. Merci pour la bière.

Je regagnai ma chambre puisque, décidément, pénétrer dans celle d'Eileen représentait une entreprise beaucoup plus difficile que les fouilles du lendemain.

Une fois de plus, je me trompais.

17

— Un toast à notre Indiana Jones sous-marin et à Rick, son acolyte ! s'exclama le Dr Zane en levant son verre de babeurre.

Zane tenait – comme à son habitude – une conférence au bout de la table.

— Nous célébrons un coup archéologique, peut-être *la* découverte du siècle dans cette région. (Il se tourna vers Eileen, assise derrière lui.) Expliquez, s'il vous plaît, à ce gentleman endormi qu'il ne s'agit pas du radotage d'un vieux collectionneur ringard.

— Le Dr Zane a montré hier la vidéo à ses collègues de Harvard et de l'université de Boston.

— Des collègues... des charognards envieux plutôt, et je ne leur ai rien dévoilé de plus, naturellement, lâcha Zane d'un air dédaigneux. Je peux voir à son expression, ajouta-t-il en se tournant vers moi, que notre plongeur philosophe s'interroge sur ce qui me pousse à accabler mes collègues de mes sarcasmes. Ce n'est pas du sadisme de ma part – certains de ces collets montés le mériteraient pourtant –, c'est le sens du spectacle. Je suis comme Houdini : plus longtemps je garde mon public en haleine, meilleure sera sa réaction quand je lui apporterai la preuve tangible de notre découverte.

J'étalai de la confiture de framboise sur un muffin.

— Vous voulez dire que la vidéo ne leur suffit pas ?

— Ça leur suffit amplement, répliqua Zane. Mais les archéologues s'intéressent encore plus au *moment* et au lieu qu'à l'objet de votre découverte. Notre objectif pour aujourd'hui est de trouver des éléments qui nous aideront à dater l'occupation de cet abri. (Il tapa dans ses mains.) Maintenant, les enfants, nous devons partir. Si nous nous y mettons de bonne heure, nous aurons terminé vers midi et ça m'évitera de nouveaux coups de soleil, ajouta-t-il en touchant son front pelé.

Nous étions sur le site à 8 heures et demie. Un pâle soleil commençait à grimper dans le ciel. Je finissais de me préparer quand le Dr Zane s'approcha de moi et posa son bras autour de mes épaules :

— J'ai une faveur à vous demander. Rick me dit que les photos que vous avez prises hier soir ne sont pas sorties. Ce n'est pas votre faute ; nous avons fait vérifier l'appareil. Pouvez-vous recommencer ?

Je répondis que cela ne posait aucun problème. Nous fîmes les vérifications de routine ; tout était en place : truelles et sacs d'échantillons à nos ceintures, couteaux et lampes-torches. Je proposai de passer le premier et descendis au fond de l'eau en suivant la chaîne, puis je remontai jusqu'à l'ouverture de la cavité.

A l'intérieur, je m'arrêtai et, tout en désignant du doigt l'entrée du tunnel, je tapotai ma montre et montrai à Rick deux mains puis une : quinze minutes nous donneraient une marge de sécurité suffisante. Rick acquiesça. Il planta sa truelle dans le sol et me montra du doigt son sac d'échantillons : il allait fouiller la salle principale pendant que je prendrai les photos.

Une fois dans le tunnel, je ne souffris pas de claustrophobie comme la première fois, mais je fus heureux tout de même de déboucher dans la galerie des peintures. Je me mis à observer de très près une fresque représentant un homme tenant un arc, à côté d'un cerf. Le premier tracé, en noir, avait de mauvaises proportions ; l'artiste les avait rectifiées avec de la peinture rouge. La maladresse de l'exécution conférait aux personnages une humanité que je n'avais pas perçue au premier abord.

J'imaginai un homme à la peau foncée, vêtu d'un pagne, trempant ses pinceaux de fortune dans des récipients étroits. L'empreinte d'une main semblait signer le dessin. Ma propre main posée sur la sienne, je communiquai avec l'artiste mort depuis longtemps : « Regarde et souviens-toi de moi », semblait-il vouloir me dire.

Je m'éloignai du mur et préparai l'appareil photo. L'empreinte, le personnage et le cerf apparurent dans mon objectif. J'appuyai sur le déclencheur : le flash éclaira la pièce. Je pris d'autres photos en déplaçant l'appareil dans le sens des aiguilles d'une montre. Je connaissais bien la grotte à présent, ce qui me permit de terminer rapidement le rouleau de trente-six poses.

Ma tâche accomplie, je m'attardai à ramasser quelques objets capables d'intéresser Zane, quand je réalisai soudain que l'heure limite était dépassée. Je jetai un dernier coup d'œil autour de moi et m'engageai dans le tunnel, me déplaçant rapidement à petits coups de palmes. Je tenais l'appareil devant moi dans la main droite et la torche dans la main gauche. C'est donc l'appareil qui prit le choc : on aurait dit le mur de Berlin qui s'écroulait.

Dans un crissement, la protection en plastique éclata en mille morceaux. L'appareil écrasa mon masque et en rompit le fermoir en caoutchouc. L'eau s'engouffra et m'aveugla. Je me précipitai dans le tunnel comme un crabe dans sa carapace. Mais trop lentement.

Quelque chose érafla ma tête, des étincelles rouges jaillirent, puis l'obscurité m'enveloppa. Percevant le bruit des bulles d'air sortant du détendeur, je mordis de toutes mes forces l'embout. Mon avant-bras droit, qui avait pris de plein fouet le projectile, me brûlait horriblement. Instinctivement, j'attrapai la jauge de pression, une absurdité puisque mon masque était de travers et que je n'avais plus de lumière pour lire les chiffres.

Je remis le masque en place et respirai par le nez : il se remplit d'eau immédiatement. Je retirai mon gant et passai la main sur le plexiglas : fêlé. J'avais besoin de lumière. Je tâtonnai, mais ne trouvai aucune trace de ma lampe. J'appuyai sur le déclencheur de l'appareil et fus aveuglé par l'éclair du flash. Je perdis quelques précieuses secondes à attendre que mes yeux s'habituent de nouveau à l'obscurité. Approchant la jauge de pression tout près de mes pupilles et après avoir presque entièrement fermé les yeux, je déclenchai à nouveau et constatai que le niveau d'air était au plus bas.

J'avançais prudemment dans le noir, tenant l'appareil devant moi, lorsqu'il heurta un obstacle : à la lueur du flash, je découvris que la sortie était bloquée par une énorme pierre coincée dans l'ouverture. D'où venait-elle ? Y avait-il un autre tunnel ? Impossible, je l'aurais remarqué. Je poussai, en vain. J'essayai avec mon épaule, sans plus de résultat.

Je tâtai les contours du bloc rocheux et perçus un minuscule interstice dont ni ma truelle ni mon couteau ne m'aidèrent à tirer parti. De rage, je frappai le mur sans autre résultat que d'en détacher du gravier et de la poussière. Mon seul outil consistait en un appareil-photo, alors que mon seul espoir, agrandir l'ouverture, aurait nécessité une pince ou un levier. Et Rick, où était-il ? S'était-il attaqué à ce roc ?

Il ne me restait plus qu'à tenter d'exploiter ce que j'avais à ma disposition : en tâtant le stroboscope, je sentis qu'une sorte de bras métallique le reliait à l'appareil photo ; je le détachai puis dévissai la tête du stroboscope. Cette articulation, plate, pas aussi tranchante qu'une pince, mais d'environ trente centimètres, pourrait me servir de levier.

Dès que j'eus réussi à suffisamment entamer la roche, j'y insérai le bras du stroboscope sur lequel je pesai de tout mon poids : il me sembla que la pierre bougeait. Mon bras me faisant horriblement mal, je m'arrêtai pour respirer profondément avant de recommencer. A la deuxième tentative, je fus rejeté en arrière. Et pendant tout ce temps, ma réserve d'air s'épuisait.

Un apprenti plongeur commence par apprendre à enlever et remettre ses bouteilles sous l'eau sans se noyer. Je n'eus donc aucun mal à mettre en œuvre la seule solution que j'imaginais : gardant l'embout dans ma bouche, j'enfonçai à l'aide de ma truelle mon outil improvisé dans l'ouverture ; j'enlevai mes palmes et, roulé en boule, dos au sol, je plaçai mes pieds contre le roc.

Puis j'étendis les bras pour soulever le levier de toute la force de mon corps. A la deuxième tentative, je réussis à faire légèrement bouger la pierre.

A l'aide de mes pieds, j'obtins une ouverture d'environ quinze, puis cinquante centimètres. Traînant mes bouteilles, je réussis à me faufiler hors de ma prison.

Une fois dans la cavité principale, je manœuvrai à l'aveuglette jusqu'à l'endroit où je pensais trouver la sortie, espérant ne pas me heurter une nouvelle fois à un mur.

Une lueur perçant l'obscurité me guida vers le bassin. Deux paires de jambes se balançaient au-dessus de ma tête et je surgis hors de l'eau entre Dil et Eileen.

— Soc, hurla Eileen, Dieu merci !

Norma et le Dr Zane me tirèrent sur l'herbe. Quant à Rick, il accourut vers moi pour me manifester sa joie ; cet accueil chaleureux contredisait pourtant le mauvais rictus que je venais d'apercevoir sur son visage, l'espace d'une seconde.

— Que diable s'est-il passé ? lui demandai-je en recrachant de l'eau.

— Je n'en ai aucune idée. J'étais en train de fouiller, quand des pierres me sont tombées dessus, j'ai cru que j'étais foutu. Une fois dégagé, j'ai nagé jusqu'au tunnel : l'ouverture était bouchée. Impossible d'enlever les pierres. Comme je n'avais plus d'air, je suis remonté chercher de l'aide, malheureusement il n'y avait plus de bouteilles disponibles. Nous avons alors appelé une équipe de secours et nous nous apprêtions à redescendre. Comment avez-vous réussi à vous en sortir ?

Rick, sans sa combinaison et sans réserve d'air, me racontait des bobards : visiblement, il n'était pas prêt à se joindre aux renforts. J'eus envie de lui arracher les yeux, mais me forçant à garder mon calme, je lui tendis la main.

— J'ai eu de la chance, et vous avez fait ce qu'il fallait, Rick. Je vous en remercie.

Je fis quelques pas avant de sentir le sol se dérober sous moi. Dil et Norma me rattrapèrent, m'aidèrent à monter dans le camion et à quitter ma combinaison. Eileen me servit un verre de Gatorade, tandis que le Dr Zane tournait en rond.

L'équipe de secours arriva quelques minutes plus tard. Malgré mes protestations, les deux infirmiers vérifièrent ma tête et mon bras et m'installèrent sur une civière. Le toubib aux urgences confirma qu'il n'y avait ni fracture ni commotion cérébrale. Il me coupa une mèche de cheveux pour me masser le cuir chevelu avec une pommade qu'il passa ensuite sur mes bleus. Assis sur la table d'examen, je repensais à l'histoire de Rick : c'était un fieffé menteur.

Le docteur me banda la tête, me donna de l'aspirine et me conseilla d'y aller doucement pendant quelques jours, insistant pour que je quitte l'hôpital dans une chaise roulante. Je remerciai les deux infirmiers, m'inquiétai de savoir s'ils avaient bien prévenu les plongeurs qu'on n'avait plus besoin d'eux. Ils me rassurèrent et me précisèrent que, de toute façon, ils ne seraient pas arrivés avant une bonne heure.

Eileen me ramena à Sever Street. Je me tus pendant le trajet et elle était assez intelligente pour ne pas poser de questions. Elle me regardait furtivement, comme si elle avait peur que je disparaisse. En arrivant, je me déshabillai et me glissai dans mon lit. Après avoir préparé un sac de glaçons qu'elle posa sur ma tête, Eileen me borda, ferma les stores et repartit sur le site rassurer les autres. Je fermai les yeux. Quand je les rouvris, Eileen était assise dans le fauteuil en train de me regarder.

— Je pensais que tu allais sur le site, lui dis-je.

— J'y suis allée. Tu as dû t'endormir. Comment te sens-tu ?

Je me redressai et touchai le pansement sur ma tête.

— Je me sens bien pour quelqu'un qui avait un pied dans la tombe et l'autre sur une peau de banane.

Elle se pencha pour me prendre la main et la serra très fort.

— Ne plaisante pas, j'ai eu tellement peur.

— Désolé.

— Quand Rick nous a dit que tu étais enfermé dans la grotte, j'ai tout de suite pensé à Michael.

Encore Michael. Qu'il aille se faire foutre. Et moi ? La fixation d'Eileen sur son petit frère commençait sérieusement à m'emmerder.

— Eileen, Michael n'a pas été victime de ce qui s'appelle un accident de plongée. Il est mort dans une explosion. Il est mort parce qu'il avait commis un meurtre et qu'il essayait de s'enfuir. Il est mort parce qu'il était tellement obsédé par une vieille épave qu'il détruisait tout ce qui se mettait en travers de son chemin.

J'avais à peine prononcé ces mots que je les regrettai déjà. Eileen avait pâli.

— Espèce de salaud !

Sa rage me rassura. Son attitude de bonne sœur était lassante.

— Tu veux que je prétende comme toi que Michael était un enfant de chœur ?

— Non, dit-elle les yeux pleins de larmes. Mais tu pourrais être un peu plus humain. Bon Dieu, Michael était ton ami.

— Michael n'a jamais été mon ami, Eileen, seulement un client qui m'a engagé pour faire un boulot. Je l'aimais bien mais c'était un repris de justice qui profitait des gens, de moi comme de toi. Il a beau être mort, il continue à peser sur nous, et toi tu continues à croire que tu es responsable de lui. Laisse tomber, Eileen.

Elle sanglotait, la tête dans ses mains. Dans le feu de la discussion, nous nous étions rapprochés. Machinalement, je jouais avec ses cheveux ; puis glissant ma main dans son cou je l'attirai vers moi. Elle me jeta un coup d'œil étonné. Je m'attendais à me faire rabrouer, au lieu de cela elle posa doucement sa main sur mon bras, et après avoir essuyé ses larmes, me fixa de ses merveilleux yeux bleus ; l'excitation la gagnait. Je m'en voulais de l'avoir fait pleurer.

— Je suis désolée de t'avoir dit cela, Eileen.

— C'est toi qui as raison, fit-elle en souriant tristement. J'ai joué trop longtemps la sœur martyre.

Nos genoux se touchaient. Sa main remonta le long de mon bras jusqu'à mon cou, et je l'enlaçai. Nous nous sommes embrassés avidement, comme deux voyageurs altérés ; elle se laissa guider jusqu'au lit dans lequel nous nous sommes glissés.

Plus tard, allongé contre le corps tiède d'Eileen, je songeai que ce qui nous arrivait là était inévitable. Pourtant je n'étais pas sûr que ce soit une bonne idée.

18

Ce soir-là, pendant le dîner, j'annonçai à Zane que je renonçais à continuer. Il n'était pas très content, cependant il encaissa.

— C'est dommage pour nous, mais je comprends que vous puissiez être nerveux à l'idée de redescendre après ce qui est arrivé, dit-il gravement en fronçant les sourcils.

J'achevai de manger un morceau de haddock que Dil avait préparé.

— Le danger n'est jamais exclu de la plongée sous-marine. (Je bus une gorgée de Chardonnay en marquant une pause.) Les Indiens ont peut-être jeté un sort sur cette grotte.

Autour de la table, tout le monde se mit à rire. Zane écarquilla les yeux.

— Vous ne croyez pas ce que vous dites..., commença-t-il, et comprenant que je plaisantais, il ajouta : Ah, notre plongeur philosophe se moque de nous !

Gardant la même expression, je jetai un rapide coup d'œil à Rick qui regardait au loin. Il avait essayé de me tuer, j'en étais sûr. Le plafond de la grotte ne présentait aucune fissure ; seul un tremblement de terre à ce moment précis aurait pu décrocher un morceau de rocher. Rick avait attendu que je m'engage dans le tunnel pour l'obstruer. Zane était-il l'instigateur ? Sinon, qui ? Et pourquoi ?

Le Dr Zane s'était lancé dans une discussion sur Toutankhamon qui l'accaparait complètement ; en tout cas on pouvait s'y laisser prendre. J'abandonnai et posai mon regard sur Eileen assise en face de moi. Ses yeux bleus me disaient ce que je savais déjà : notre relation serait sans suite. Nous avions vécu un moment de folle passion, mais sans amour, simplement pour ne pas passer le reste de notre vie à le regretter.

Dieu, qu'elle était belle. Je levai silencieusement mon verre à sa santé. Elle fit de même, en me souriant.

— Tu vas retourner pêcher ?

— Bientôt, j'espère. Sam a besoin de moi sur le *Millie D.*

— Vous allez nous manquer, Soc, dit Norma échappant un instant au discours de Zane. Vous pourriez nous rejoindre le soir du Nouvel An.

— Nous comptons sur vous, ajouta Dil.

Je promis de venir et d'apporter de la bière.

— Si vous voulez bien m'excuser, dis-je en me levant de table, je dois aller faire mes bagages. Merci pour le dîner, le haddock était délicieux, Dil.

— Déjà ? dit Zane en soupirant. Laissez-moi vous redire combien je vous suis reconnaissant. Je vous attribuerai le mérite de cette découverte. Envoyez-moi la facture pour vos services et le matériel perdu ou endommagé.

Je le remerciai et fis le tour de la table en serrant la main de chacun. Rick avait l'air soulagé de me voir partir. Eileen proposa de m'aider à ranger mes affaires, et sans attendre ma réponse, quitta la table pour me suivre dans ma chambre. Je fis mon sac, le posai sur le lit et m'approchai de la fenêtre. Les lumières du port de Plymouth brillaient à travers la brume légère qui s'élevait de la baie de Cape Cod.

— Jolie vue, ça va me manquer.

— Tu dois vraiment partir ? dit Eileen, debout près de moi.

— Kojak a le cafard si je m'absente trop longtemps.

— Ce n'est pas à cause de ce qui s'est passé dans cette chambre, n'est-ce pas ?

— Un peu. Nous savions que ça ne pourrait jamais être mieux, répondis-je en relevant son menton et en l'embrassant légèrement sur les lèvres.

— Je pense que tu as raison, fit-elle en me regardant.

— J'ai raison !

— Nous sommes pareils, tu sais. Nous fuyons tous les deux quelque chose, ajouta-t-elle tristement.

— Quoi ?

— Nous-mêmes, peut-être. La culpabilité, les obligations, les souvenirs d'enfance, d'adolescence, rien, tout. Tu crois qu'un jour on s'arrêtera ?

La description d'Eileen correspondait exactement à ce que je ne voulais pas savoir de moi. Physiquement je ne me déplaçais guère, mais intérieurement je fuyais tout ce qu'elle venait d'énumérer.

— Sûrement pas. Nous continuerons ainsi jusqu'au bout. Où est le problème ?

Elle déposa un baiser sur ma joue et attrapa mon sac à dos. Nous marchâmes dans la chaleur de l'été jusqu'à ma camionnette. Elle me donna son adresse à Cambridge. Nous nous embrassâmes une dernière fois, puis je grimpai dans mon pick-up ; je m'arrêtai au bar où je commandai une bière et jouai au flipper sans plus de réussite que la dernière fois. Mes vêtements étaient imprégnés du parfum d'Eileen.

Je quittai l'établissement à 20 heures 45 et repris la direction de Sever Street où je me garai à l'abri d'un érable. D'après Dil et Norma, Rick sortait tous les soirs à 21 heures. J'allais m'en assurer.

Effectivement, Rick sortit et grimpa dans sa Mustang rouge. Il descendit la colline jusqu'à la rue principale et se dirigea vers Kingston. Je le suivis à distance. Je ne fus pas surpris de le voir tourner sur la route qui menait à la salle des ventes de Renault. Je continuai mon chemin et me garai trois cents mètres plus loin, dans une petite ruelle. J'abandonnai la voiture et courus jusqu'à la salle des ventes : il y avait de la lumière dans le bureau.

Je longeai le mur jusqu'à la fenêtre la plus proche. Les stores étaient fermés. Ne pouvant entendre ce qui se disait, je m'approchai de la porte. Les voix étaient plus proches – par moments irritées – mais toujours confuses. Cela ne servait à rien d'attendre ici. Je retournai à ma voiture et repris la route vers le Sud. Une heure plus tard, je me retrouvai chez moi : c'était bon.

J'entrai dans la maison : Kojak m'attendait. Il se frotta à mes genoux en miaulant de faim. Je remplis son écuelle et versai un verre de lait dans un bol pour me faire pardonner.

J'attrapai une bière, me laissai tomber sur le divan et fixai le mur. Les questions se bousculaient dans ma tête. J'avais toujours mal au crâne, mais ce décor familier me réconfortait.

Je passai un coup de fil à ma voisine pour l'avertir de mon retour et la remercier de s'être occupée de Kojak. Puis j'appelai Sam. Je lui dis que, bien que rentré, je n'étais toujours pas disponible pour aller pêcher avec lui. Il me répondit que cela n'avait pas d'importance, qu'il y avait beaucoup de poissons et que je lui manquais. Je lui affirmai que pêcher avec lui me manquait aussi, ce qui était vrai.

Sam me raconta les dernières nouvelles et nous décidâmes de nous retrouver le lendemain matin chez Elsie.

Je reposai le téléphone et m'installai confortablement sur le sofa en sirotant ma bière. J'écoutais le bruit des insectes et des vagues. La maxime de mon père me revint à l'esprit : *Fils et pères vont chacun leur chemin, mais sans jamais s'éloigner.*

Le dossier de Joe Quint était posé sur la table basse, et subitement je me rappelai un détail : le père de Joe habitait Rhode Island. J'allai chercher une carte dans le pick-up ; Charlestown se trouvait juste à la frontière du Massachusetts, à deux heures de route, au grand maximum. J'éteignis les lumières, enlevai Kojak de mon oreiller, et me glissai dans mon lit en soupirant d'aise.

19

NOUS PRENIONS UN CAFÉ CHEZ ELSIE, Sam rouspétait, le moteur du *Millie D* ne marchait pas bien. Il ne me fut pas difficile de comprendre qu'il avait besoin d'un coup de main. Toute la matinée, nous avons bossé sur les machines, et ce n'est que vers midi que, couverts de graisse et d'huile, nous sommes remontés sur le pont. Le problème venait du circuit électrique, et je soupçonnais Sam de l'avoir deviné dès le départ. Il avait détaché les fils pour passer un peu plus de temps avec moi et me raconter les derniers ragots du port. Je réussis à m'échapper et rentrai à la maison.

Je sortais de la douche quand le téléphone sonna.

— Salut, Soc, c'est votre promoteur préféré, fit Peter Hoagland. Etes-vous libre pour déjeuner ?

Mashpee ne se trouvait pas vraiment sur mon trajet, mais il fallait bien que je mange quelque part et, surtout, Peter avait peut-être du nouveau. J'acceptai, notai l'endroit où je devais le retrouver, et passai des vêtements propres.

A 13 heures, je me garais en face d'un immeuble de briques en plein cœur de Mashpee, qui abritait un motel au deuxième étage, une boîte de strip-tease au premier, une agence immobilière, une boutique de souvenirs et un café. Un certain charme se dégageait de cet endroit pourtant sans élégance.

Peter était certainement en train de raconter une histoire

drôle au moment où j'entrai car les clients riaient de bon cœur.

— Je suis content que vous ayez pu venir, me dit-il en me serrant la main et en me gratifiant d'un large sourire.

— Comment vont les affaires ?

— Très bien. J'ai trouvé le fric, il ne me manque que le permis de construire. Aujourd'hui, on a besoin d'un permis même pour éternuer !

— Bonne chance. Avez-vous des nouvelles de Joe ?

— Merde, j'allais *vous* demander la même chose. Qu'est-ce qu'il lui a pris de disparaître comme ça ?

— C'est idiot, tout le monde le croit coupable, maintenant.

— Je suis d'accord. Avez-vous une idée de l'endroit où il aurait pu se réfugier ?

— Non. J'avais espéré que vous, vous auriez appris quelque chose par Patty.

— Aucune chance que Patty me confie quoi que ce soit. Comme c'est votre client, je pensais... Oh, et puis à quoi bon ! Comment avance votre enquête ?

— Lentement. J'ai quelques pistes. De votre côté, rien de nouveau qui puisse m'aider ?

— Non. J'ai bossé comme un dingue sur les plans, et c'est bien la première fois que je ne suis pas au courant de ce qui se passe en ville.

Nous avons parlé boulot, de la météo, des touristes, et même encore un peu de Joe. Le sandwich n'était pas mauvais et ce n'était pas déplaisant de regarder Peter jouer de son charme. Néanmoins, quand je lui serrai la main pour lui dire au revoir, le motif de son invitation continuait à m'échapper, car je ne lui avais apporté aucune information particulière.

Je rejoignis l'autoroute I-95, traversai New Bedford et Fall River, et me retrouvai une heure plus tard à Charlestown, dans la banlieue sud de Providence, près des plages de Block Island Sound.

A 16 heures, je me garai devant Narragansett Indian Longhouse – un mobil-home – pour demander à deux hommes qui discutaient à proximité, où trouver Elwood Quint. Ils m'indiquèrent la direction pour aller chez lui, près de Indian Church Road.

La route était isolée, sinueuse et bordée d'énormes pins. Une boîte aux lettres en aluminium portant les lettres « Qui t », à l'entrée d'un sentier incitait à le suivre jusqu'à une maison de planches d'un rouge vif.

Un vieux chien m'accueillit en boitant. Un homme assis sur un rocking-chair regardait la télévision installée et branchée au réseau grâce à une série impressionnante de rallonges électriques qui, passant par la fenêtre, traversaient la maison.

Je m'avançai vers l'homme, le chien sur mes pas, et criai pour couvrir le bruit de la télé.

— Excusez-moi, êtes-vous Elwood Quint ?

Il se retourna et j'eus la vision de Joe Quint dans vingt-cinq ans. Ses longs cheveux blancs étaient ramenés sous une casquette et sa peau était basanée. Il avait le même regard vif et le même nez busqué. La bouche large aux lèvres minces était plus amicale, moins cynique que celle de Joe. Il portait un T-shirt noir, un short et des chaussures montantes rouges.

Sans dire un mot, le vieil homme me désigna une chaise en bois en face de lui. Le chien se coucha à mes pieds, bâilla et s'endormit. L'émission de télé s'achevait, les couleurs étaient déréglées et le présentateur en était tout vert. Le vieillard éteignit le poste et me demanda s'il m'arrivait de regarder ce programme. Ma réponse négative ne le découragea pas et pendant un moment il m'entraîna dans une étude comparée des différents présentateurs avec autant de sérieux que si nous avions débattu de philosophie.

Avec des gestes adroits malgré ses larges mains noueuses veinées par l'âge, il équeutait des haricots verts, les faisant passer d'un bol en plastique en équilibre sur ses genoux dans une passoire en aluminium posée à ses pieds. Il m'en tendit une poignée.

— Vous voulez m'aider ?

— Pourquoi pas ?

Attrapant sans peine un rythme rapide et régulier, je participai honorablement à cette tâche ménagère. Le temps passait.

— Pourquoi voulez-vous voir Elwood Quint ? s'enquit le vieil homme au bout d'un moment.

— J'aimerais parler à son fils Joe. Je pensais que M. Quint saurait où je peux le rencontrer.

Il me donna une autre poignée de haricots.

— Vous vous débrouillez bien. Vous avez l'habitude ?

— J'aidais ma mère.

— Vous êtes policier ?

Je lui tendis une carte de visite qu'il approcha de ses yeux. Il la déchiffra, ses lèvres bougeant sans bruit.

— Votre nom est long et intéressant.

— Merci. Ceux qui n'arrivent pas à le prononcer, et ils sont nombreux, m'appellent Soc.

Il étudia la carte à nouveau et jeta un coup d'œil sur ma camionnette.

— Le boulot de détective n'est pas très rentable, n'est-ce pas, Soc ?

— Non, pas vraiment. Je pêche aussi, mais ça ne paie pas beaucoup non plus.

— J'étais pêcheur dans le temps. Le homard surtout. Jamais fait beaucoup d'argent, mais j'aimais bien. Je suis Elwood Quint, ajouta-t-il en me tendant la main.

— Je m'en doutais. Joe vous ressemble beaucoup.

— C'est ce qu'on dit. C'est dommage pour lui car sa mère était très belle. Petit nez, lèvres fines et grands yeux noirs. Elle est morte d'un cancer, il y a quelques années.

— Je suis désolé.

— Merci, dit-il en me tendant des haricots. Pourquoi voulez-vous voir Joe ?

— Joe a des problèmes. Vous le savez ?

— Oui, quel gâchis !

— Un ami m'a engagé pour l'aider. J'ai des informations

à transmettre à Joe et il faudrait que je lui pose quelques questions.

— Alors, vous êtes aussi un ami, me dit-il en souriant. (Il lui manquait deux dents.)

— Je n'ai rencontré Joe qu'une seule fois.

— Cela n'a pas d'importance. Vous êtes un ami puisque vous voulez l'aider. D'autres haricots ? Vous faites ça très bien.

J'en attrapai une pleine poignée.

— Les flics sont venus et m'ont dit qu'ils recherchaient Joe dans le Massachusetts. Enfin, le FBI m'a rendu visite.

— Un certain Rourke ?

— Oui. Vous le connaissez ?

— Nous nous sommes rencontrés.

— Ce n'est pas un homme heureux, déclara Elwood en secouant la tête. Il n'est pas taillé pour ce boulot, mais après tout, c'est pas mon affaire. J'ai affirmé que j'étais sans nouvelles de Joe. Rourke m'a pas cru, j'en mettrais ma main au feu. Vous avez fait tout ce chemin depuis le Massachusetts ?

— Deux heures de route seulement, je viens de Cape Cod.

— Bel endroit. J'ai pêché là-bas il y a des années. On faisait escale à Princetown. (Il équeutait les derniers haricots.) Merci.

— De rien. Est-ce que Joe a grandi ici ?

— Oh, non. Nous habitions une maison en ville, plus grande. C'est là que Joe a vécu. Après la mort de sa mère, j'ai vendu et je me suis retiré ici, dans les bois, au calme. Moi et Nugget, deux vieux chiens ! Vous avez rencontré Joe, ajouta-t-il en levant les sourcils. Vous savez qu'il ne serait pas stupide au point de se réfugier là où la police l'attendrait à coup sûr.

— C'est vrai. Je ne pensais pas le trouver ici.

— Alors pourquoi êtes-vous venu ?

— A cause d'une réflexion de mon père : « Fils et pères vont chacun leur chemin, mais sans jamais s'éloigner. »

— Il a raison. Ils aiment la même femme. Ça les sépare

en même temps que ça les rapproche. Vous voulez de l'alcool de maïs ? J'en ai au frais.

Il faisait chaud, et les pins imposants qui entouraient la maison empêchaient la brise de passer. J'acceptai avec plaisir, admettant que boire quelque chose de frais serait agréable.

— Votre père est un homme plein de sagesse, apprécia-t-il. Il vous dirait aussi qu'un père connaît son fils. C'est pourquoi je suis sûr que Joe n'a pas tué cet homme, comme ils le prétendent. Il détestait la guerre.

— Quelqu'un lui en veut, et je dois trouver qui. Il me semble qu'à mieux connaître la personnalité de Joe, je serais capable de débusquer ses ennemis.

Elwood contemplait les pins qui bordaient sa propriété.

— Avez-vous entendu parler des Narragansetts ?

— Il y a une bière qui porte ce nom.

— Oui. Je n'en bois pas, mais il paraît qu'elle est bonne.

Il prit sa blague à tabac, du papier à cigarettes, et s'en roula une. Il m'en proposa, je refusai.

— Comme toutes les tribus indiennes, on a fait bon accueil aux Anglais, on ne pouvait pas savoir qu'ils se comporteraient comme des brutes et des voleurs de la pire espèce. La guerre est devenue inévitable, et comme on était incapables de se mettre d'accord, on s'est ramassé une défaite. Le roi Philip a été tué sur la route, tout près d'ici. Aujourd'hui, on n'est pas plus de deux mille survivants et on trouve encore le moyen de se battre entre nous : les anciens dans les réserves et les progressistes se disputent le pouvoir à la mairie. Le gouvernement ne reconnaît que les progressistes.

— Et vous, de quel côté êtes-vous ?

— Je suis le guérisseur de la tribu. Vous savez ce que ça veut dire ?

— Vous soignez les gens.

— Non, ça, c'est le rôle du sorcier guérisseur.

— Désolé.

— C'est une confusion très répandue. Le guérisseur ne

gagne pas autant d'argent. Mon nom est Tall Elm* ; en effet, j'étais grand pour ma génération ; je me suis ratatiné, comme toutes les personnes âgées. Les arbres, eux, ne bougent pas.

— Quel est le rôle du guérisseur ?

— Eh bien, c'est difficile à expliquer, c'est un chef spirituel, un conseiller en quelque sorte. La loi des hommes et la loi de la nature sont souvent en conflit ; c'est pour ça que la société est perturbée. Les gens sont mal dans leur peau sans comprendre pourquoi. Je leur raconte des histoires pour essayer de les aider à retrouver leur équilibre. Après, ils prennent eux-mêmes leurs décisions.

— Et ça marche ?

— Quelquefois. En tout cas, je les ruine pas comme le ferait un psy.

— Si vous le voulez bien, j'aimerais écouter une de vos histoires.

D'accord. Celle-là, je la raconte en ce moment : « Un soir, un marin trempé jusqu'aux os frappe à la porte d'une Indienne. Il demande à entrer et à se réchauffer près du feu. Elle distingue des flammes entre ses pieds, mais elle ne dit rien. Il lui demande alors si elle veut de l'argent ; comme elle dit oui, il lui suggère de sortir et de creuser derrière la maison. Mais dès qu'elle commence à creuser, ses enfants se mettent à pleurer. Elle continue quand même de creuser et trouve un trésor. Le matin suivant, elle découvre qu'on a dérobé le trésor. Elle comprend alors que le marin, en l'obligeant à choisir entre l'or et ses enfants, n'était autre que le diable venu la tenter.

— C'est une belle histoire.

— Ils ne vont certainement pas en faire un film, mais elle dit bien ce qu'elle veut dire.

— Quoi donc ?

— Si vous avez un peu de temps, je vais vous montrer ça.

— Je ne suis pas pressé.

* Tall Elm = Grand Orme. (N.d.T.)

— Parfait. Je vais nourrir Nugget et m'habiller de façon plus présentable, dit-il en terminant son verre.

Quelques minutes plus tard, Elwood était un autre homme : il avait attaché ses cheveux argentés en une queue-de-cheval, et portait chemise turquoise et pantalon bleu marine. Nous sommes montés dans ma camionnette et il m'a indiqué le chemin jusqu'à la route 1, l'ancienne voie postale de Boston. Une fois dans le Connecticut, nous prîmes la route 2 à travers bois et champs. Elwood me dit de suivre les panneaux MASHANTUCKET PEQUOT RESERVATION.

Des travaux bloquaient une des voies, nous obligeant à rouler pare-chocs contre pare-chocs. Nous sortions d'un virage quand un spectacle extraordinaire, à quelques centaines de mètres, m'arracha une exclamation de surprise : le *Queen Elizabeth II* dépassait des arbres !

— C'est le nouveau tepee touristique construit par les Pequots. Un hôtel luxueux, expliqua Elwood avec un sourire espiègle.

Les voitures s'égaillèrent entre les nombreux parkings. Après avoir abandonné la camionnette, nous nous sommes mêlés à la foule qui se dirigeait vers un immeuble en pierre. « PASSEZ UNE BONNE JOURNÉE » promettaient des bus qui déversaient une multitude de visiteurs. Nous avons grimpé les marches dans le vacarme assourdissant de centaines de machines à sous investies par des joueurs hagards, encombrés de grands pots en carton remplis de pièces de monnaie.

— Bienvenue à Foxwoods, dit Elwood. Vous avez une pièce ?

Il la glissa dans la fente la plus proche. Rien. Il haussa les épaules.

— Je ne gagne jamais à ces trucs. Venez !

Il nous fallut jouer des coudes pour nous frayer un chemin jusqu'au bingo, parmi les tables de roulette, de black-jack et de loto. Un brouhaha indescriptible envahissait le casino, pourtant immense ; le violet et le vert dominaient dans le décor, tandis que l'uniforme des croupiers et des gardes s'ornait de la vague représentation d'un panier indien.

Des serveuses blondes, aux jambes interminables, passaient entre les tables, baladant leur minijupe à franges, en imitation daim.

— Nous sommes à Las Vegas ?

— C'est qu'un début, m'expliqua Elwood. A côté, l'hôtel a plus de trois cents chambres. Ils ont prévu des golfs, une piste pour les hélicoptères, des petits trains pour promener les touristes... dix mille visiteurs par jour. Qu'en dites-vous ?

Nous avons quitté l'endroit et rejoint la camionnette. Elwood m'a montré le centre de la communauté Pequot : les nouvelles constructions, l'hôtel de ville, les courts de tennis, les terrains de basket et le centre médical, ainsi que l'emplacement des futurs musée indien et centre de recherche. Des enfants à la peau foncée jouaient sur un nouveau terrain de basket.

— Il paraît que le casino rapporte plus de quatre cents millions de dollars par an, et qu'il est le plus rentable au monde. Ça sert à racheter les terres pour la réserve, et payer les études des gamins, ajouta Elwood. Chaque membre de la tribu s'enrichit ; et ceux qui n'appartiennent pas à la réserve sont ravis aussi parce que ça leur procure du travail. Les Narragansetts – ma tribu – sont venus étudier la question et ils veulent aussi leur casino.

— Et ce n'est pas bien ?

— Ils sont nombreux à penser que c'est bien, parce que ça rapproche les tribus. Ceux qui n'avaient pas les moyens de vivre ici viennent maintenant de tous les coins du pays. L'argent leur permet d'acheter des terres pour agrandir les réserves, et les meilleurs produits. Ils disent que c'est comme dans le temps, que les Indiens avaient inventé les jeux, et qu'ils les ont remplacés maintenant par des machines électriques, c'est tout, et qu'il n'y a pas de quoi fouetter un chat.

— Mais vous, vous pensez différemment ?

— Je suis guérisseur, je ne suis pas payé pour réfléchir,

dit-il avec un sourire affecté. En fait, je ne suis pas payé du tout. Il y en a qui pensent que tout ceci – la circulation, les routes et l'argent – va à l'encontre de notre culture, ajouta Elwood en me montrant le chemin de service encombré de bulldozers.

— Vous êtes d'accord ?

— Le problème n'est pas là, les Pequots étaient déjà intégrés. Notre culture à nous est depuis longtemps en danger ; mon nom de famille – Quinit à l'origine – a été abandonné pour Quint, qui faisait plus blanc, pour se rapprocher du mode de vie des Blancs qui devait être meilleur puisqu'ils dirigent tout. J'ai longtemps pensé comme ça.

— Et maintenant vous n'en êtes plus sûr ?

— Si on construit un casino dans mon jardin, les pauvres deviendront riches. La vraie question est dc savoir si l'argent ne va pas les rendre pauvres.

— Comme l'histoire de la femme et de l'étranger que vous m'avez racontée.

— Oui, mais n'oubliez pas que ce n'était qu'une histoire. Je peux très bien en changer le dénouement : la femme trouverait le trésor et achèterait des habits neufs à ses enfants. Ce serait ce qu'on appelle une fin hollywoodienne !

— Et qu'est-ce qui cloche avec ça ?

Il haussa les épaules tristement.

— Je sais ce que vous pensez. Si les Indiens ne peuvent pas être tout rouges ou tout blancs, qu'ils soient au moins riches.

— Vous l'avez dit vous-même, ils sont en train de perdre leur identité.

— Oui, et je continue à penser que la pauvreté de l'âme est une calamité. Mais ce n'est pas ce qui m'inquiète. Décrivez-moi ce que nous venons de voir, pensez en pêcheur qui scrute l'océan.

— J'ai vu des machines à sous, des tables de jeu, des centaines de personnes qui ne souriaient pas. J'ai vu quelques

Indiens qui observaient tout cela. J'ai vu beaucoup d'argent, la plus grande part pour le casino.

— Pensez à cet argent comme si c'était de l'eau, une source ou un ruisseau, qui coulerait à travers une terre aride. Ceux qui contrôlent l'eau contrôleraient la vie des gens qui ont soif.

— Elwood, vous êtes en train de dire que l'argent c'est le pouvoir. Ce n'est pas une idée nouvelle.

— Pour les Indiens, si, déclara Elwood. Et nous devons apprendre à le manipuler.

— Est-ce que ce n'est pas l'opportunité pour eux de reprendre aux Blancs ce qu'ils leur ont pris ?

— Oh oui ! C'est ce que pensent les membres de ma tribu. Ils veulent construire un endroit identique à Foxwoods, où les Anglais, dix mille par jour, débarqueraient avec leur argent. Nous estimons que nous serions capables d'atteindre les quinze mille.

— C'est beaucoup de fric !

— Oui, et c'est bien ce qui inquiète Joe. Les jeux d'argent divisent les tribus. Si la prospérité en découlait, ce serait parfait, mais il redoute que seuls quelques-uns se gavent, et pas forcément les nôtres. Il veut instituer un contrôle par la tribu. Ç'a marché avec les Pequots, pourquoi pas avec nous ? Mais il a observé l'attitude des Mohicans à New York, qui se bagarraient depuis des années pour savoir qui avait la peau la plus rouge ; la mafia a débarqué de l'extérieur et réglé le problème en faisant des morts. Joe ne veut pas que ça se reproduise dans les autres tribus.

— Quelle a été la réaction des gens ?

— La tribu est partagée. Joe a perdu des amis.

— Et s'est fait des ennemis.

— Pas dans la tribu, nous ne sommes pas comme ça. Ils connaissent presque tous Joe depuis qu'il est gamin. Mais il a une grande gueule, comme moi. Ils lui en veulent d'avoir parcouru le pays avec ses histoires. Les gens sont furieux et pensent qu'il est en train de tout gâcher. Ils deviennent fous comme les Blancs. C'est chaque fois la même chose quand il est question d'argent. Vous voulez venir à la maison manger des haricots frais ? Après tout, vous m'avez bien aidé à les préparer.

J'acceptai l'invitation d'Elwood. Nous avons traversé Ledyard, un village aux confins de la réserve, avant de regagner la route 1. Elwood cuisina les haricots avec des tomates, des poivrons et des oignons.

Nous avons discuté de pêche et de son fils. Est-ce qu'il avait la moindre idée de l'endroit où je pourrais le trouver ? Elwood me dit de ne pas m'inquiéter, que Joe me ferait signe. Il m'offrit une pomme et une canette d'alcool de maïs.

Sur le chemin du retour vers Cape Cod la radio diffusait de la musique douce, mais le bruit des machines à sous continuait à résonner dans ma tête. Joe était vraiment dans la merde. J'avais beau récapituler les faits, je n'arrivais pas à en établir la logique ; trop de questions sans réponse.

J'arrivai à la maison vers 23 heures ; laissant de côté Joe Quint, je n'eus qu'une envie : m'écrouler sur mon lit.

Mais il allait me falloir attendre, j'avais de la visite.

20

La route avait été longue et ennuyeuse ; j'avais mal partout, je voyais trouble, la fatigue n'abrutissait, mais pas au point de ne pas remarquer que rien ne s'allumait quand j'appuyais sur l'interrupteur, et que le salon empestait la sueur. J'essayais de réfléchir à toute vitesse quand un bras m'immobilisa.

Quelqu'un me souffla dans le cou une haleine qui empestait l'oignon. Je donnai un coup de tête en arrière et entendis le craquement du cartilage en même temps que le hurlement de douleur. Le bras me lâcha, je m'accroupis et envoyai un grand coup de coude.

Deux ombres se précipitèrent sur moi. Je fonçai tête baissée sur celle de droite puis, effectuant une rapide volte-face, balançai un uppercut sur ma gauche. Le type se rejeta en arrière et je ressentis une douleur foudroyante dans le coude. J'essayai un crochet du gauche, en vain, et perdis l'équilibre.

Un quatrième type me sauta dessus et tenta de me mettre un coup de genou dans le visage, mais mes bras en protection déviérent sa trajectoire et je le reçus dans les côtes. J'attrapai ses couilles et les tordis, ce qui le fit beugler comme un taureau castré. Ils me tombèrent tous dessus, mes jambes flageolaient. Je m'enroulai dans la position du fœtus et attendis les coups. Je ne fus pas déçu.

Sur un ordre que je ne compris pas, tout s'arrêta.

— Lève-toi, connard, et doucement. (La voix était enrouée et essoufflée. Et toujours cette odeur d'oignon.)

Je sentis le canon d'un pistolet derrière mon oreille et quelqu'un me désigna le divan. Je n'ai pas vu la gifle arriver, monumentale ; le sang coula dans ma bouche.

— Ça, c'est pour m'avoir cassé le nez, dit celui qui puait l'oignon. T'en veux une autre ou tu te calmes ?

Je me massai la joue. Ces types commençaient à me les gonfler sérieusement.

— Pose ce revolver sinon c'est autre chose que je vais te démolir. (Ce n'était pas très malin.)

Un cinquième personnage s'interposa entre la fenêtre et moi. Cinq contre un, pas mal. Son visage était dans l'ombre, néanmoins je distinguais ses dents blanches et ses cheveux attachés en queue-de-cheval.

— Il est en train de te pousser à faire une connerie, prévint-il.

— Il m'a brisé les côtes !

— Et alors. Il a failli m'arracher les couilles !

— Tu n'as pas réservé un accueil sympathique à mes hommes, dit l'ombre d'une voix profonde.

— Ils ne se sont pas présentés. Qui êtes-vous ?

— Avant les présentations, on a des choses à se dire.

— Que votre ami retire son revolver et on discutera.

Il prononça quelques mots dans une langue que je ne compris pas, et l'arme disparut.

— C'est mieux ?

Je me frottai la tête, m'assurai qu'elle tenait toujours sur mes épaules, et déclarai :

— Vous êtes tous particulièrement agressifs, une visite chez le psy ne serait pas du luxe.

— Tu ferais mieux d'écouter ce que j'ai à te dire si tu veux faire de vieux os.

— J'écoute.

— Bien. Premièrement, où est Joe Quint ?

Encore lui ! Tout le monde, sans exception apparemment, lui courait après.

— Je ne sais pas.

— C'est ton client et tu ne sais pas où il est.

— Quint ne me fait pas vraiment confiance. Il me trouve bizarre.

— Et toi, tu penses quoi ?

— Je pense que j'ai l'esprit pratique.

— Et dix mille dollars, ça te va ?

— Qu'est-ce que je dois faire ?

— Nous dire où on peut trouver Quint.

— Vous commencez *vraiment* à m'énerver.

— Tu continues à prétendre que tu ignores où il est ? dit-il, impatient et sceptique à la fois.

— Regardez autour de vous. Jetez un coup d'œil sur ma vieille camionnette. Dix mille dollars, ça ne serait pas de trop !

Il marqua une pause, réfléchit et grogna :

— Je te crois. Ils peuvent quand même être à toi.

— Comment je fais pour vous joindre ?

— T'inquiète pas, on te trouvera. Reste près du téléphone, des fois que Joe appelle. Autre chose, tu nous dis où il est, tu récupères le fric et tu abandonnes l'affaire. Tu continues, t'es mort.

Je léchai le sang sur mes lèvres. Mon acte de bravoure n'avait convaincu personne, même pas moi. *Surtout* pas moi. Ce serait idiot de le nier, j'avais bel et bien la trouille. La manœuvre était délicate, entre un abandon trop rapide qui leur paraîtrait suspect et la provocation qui les pousserait à m'envoyer ad patres.

— Comme je vous l'ai dit, je ne me remue pas beaucoup pour l'affaire Quint.

— Voilà qui est sensé, fit-il calmement. Mais je veux que tu saches que si tu te fous de nous, on reviendra te descendre. C'est clair ?

Les phares d'une voiture balayèrent les vitres et des bruits de pneus se firent entendre.

— Quelqu'un vient, dit l'un des types.

Ils s'éparpillèrent dans la nuit.

— Désolé, vieux, on doit filer. Tiens, ça c'est pour toi, pour te rappeler notre visite. (Il dit quelques mots dans sa langue.)

On m'attrapa par les cheveux pour me traîner par terre puis on me fila un coup de genou dans le ventre. J'étais en train de dégueuler sur le tapis quand j'entendis des voix.

La lampe du salon s'alluma. A travers mes larmes, j'aperçus deux paires de bottes. Des bras me soulevèrent et m'installèrent sur le divan. Je reconnus Tommy et Ed, les deux Indiens que j'avais rencontrés chez Patty Hoagland.

— Ça va ? s'inquiéta le plus grand d'un air triste à crever.

Je ne m'en tirais pas trop mal après ce dernier cadeau : un peu plus haut et mon nez explosait, un peu plus bas, et je me retrouvais soprano chez les petits chanteurs de Vienne.

Ed, le plus petit, sortit de la salle de bains avec un linge humide que je posai sur mon front, puis sur ma lèvre. Je me sentis mieux. Il suffit de mentionner le nom de Joe Quint et le ciel vous croule sur la tête.

Je remuai doucement... tout doucement.

— Ça va mieux ? demanda Ed.

— Ouais, ça va aller. J'ai l'air de quoi ? (Je n'avais plus de voix.)

— De quelqu'un qui s'est fait piétiner par un troupeau de bisons, précisa Tommy. Vous avez la lèvre fendue et le visage tout boursouflé. Il y a plein de sang sur vos vêtements, et pas uniquement le vôtre.

— Que s'est-il passé ? fit Ed. La porte d'entrée était ouverte et vous étiez en train de dégueuler sur le tapis.

— Quand je suis arrivé, cinq types m'attendaient. Ils m'ont tabassé et se sont tirés.

Tommy se dirigea vers la cuisine dont la porte grande ouverte laissait entrer les insectes.

— Ils ont dû nous entendre et se sont tirés par-derrière.

— J'aimerais bien que vous alliez chercher la bouteille d'ouzo que je garde comme remontant, dis-je en me redressant un peu sur le divan.

— Qui étaient-ils ? demanda Tommy.

— Merde ! Je sais à peine qui *vous* êtes.

— Mon nom est Tommy Slow Bear *. Lui, c'est Ed Two Knives *.

— Ravi de faire votre connaissance. (Je pressai le linge humide sur ma peau. Cela me fit du bien.) Ils n'ont pas allumé, je n'ai même pas pu distinguer leurs gueules. L'un d'entre eux parlait aux autres dans une langue qui m'est inconnue.

Ed fronça les sourcils et me dit quelque chose dans ce qui me sembla être de l'espéranto.

— Ça ressemblait à ça ? me demanda-t-il.

— Peut-être. C'est quoi ?

— Mohawk, répondit-il d'un air sombre.

Son copain revint de la cuisine avec la bouteille d'ouzo et un verre. Je lui arrachai la bouteille des mains, remplis le verre à ras bord et avalai d'un coup. L'alcool me brûla la gorge et la bouche, je toussai, mais au moins je me sentais vivant.

Kojak sortit de la chambre en bâillant. Manifestement, il avait bien dormi et la bagarre ne l'avait pas dérangé. Il regarda les étrangers puis partit dans la cuisine vérifier le contenu de son bol.

— Ils sont mohawks, vous êtes mohawks. Excusez-moi, mais vous vous ressemblez tous et je n'ai pas l'habitude de voir autant d'Indiens dans mon salon. Vous auriez aussi bien pu être avec eux ! Qui pourrait me dire le contraire ?

— Personne, dit Tommy, mais vous êtes trop intelligent pour le croire.

---

* Slow Bear : Ours Lent.

* Two Knives : Deux Couteaux. (N.d.T.)

Je m'en assurai quand même d'un coup d'œil : leurs vêtements n'étaient pas chiffonnés et leur visage ne portait aucune trace. Je repris une rasade d'ouzo.

— Si j'étais aussi intelligent que ça, les gens ne passeraient pas leur temps à me taper dessus. En quelques jours, j'en ai vu de toutes les couleurs.

— Que voulaient-ils ? demanda Ed.

— Que je leur dise où se trouve Joe Quint.

— Qu'avez-vous répondu ?

— Que je l'ignore.

— Ils vous ont cru ?

— Quand j'ai repoussé leur offre de dix mille dollars, ils ont commencé à me croire. Ils m'ont demandé d'abandonner l'affaire Quint, j'ai accepté.

— Vous en avez l'intention ? dit Tommy.

— Je mens beaucoup. (Je me redressai encore un peu, ôtai le gant de mon front et le pressai contre mes lèvres.) Maintenant, laissez-moi vous poser quelques questions. Qui sont ces types ?

Ils se regardèrent. Ce fut Ed qui répondit :

— Ils sont de la Warrior Society.

— Ouf, quelle chance ! J'ai craint un moment qu'ils ne soient de l'Armée du Salut. Qu'est-ce que la « Warrior Society » ?

— Une bande de types qui pensent que le monde leur appartient, expliqua Tommy.

— Pourquoi veulent-ils que je laisse tomber cette affaire ? Rien de ce que je sais ne pourrait leur faire du tort.

— Ils pensent peut-être le contraire, ça revient au même.

— Vous dites que ce sont des Mohawks. Ils viennent donc de l'Etat de New York, ce n'est pas tout près. A propos, d'où venez-vous ?

— De New York, confirma-t-il en souriant. De la même société, mais, rassurez-vous, nous ne leur ressemblons pas.

— Ces types m'ont dit pourquoi ils étaient venus. A votre tour, maintenant.

— Joe a entendu dire que vous le cherchiez.

— Tous les flics du Massachusetts le recherchent, ce n'est pas nouveau.

— Joe veut vous voir. Ça c'est nouveau.

— Comme vous pouvez le constater, ma porte est toujours ouverte, ricanai-je en désignant le chamboulement du salon.

— Pas ici. Nous vous dirons quand et où. (Il remit le téléphone en place.) Vous êtes probablement sur écoute, tout comme Patty, surveillée par le FBI. Soyez vigilant au sujet de vos interlocuteurs. (Il me tendit un morceau de papier sur lequel était noté un numéro de téléphone.)

Appelez d'une cabine à 8 heures du matin pile. Nous vous donnerons les instructions. Vous avez des questions ?

— Une flopée, mais elles peuvent attendre Joe. Nous ne sommes pas vraiment frères, pourquoi me fait-il confiance ?

— Il ne vous fait pas confiance, mais Patty lui a conseillé de tenter sa chance avec de nouveaux amis plutôt qu'avec de vieux ennemis. Vous lui avez sauvé la vie au powwow, ça compte aussi. Et il semble que *vous* ayez besoin d'amis, vous aussi, ajouta-t-il en touchant délicatement ma joue.

Après leur départ, je plongeai la tête dans l'eau froide et changeai de pansement. Un coup d'œil à la glace confirma ce que je craignais : je n'étais pas frais, et ça se voyait, ce qui démontrait la sagesse des paroles de Tommy Slow Bear : j'avais besoin d'amis.

21

À 8 HEURES PILE, le lendemain matin, j'appelai d'une cabine téléphonique le numéro que m'avait laissé Tommy Slow Bear. Celui-ci décrocha aussitôt.

— C'est vous ? demanda-t-il.

— Oui, c'est vous ?

— Dans une heure, à l'ancien temple des Wampanoag, sur l'autoroute 28.

J'étais cinglé, mes parents ne m'avaient pas assez prévenu ! Je venais d'accepter de rencontrer Running Deer qui avait à ses trousses les flics, le FBI et, pour faire bonne mesure, un groupe d'Indiens forcenés.

Depuis que John Flagg m'avait offert un hot dog au pow-wow, chaque journée m'apportait son lot de coups, de plaies et de bosses, quand ce n'était pas la menace d'un flingue. Ça devenait une habitude. Pour récupérer mon pick-up, je devais longer l'autoroute ; la circulation était très dense et les voitures chargées de bicyclettes, de planches, à voile et de surf, passaient en trombe. La puanteur des émanations d'essence me tira de mes réflexions désenchantées. Je pris la route.

La Ford Ranger bleue immatriculée dans l'Etat de New York que j'avais remarquée devant la maison de Patty était maintenant garée un peu à l'écart de l'autoroute 28, près du temple, petit bâtiment blanc au milieu d'un vieux cimetière. Ed était au volant. Il me fit un signe et je le suivis en direction du sud jusqu'à Nantucket Sound. Les dunes le long de la plage étaient plongées dans une brume épaisse, l'air humide avait fait fuir la foule. Seules quelques rares voitures, leur équipement de pêche sur le toit, étaient encore garées sur le parking. A part des mouettes qui se disputaient bruyamment la carapace d'un crabe, tout était calme.

Joe Quint et Tommy, tels deux fantômes, apparurent entre deux dunes. Tommy et Ed se concertèrent par l'intermédiaire de talkies-walkies : Ed repartit avec la Ranger tandis que Tommy montait la garde quelques mètres plus loin.

Joe paraissait très décontracté pour un type en cavale. Il portait le même T-shirt et le même jean qu'en prison, de grosses lunettes de soleil et un chapeau noir de cow-boy, probablement celui que j'avais vu sur la photo, car il était orné de la même chaîne en argent avec une turquoise qui maintenait une plume. Quint restait la discrétion même.

L'air très assuré, il s'approcha de moi :

— Comment ça va, visage pâle ?

— Votre chapeau me plaît, répondis-je. C'est navajo ?

— Non, hopi. C'est en quelque sorte ma marque le fabrique. Il y a un problème ?

— Aucun. Ça vous donne l'air plus grand. (Je jetai un coup d'œil vers Tommy qui faisait les cent pas à l'entrée de la route.) En revanche, j'ai un problème avec cet endroit, c'est un vrai cul-de-sac.

— Et alors ?

— Alors, si quelqu'un débarque, vous êtes fichu.

Quint me regarda comme s'il voulait m'enfoncer une chaussette dans la bouche.

— C'est toute la différence entre les Marines et les paras. Vous aimez improviser, alors que moi j'ai tout prévu : un bateau sur la rivière, Ed qui surveille la route et qui, au moindre pépin, appellera Tommy qui me préviendra. Je n'aurais plus qu'à sauter dans le bateau et à filer. J'aurais peut-être même le temps de pêcher. Bon, qu'y a-t-il ? Patty m'a dit que vous vouliez me voir.

— J'ai pour principe de tenir mes clients au courant du déroulement de leurs affaires.

— Et ceux qui ne sont pas vos clients, Socarides ? C'est Flagg qui vous a engagé. Je le lui ai déjà dit et je vous le répète : je n'ai pas besoin de vous.

— Vous avez certainement raison, tout petit déjà vous n'aviez besoin de personne pour changer vos couches ! Mais la situation est la suivante : tout le monde est à vos basques, les flics, le FBI et une bande de types mal lunés prêts à lâcher dix mille dollars ou à en faire baver à ceux qui seraient tentés de se mettre en travers de leur route. Si vous ne déployez pas toute une organisation, il vous est impossible de vous montrer en public. Mais vous ne pourrez pas toujours disposer de gardes du corps, de talkies-walkies et d'un bateau prêt à démarrer. Alors, expliquez-moi comment vous allez vous débrouiller sans aide.

Quint regarda par-dessus mon épaule. Trois limousines blanches suivies par une douzaine de voitures arrivaient tranquillement sur le chemin. Il se raidissait déjà, prêt à se défendre, quand Tommy lui fit de grands gestes rassurants.

Les limousines se garèrent à proximité. Le chauffeur ouvrit la portière de la première, décorée de papier crépon rose et bleu, et aida une jeune femme à en sortir. Elle portait une robe blanche dont la taille haute soulignait ses seins ronds, et sur la tête une couronne de marguerites blanches et jaunes. Quatre jeunes filles, vêtues d'un chemisier blanc et d'une longue jupe verte, la suivaient, un bouquet de marguerites à la main. Un très beau jeune homme, en pantalon vert, chemise blanche de gitan et veste brodée de marguerites, descendit de la deuxième limousine, suivi par des jeunes gens habillés de la même façon, à la différence que leur veste était unie et qu'une seule marguerite ornait leur boutonnière.

Deux couples assez âgés descendirent de la troisième limousine : les femmes se tamponnaient les yeux avec des mouchoirs en dentelle et les hommes semblaient avoir besoin d'un petit remontant. Ce fut bientôt une vraie foule qui s'éparpilla autour de nous dans une ambiance joyeuse. Un pasteur portant sur sa robe noire une chasuble verte brodée elle aussi de marguerites dirigeait tant bien que mal tout ce petit monde au bord des dunes.

Quint, rassuré, sortit sa blague à tabac, du papier, et, avec une dextérité comparable à celle d'Elwood, se roula une cigarette.

— Je déteste les mariages. (Il alluma sa cigarette, savoura une première bouffée et me regarda curieusement.) Les garçons m'ont dit que vous alliez continuer à vous occuper de mon affaire malgré le chantage et les menaces de la Warrior Society. Vous cherchez quoi, Soc ?

— Rien de plus que mon maigre salaire et le plaisir de rendre service à Flagg.

— Vous signez votre arrêt de mort, fit-il en recrachant des bouts de tabac. Que voulez-vous de moi ?

— Que vous me racontiez toute l'histoire, et sans rien omettre.

Joe me dévisagea derrière ses lunettes de soleil.

— OK, vous voulez toute l'histoire, vous allez l'avoir. Je me suis rendu à Cape Cod, chez Patty, pour me distraire de tous mes problèmes juridiques. On refaisait connaissance, on pique-niquait, on faisait de la voile ; puis, un jour, j'ai reçu un appel d'un ami pour me signaler une vente aux enchères à Plymouth qui pouvait m'intéresser. J'y suis allé jeter un coup d'œil. C'était une vente d'artisanat indien. J'ai discuté avec le type qui dirigeait la vente.

— Claude Renault.

— En effet. Vous le connaissez ?

— Patty a évoqué une salle des ventes près de Plymouth. Mes recherches m'ont conduit à Renault.

— Veinard ! Qu'en avez-vous pensé ?

— Plus mielleux, j'ai rarement rencontré.

— Je suis d'accord, c'est un type louche. Les objets provenaient de Wounded Knee. Vous connaissez l'histoire ?

— Simplement ce que j'en ai lu. Rafraîchissez ma mémoire.

— En décembre 1890, trois cents Sioux, pour la plupart des enfants et des femmes, en fuyant l'armée américaine, ont été rattrapés dans la crique de Wounded Knee, dans le Dakota du Sud. Les soldats commencent à les désarmer. Débute une bagarre au cours de laquelle un coup de feu est tiré. L'armée massacre alors la plupart des Indiens. Le nom de la crique est devenu, pour nous, le symbole de la fin de la liberté. Dans les années 70, le mouvement indien a occupé l'endroit et les flics ont tiré pour les déloger.

— Renault connaît cette histoire.

— Il s'en fout. Je lui ai expliqué que les objets provenant de Wounded Knee appartenaient aux descendants de ceux qui avaient été massacrés ; je lui ai dit que les vendre équivalait, en quelque sorte, à piller leurs tombes. Il m'a répondu que tout était légal, qu'il pouvait produire des documents en règle, et que son rôle était de vendre ces antiquités et non de les donner ; je n'avais qu'à faire une offre comme tout le monde.

— Est-ce que la vente était vraiment légale ?

— Je ne sais pas. J'ai essayé de retracer l'itinéraire de ces vestiges, mais je n'ai pas réussi. Je me suis adressé à des responsables politiques qui m'ont suggéré d'en informer la police fédérale ; mais j'ai perdu mon temps. Le Bureau des Affaires indiennes ne m'aime pas depuis que j'ai gagné plusieurs procès contre eux. Alors j'ai décidé de foutre le bordel en criant que les Indiens se faisaient piller. Je pensais que Renault aurait peur.

— Vous pensiez vraiment l'effrayer ?

— Non. Je l'ai fait parce que j'étais terriblement frustré.

— Saviez-vous que Renault s'est spécialisé dans la vente d'objets indiens anciens ?

— Non, répondit Quint. Je n'étais au courant que pour ceux de Wounded Knee. Qu'avez-vous appris ?

Je sortis de la voiture le listing que j'avais récupéré dans le bureau de Renault et le lui tendis. Plus il avançait dans sa lecture, plus son visage s'assombrissait.

— Le salaud ! dit-il en chiffonnant la feuille. Il se sert de son bureau pour légitimer l'origine des pièces dont on lui confie la vente.

— Je ne comprends pas.

— Certains objets indiens très anciens sont recherchés par les collectionneurs. Les trafiquants fouillent tout l'Ouest du pays. La loi les autorise à vendre leurs découvertes tant qu'elles proviennent d'une propriété privée ; en revanche, si leurs recherches les conduisent sur des terres appartenant à l'Etat, ce qui est le cas la plupart du temps, ils n'ont le droit de creuser qu'avec un permis.

— L'idée est donc de faire croire que les objets proviennent de propriétés privées ?

— C'est ça. Si vous trouvez, lors d'une fouille publique, un objet de valeur qui peut rapporter gros comme un bol Anasazi, vous n'avez pas besoin de passer une annonce dans le journal pour le vendre. C'est ainsi que Renault trafique ses ventes en proposant des lots qui sont chaque fois raflés par la société Acquisitions Unlimited. Les transactions sont bidons, sans transfert d'argent, mais elles laissent une preuve de la vente de ces objets et permettent de s'en débarrasser ensuite facilement. J'ai comme l'impression que Renault et cette boîte ne font qu'un, et qu'il fait des affaires avec des collectionneurs référencés en Europe, au Japon ou ailleurs. Une fois l'objet vendu, il disparaît à jamais. C'est donc assez facile pour lui de faire du fric.

— Assez pour vous empêcher d'agir et vous faire accuser ?

— Tout ce que je sais, c'est que je n'ai pas tué ce pauvre type à la plantation Plimoth.

Le pasteur s'approcha de nous.

— Messieurs, je suis le révérend père Joseph Willet. Je m'apprête à marier Ken et Daisy qui vous ont aperçus et qui seraient heureux de vous avoir comme témoins de ce merveilleux événement. Ils sont convaincus que cela leur portera bonheur de compter deux étrangers parmi leurs invités.

La mariée nous regardait en souriant innocemment. Joe jeta un coup d'œil au groupe et marmonna :

— Je ne sais pas, nous sommes occupés.

— Vous avez un très beau chapeau. Ne seriez-vous pas navajo, par hasard ? s'enquit le révérend père Willet après avoir dévisagé Joe de ses yeux bleu clair.

— Non, je ne suis pas navajo. Je suis narragansett.

— Ah, oui. Narragansett, fit-il les yeux brillants. Quand j'étais plus jeune, je buvais une bière de ce nom.

— Une « Gansett », dis-je.

— C'était bon marché, je m'en souviens, ajouta-t-il d'un ton rêveur. Eh bien, acceptez-vous notre invitation ?

— Nous ne voulons pas vous déranger.

— Au contraire, nous serions honorés.

— Ecoutez, commencez sans nous. Nous aurons terminé notre discussion dans quelques minutes et nous vous rejoindrons avec plaisir.

Le pasteur nous sourit et fit signe aux jeunes mariés qui se précipitèrent pour glisser des marguerites dans mon col, derrière mes oreilles et sur le chapeau de Joe.

— Pourquoi diable leur avez-vous dit que nous allions les rejoindre ? demanda Quint en levant les yeux au ciel.

— Ça n'aurait pas été sympa de refuser. Revenons-en à Renault. Donc, il vous demande de partir, vous allez voir les flics, lesquels ne peuvent rien pour vous. Vous faites le piquet devant le Rocher de Plymouth et vous vous débrouillez tant et si bien que tout le monde peut admirer votre portrait aux infos de 18 heures. Renault sait que, légalement, vous ne pouvez rien contre lui, pourquoi essaie-t-il alors de vous neutraliser ?

— Dites-le-moi, c'est vous le détective.

— Il manque un maillon. Patty m'a dit que vous aviez téléphoné un peu partout dans le pays. A qui ?

— Dans la plupart des cas, à des conservateurs de musées

amérindiens. Le catalogue de Renault indiquait que les vestiges avaient été authentifiés, je voulais savoir par qui. Aucun des quelques spécialistes avec lesquels je me suis entretenu n'avait entendu parler de Renault.

Encore chou blanc. Je regardai vers la plage. Le soleil commençait à dissiper la brume, mais malheureusement pas celle de mon esprit.

— Alors qui a authentifié les vestiges ?

— Je n'ai pas eu le temps d'en discuter avec Renault. Les musées m'ont indiqué le nom de quelques experts susceptibles de s'en charger. (Il sortit une liste de sa poche et j'en profitai pour lui demander de vérifier un nom.)

— Oh, oui. Northeast Archaeological Associates. Je me souviens parfaitement d'eux car j'avais trouvé bizarre qu'ils aient un bureau dans le Sud-Ouest avec un nom pareil. J'ai essayé à plusieurs reprises de joindre le directeur à son bureau de Cambridge, mais sans succès, il était toujours en déplacement sur des fouilles.

Je retrouvai subitement mes esprits et, bien que certain de connaître la réponse, je lui demandai le nom du directeur.

— Zane. Dr Emery Zane.

Enfin, les pièces du puzzle commençaient à prendre leur place. Les trafiquants découvrent des objets indiens sur des terres appartenant à l'Etat, donc illégalement ; Zane les authentifie ; Renault les met en vente, toujours au profit de la même organisation qui les revend ensuite – dotés d'une origine différente – à des collectionneurs passionnés.

Renault envoie promener Quint lors de leur première rencontre. Quint appelle Zane. Renault l'apprend et s'inquiète. Il décide de stopper Quint et il profite de toute la publicité faite autour de celui-ci pour incendier la plantation et lui en faire endosser la responsabilité. Je fis aussitôt part de ma théorie à Joe.

— Cela explique l'incendie, mais le meurtre ? me dit-il.

— Je pense que Renault voulait simplement mettre le feu,

mais son pyromane a été surpris par le gardien et il s'en est débarrassé.

— Vous pensez que Renault est capable d'aller aussi loin ?

Je tâtai l'entaille encore douloureuse que j'avais sur le crâne.

— Je crois que Renault est prêt à liquider quiconque se mettra en travers de son chemin.

— Incroyable ! Tout ça est fou, mais cohérent.

— Une chose ne l'est pas : pourquoi vous êtes-vous enfui ?

— Je n'avais pas le choix. Il fallait que je sorte très vite de prison. Après votre visite, j'ai appris l'existence d'un contrat sur moi.

— Un contrat, avec un tueur à gages ?

Il fit signe que oui.

— Renault y est pour quelque chose ?

— Non. Cela n'a rien à voir. C'est la Warrior Society qui en a donné l'ordre.

— Pourquoi veulent-ils vous tuer ?

— Ils travaillent pour des gens qui aimeraient que je ferme ma gueule une fois pour toutes.

— Je vous déclare mari et femme, prononçait le pasteur.

Au moment où Ken embrassait longuement Daisy, Tommy arriva en courant et en gesticulant.

— Joe, hurla-t-il. Deux putains de bagnoles...

Le pasteur Willet resta sans voix. Les jeunes essayèrent de retenir un sourire. Tommy se précipita vers nous et, baissant le ton, nous murmura que Ed venait de lui signaler deux voitures pleines de types en costume sombre roulant à vive allure vers nous.

— Je pense qu'une petite balade en bateau vous fera le plus grand bien.

— Dites au pasteur que je suis désolé, je dois aller pêcher, dit-il avant de se diriger vers les dunes, laissant derrière lui une traînée de marguerites.

— Ils devraient être ici dans deux minutes, dit Tommy en vérifiant sa montre. Joe a le temps d'arriver au bateau, nous avons chronométré – pas de problème.

Joe était en train d'escalader le sommet de la dune ; brusquement, il se retourna et revint en courant vers nous.

— Bordel ! fit Tommy. Bordel ! répéta-t-il en regardant dans l'autre direction.

Deux Ford bleu foncé avaient tourné sur la plage et fonçaient sur nous à toute allure.

Joe nous rejoignit hors d'haleine.

— Merde, haleta-t-il. Le bateau sur la rivière... des types ont essayé de m'agripper.

Tommy surveillait la progression des deux voitures. Il chercha quelque chose dans son sac et referma la main sur la crosse d'un automatique.

— Tu veux que je couvre ta fuite ?

— Mauvaise idée, Tommy, dis-je rapidement. Vous pourriez blesser ces gens.

Joe repoussa la main de Tommy dans le sac. Les voitures se rapprochaient dangereusement.

— Retirez votre chapeau, hurlai-je à Quint.

— Quoi ?

Je le lui arrachai pour le planter sur la tête de Tommy.

— Running Deer, je vous présente Running Deer, dis-je. Tommy, allez jusqu'au bateau et naviguez comme si de rien n'était. Si quelqu'un vous demande de vous arrêter, arrêtez-vous. Faites exactement ce qu'on vous dit. Laissez vos mains bien en vue pour qu'ils ne s'énervent pas et ne vous tirent pas dessus.

Quint vit où je voulais en venir.

— Jette ton flingue dans cette poubelle et fais ce que Soc te dit.

Les voitures du cortège occupaient totalement le parking, obligeant les deux Ford à se garer à trois cents mètres, et nous faisant cadeau de quelques secondes. J'attrapai Joe par le bras et le poussai au milieu des invités.

— Faufilez-vous parmi les invités et allez féliciter les mariés.

— Quoi ?

— Nous sommes invités, vous vous rappelez ? C'est un moment important pour Ken et Daisy. Vous avez une meilleure idée ?

Quint jeta un coup d'œil aux costumes-cravates qui descendaient des voitures et s'éparpillaient dans le parking.

— J'ai horreur des mariages, grommela-t-il en prenant place au milieu des invités.

Les types qui l'avaient vu courir sur les dunes étaient à sa recherche tandis que deux hommes montaient la garde près des voitures. L'agent Rourke hurlait des ordres.

Quint avança lentement dans la file. De mon côté, je faisais de mon mieux pour gagner du temps. J'embrassai d'abord Daisy et je compris pourquoi Kent l'avait gardée aussi longtemps dans ses bras. Sa mère, bien qu'un peu plus forte et malgré ses cheveux gris, demeurait une femme superbe ; elle garda ma main dans la sienne aussi longtemps qu'elle m'interrogea sur les liens qui m'unissaient à la famille de Ken, et elle m'embrassa d'une manière qui aurait dû déplaire à son mari si celui-ci n'avait pas été complètement saoul. Je lui promis une danse. Comme le père du marié avait l'impression de m'avoir rencontré à une conférence d'assureurs, je lui racontai que je travaillais pour Travelers et il eut l'air satisfait.

Nous avons traîné aussi longtemps que possible, mais quand il n'y eut plus personne à féliciter, nous n'eûmes pas d'autre solution que de nous joindre aux invités qui se déplaçaient vers les limousines.

— Et maintenant ? grogna Quint.

Quint ne pouvait quitter le parking sans être vu par les types postés près des voitures, et les autres n'allaient pas tarder à découvrir que Tommy était un imposteur. Les invités entouraient la première limousine, quelqu'un glissa un sac de riz dans ma main. Les mariés s'avançaient au milieu des embrassades, des poignées de main et des félicitations. Je poussai le chauffeur dans la voiture et lui montrai Joe du doigt.

— C'est l'oncle de la mariée, pouvez-vous le conduire jusqu'à sa voiture ?

Le jeune chauffeur étudia la peau basanée de Joe son nez un peu fort et ses cheveux longs retenus en queue-de-cheval, cherchant une quelconque ressemblance avec les mariés et leurs invités. Je plaçai un billet de vingt dollars dans sa main.

— N'importe quoi pour la famille, dit-il en ouvrant la porte du passager pour permettre à Joe de monter.

— Dommage que vous ne puissiez rester pour la jarretière.

— Attrapez-la pour moi.

Je refermai la porte.

— Bon voyage de noces !

Les mariés grimpèrent derrière sous une pluie de riz. Dans un concert de klaxons, de boîtes de conserve et de papier froissé, un écriteau JUST MARRIED attaché au pare-chocs, la mariée, le marié et Joe Quint emmenèrent le bruyant défilé jusqu'à la réception. Ils passèrent sans problème devant les deux chiens de garde de Rourke qui leur jetèrent à peine un coup d'œil.

La limousine tourna au coin puis s'engagea sur la route principale. Je restai planté là, le sac vide dans la main. Rourke et son détachement revenaient des dunes en courant. Il me reconnut et s'approcha lentement. Il transpirait et son visage était cramoisi.

— *Vous !* hurla-t-il. Où diable se trouve Quint ?

— Vous semblez avoir un problème pour retenir les gens.

Je crus vraiment qu'il allait me sauter dessus.

— Laissez-moi vous dire une chose, menaça-t-il en grimaçant. Je ne suis pas le seul à avoir un problème.

22

L'agent Rourke était au bord de l'apoplexie. Il faisait les cent pas entre sa table de travail et la porte de son bureau. Tous les trois pas, il s'arrêtait, me menaçait du doigt, m'expliquait à quel point mes chances de survie pâlissaient à vue d'œil et me promettait plus d'ennuis que n'en avaient jamais réuni les Rosenberg, Benedict Arnold et Mata Hari. Il me traita de pauvre type fleur-bleue, d'imbécile balourd et de flic qui avait mal tourné.

— Les types comme vous me rendent malade. Vous portiez un insigne et maintenant vous travaillez contre nous. Vous êtes un vendu, un réfractaire, vous vous prenez pour la loi à vous tout seul.

Il commençait à m'énerver.

— Si vous jetez un coup d'œil dans le portefeuille que vous m'avez piqué, vous trouverez une licence officielle de détective privé délivrée par l'Etat du Massachusetts.

Il colla au mien son visage congestionné.

— J'en ai rien à secouer que la photo de votre mère soit dans ce portefeuille, hurla-t-il. Depuis le premier jour, vous avez entravé le cours de la justice. Et ça, mon ami, c'est contre la loi. Licence ou pas, vous êtes complice d'un meurtre, voilà comment je vois les choses.

— Depuis quand, agent Rourke, est-ce un crime de se garer sans ticket sur une plage ?

— Assez de conneries ! Ce n'est pas la première fois que je vous trouve en travers de mon chemin. Je n'ai pas oublié votre intervention au powwow.

— Qu'est-ce que vous voulez exactement, agent Rourke ?

Il s'installa sur une chaise retournée, son menton hargneux posé sur le dossier.

— Je veux que vous me disiez où se trouve Joe Quint.

— Je n'en sais rien.

— C'est votre client, non ?

— Ce n'est pas son avis. Mais demandez-le-lui quand vous le trouverez.

Rourke réfléchissait. Il dut finir par comprendre que cela ne servait à rien de me traiter en maffioso. Il sortit un vieux cure-dents de sa poche, s'en servit pour se nettoyer les ongles, puis le coinça entre ses dents.

— Ecoutez, nous poursuivons le même but, argumenta-t-il comme s'il essayait de convaincre un terroriste de désamorcer un bombe. Je suis un flic, vous en étiez un.

— Avant que je ne devienne la loi à moi tout seul.

— Jusque-là, ajouta-t-il en m'ignorant, vous nous avez raconté n'importe quoi. La balle est maintenant dans votre camp. Nous voulons que Joe Quint retourne là où il doit être, c'est-à-dire en taule. S'il veut rester en liberté provisoire, il doit jouer réglo.

— Vous n'étiez pas très réglo quand vous avez failli le descendre au powwow.

— Allons, Socarides. Qu'aurais-je dû faire pour l'empêcher de fuir ? Lui envoyer une invitation ? OK, j'avais sorti mon flingue, mais j'avais seulement l'intention de tirer en l'air. Je suis du FBI. Même pour sauver ma peau, je ne pourrais pas tirer sur John Dillinger. Je me ferais épingler tout de suite par la hiérarchie. J'essayais simplement d'attirer l'attention de Quint.

— Bon, je veux bien vous croire. Mais expliquez-moi ce que fabrique le FBI dans une banale affaire d'homicide.

— Nous voulons Quint pour *tout autre chose*, répondit-il en s'installant confortablement sur sa chaise.

« Tout autre chose. » Encore une fois. Joe m'avait dit que la Warrior Society le recherchait pour *tout autre chose*.

— Que voulez-vous dire ?

— Entrave à la justice. Complicité de crime. Dissimulation de preuves.

— Ça concerne quoi, agent Rourke ?

— Ce ne sont pas vos oignons, fit-il en se penchant vers moi pour m'observer de plus près. Qu'est-ce que vous avez à la tête ?

— Accident de plongée.

— On dirait que vous êtes entré dans un mur. On aurait dû prendre une photo quand on vous a amené ici. Vous êtes capable de dire que la police vous a tabassé, ajouta-t-il en rigolant.

Vraiment charmant, l'agent Rourke !

— Quint m'a dit que vous lui en voulez personnellement. C'est vrai ?

— Je ne plaisantais pas quand je parlais de sanctions de la hiérarchie, mais Quint a raison. Il y a quelques années, un des nôtres est allé dans une réserve du Nouveau-Mexique avec un mandat d'arrêt. Il s'est fait descendre sans qu'on lui ait laissé aucune chance.

— Désolé pour votre ami, mais Joe Quint n'était pas le meurtrier, n'est-ce pas ?

— Non, ce n'était pas lui. C'était un autre enfoiré que Quint a défendu et qu'il a réussi à faire libérer pour vice de forme.

— Et depuis, vous surveillez Quint ?

— Allons, Socarides. Je suis agent du FBI dans un trou perdu. Je ne peux pas parcourir tout le pays à la poursuite d'un type uniquement parce que je ne l'aime pas. Mais quand j'ai appris que le Bureau le recherchait, qu'il était accusé d'un meurtre sur mon territoire, alors là je suis intervenu. Je ne veux pas qu'une fois de plus il s'en sorte pour vice de forme.

— A aucun moment, vous n'avez envisagé la possibilité de son innocence ?

— Ça ne m'a jamais traversé l'esprit. Mais en admettant que ce soit le cas, pourquoi s'est-il dérobé à la justice ?

— Joe s'est planqué parce qu'en taule il y a un contrat sur lui.

— Bordel ! C'est lui qui vous l'a dit ?

— Vous me demandez pourquoi il se cache, je vous en donne la raison.

— OK, s'il dit la vérité, on peut le protéger.

— Vous venez de m'avouer que vous ne le portiez pas dans votre cœur. A sa place, que feriez-vous ?

— Il aura la même protection que n'importe qui.

— Ne me prenez pas pour un con, Rourke, j'ai trop d'expérience.

— C'est vrai, nous sommes en désaccord, mais qu'est-ce qu'il risque à nous parler ? Je vous pose de nouveau la question : où est-il ?

— Et moi, je vous le redis : je n'en sais rien.

Il donna un grand coup de poing sur la chaise, se leva et marcha jusqu'à la porte.

— Je vous laisse réfléchir un peu.

Il claqua la porte derrière lui. Silence. Je jetai un coup d'œil dans la pièce. Je me trouvais au second étage. Bien sûr, je pouvais attacher des draps et m'enfuir par la fenêtre, ou encore mettre le feu à la corbeille et profiter de la bousculade pour me casser ; seulement je n'avais ni draps ni allumettes. Et après tout, Rourke n'avait rien contre moi. Sinon qu'il me faisait perdre mon temps et que je n'avais pas l'intention de moisir dans ce bureau.

Je décrochai son téléphone et entendis la tonalité. Je composai le numéro de la météo : temps beau et chaud pour demain. Rourke n'était pas un imbécile, son poste était forcément sur écoute. Je réfléchis un instant et appelai Sam : Millie décrocha, elle aurait volontiers papoté si je ne lui avais pas fait comprendre que j'étais pressé et que j'avais besoin de parler à Sam.

Avant que Sam ait dit un mot, je me précipitai :

— Sam. Je dois faire vite. Ecoute bien, je suis retenu dans le bureau du FBI à Hyannis. Appelle Alan et vois s'il peut faire quelque chose pour me sortir de là. Pigé ?

— Sûr, Soc, j'appelle Alan. Mais...

— Le bureau du FBI à Hyannis. N'oublie pas. Il faut que j'y aille. Salut.

Je me levai, marchai jusqu'à la fenêtre, essayai d'ouvrir les placards et les tiroirs. Ils étaient fermés à clé. J'écoutai à la porte et revins m'asseoir sur la chaise. Rourke entra, suivi d'une dactylo aux cheveux gris munie d'un magnétophone et d'un bloc. Ils prirent place derrière le bureau et me regardèrent fixement dans l'attente de quelque chose.

— Allons-y, dit Rourke. Qui est-ce Sam ?

— Vous m'avez écouté ? dis-je l'air horrifié en regardant le téléphone.

— Chaque mot. Maintenant qui est Sam ?

— Je parlais à Sam le pêcheur.

— Sam le pêcheur, répéta-t-il en faisant un clin d'œil à la dactylo. On dirait *Cosa Nostra*. C'est lui qui traficote avec la mafia au marché aux poissons de Fulton ?

— Sam transporte beaucoup de matériel à Fulton.

— Intéressant. Et Alan ?

— C'est un dealer.

— Bon Dieu, vous êtes partout, dit-il en se penchant vers moi. Et Joe Quint, dans tout ce merdier, il fait quoi ?

— Ils ne se sont jamais rencontrés.

Un des agents entra et dit à Rourke qu'on le demandait au téléphone.

— Je suis occupé, rouspéta-t-il en le congédiant. Qu'est-ce que vous racontez, ils ne se sont jamais rencontrés, ajouta-t-il vers moi.

— Chef, je pense que vous devriez prendre l'appel. Ça paraît important.

— Ne bougez pas.

La dactylo le suivit en embarquant le magnétophone. Cinq minutes plus tard, Rourke revenait, les yeux brillants de colère.

— Décrochez le téléphone, ordonna-t-il.

Je pris l'appareil.

— Tout va bien, sénateur. Une simple erreur. Tout à fait, on se voit dans deux semaines. Oui, bien sûr, terminai-je en tendant le téléphone à Rourke. Il désire vous parler.

La conversation semblait sans joie. « Oui, non, oui, non, » et pour finir « au revoir, Monsieur le Sénateur ». Il raccrocha et me regarda.

— Un dealer, hein ?

Je pris un air désolé.

— Au cas où vous l'auriez oublié, c'est le président de la Commission juridique du Sénat.

Rourke rapprocha son visage – son nez touchait presque le mien :

— Je ne sais pas comment vous avez fait, ni qui est ce Sam, mais le sénateur dit vous connaître. Il a ajouté qu'il avait voté favorablement pour l'augmentation du budget du FBI, que j'avais un boulot à faire et qu'il comprenait ma position mais qu'il serait bon que je vous laisse partir à moins de produire un chef d'inculpation.

— Le sénateur est quelqu'un de très délicat.

— J'ai une nouvelle pour vous et le sénateur. J'allais de toute façon vous laisser partir. Vous empestez mon bureau. Vous ne représentez rien pour moi. Rien. (Rourke m'enfonça ma casquette sur la tête, rabattit la visière sur mes yeux et marcha jusqu'à la porte.) Sortez avant que je ne vous jette dehors.

Deux agents et la dactylo se tenaient debout dans l'autre bureau. L'un d'eux me tendit mon portefeuille et les clés de mon pick-up, l'autre ouvrit la porte. Rourke me suivit pour me faire ses adieux.

— Je n'en ai pas fini avec vous, beugla-t-il. Sénateur ou pas, je vous épinglerai.

J'avais besoin d'air frais. Ce n'est qu'une fois sorti du parking que je repensai à la question qui me trottait dans la tête depuis quelque temps. Comment le FBI avait-il appris que je devais rencontrer Quint sur la plage ? Jetant un coup d'œil vers le bâtiment, j'aperçus la silhouette de Rourke ; je lui poserais la question une autre fois.

Le ciel était couvert de nuages gris, il faisait humide et nettement moins chaud. Les gens avaient déserté la plage et cherchaient à s'occuper. Je rejoignis le flot de voitures dans la rue principale. La circulation était impossible, trop de feux rouges, trop de monde, trop de tout.

Les gens viennent à Hyannis dans l'espoir d'y retrouver l'endroit de rêve où vivaient les Kennedy : Jack et Jackie, Caroline et John-John. Certes, on peut encore fuir la foule en naviguant sur le Nantucket Sound, et trouver le calme, à seulement quelques kilomètres, en se promenant parmi les vieilles maisons de marins et les chaumières de Cape Cod. Mais Hyannis est devenue une miniville avec les mêmes supermarchés, les mêmes boutiques de discount, les mêmes embouteillages, les mêmes fast-foods que ceux que vous pensiez avoir laissés derrière vous.

Tout allait de travers : j'avais mal à la tête, ma bouche me faisait souffrir, la malchance et les menaces ne me lâchaient pas, et mes questions ne récoltaient que des mensonges. Le petit service rendu à Flagg se transformait en véritable cauchemar ; j'avais besoin d'un verre.

Le bar sur le port était investi par des adolescents bruyants. Je me frayai un chemin jusqu'à une table et passai ma commande. La brise marine qui soufflait du port me réconforta, et la bière fraîche calma mon irritation. J'en commandai une deuxième à la jeune serveuse blonde, bronzée et souriante ; au bout d'un moment, j'avais oublié les adolescents et la musique. L'alcool, ça marche à tous les coups !

J'essayai de mettre un peu d'ordre dans mes idées. Des zones d'ombre demeuraient comme la relation entre Joe et la Warrior Society qui cherchait à le supprimer. Si toutes les personnes que Joe dérangeait, moi y compris, avaient poursuivi le même but, il serait mort depuis longtemps. Pourquoi Joe se trouvait-il dans le collimateur de ce groupe ? Renault avait tenté de le faire disparaître parce que Joe en savait trop sur lui. La Warrior Society redoutait-elle Joe ? Pourquoi ?

Je terminai ma bière, payai et appelai Patty Hoagland d'une cabine téléphonique.

— C'est votre détective préféré, annonçai-je.

— Oui. (Son enthousiasme tout relatif ne me vexa pas : Patty pensait, probablement à juste titre, que son téléphone était sur écoute.)

— J'aimerais vous voir.

Un silence.

— D'accord. Dans une heure environ, là où l'aigle est apparu, le jour où nous nous sommes rencontrés. Vous vous en souvenez ?

Le powwow. J'avais compris et je lui donnai rendez-vous là-bas.

Après un moment passé sur un banc, pour vérifier si les sbires de Rourke étaient sur mes talons, je remontai dans le pick-up et partis pour Mashpee.

Patty, garée près du terrain de base-ball, se signala par des appels de phares, descendit la rue et s'arrêta près d'un petit étang. Je m'assurai qu'il n'y avait personne sur la route.

— C'est bon, dit-elle. Je n'ai pas été suivie.

— Je suis pour la prudence. Joe était sûr d'être seul ce matin à la plage et le FBI nous est pourtant tombé dessus.

— Tommy m'a dit qu'ils l'avaient interrogé. Il a répondu qu'il ne savait pas de quoi ils parlaient, qu'il était tout simplement en train de pêcher. Ils ont été obligés de le laisser partir.

— Je ne comprends pas comment ils ont eu vent du rendez-vous.

— Je ne sais pas non plus. J'étais la seule à connaître l'endroit à part Tommy et Ed.

— Et votre frère Peter ?

— Je ne lui en aurais jamais parlé. Vous l'avez rencontré, vous avez pu constater que c'est une vraie pipelette.

— C'est vrai. Je n'imagine pas Peter gardant un secret plus d'une minute.

— Comment, à votre avis, Joe doit-il agir maintenant ?

— Je n'en sais rien, et pour ne rien vous cacher, je m'en fiche complètement. Joe est un type égoïste, antipathique et désagréable. Il est hypocrite, imprévisible et se pose en martyr. Je me demande même si la cause est réellement importante à ses yeux. Son unique centre d'intérêt, ça je le sais, c'est sa propre personne.

Contrairement à mon attente, Patty ne me poussa pas dans l'eau. Au contraire, elle éclata de rire et ne s'arrêta qu'aveuglée par les larmes.

— Oh, ça me fait du bien de vous l'entendre dire, vous ne pouvez pas savoir à quel point. C'est ce que je lui répète tous les jours, et c'est pourquoi j'ai eu du mal à comprendre que vous acceptiez de l'aider. Moi, c'est différent, je l'aime.

— Je ne suis pas maso. Dites à Joe que je veux savoir pourquoi la Warrior Society veut le scalper. Sinon il n'aura plus le privilège d'être mon client. Je vais rentrer chez moi, nourrir mon chat, prendre une bière et me reposer. Je ne veux plus rien avoir à faire avec les Indiens.

— Je suis sûre que Joe comprendra le message. Je vais essayer de le rencontrer.

— Il est à Cape Cod ?

— Je ne sais pas où il est. J'appelle un numéro et quelqu'un le prévient.

Là-dessus nous nous séparâmes. Patty partit la première. Je la suivis pendant quelques kilomètres pour m'assurer que personne ne la filait. Rentré à la maison, je nourris Kojak, téléphonai à Sam pour le remercier d'avoir appelé le sénateur, lui promettant des explications. Je m'endormis sur le divan en regardant la télévision. La routine, quoi ! Pas de cambriolage, pas de pugilat.

Cet état de grâce fut brutalement interrompu par la sonnerie du téléphone.

— Il faut qu'on se voie ce soir, déclara une voix péremptoire et nerveuse. (Je ne fus pas surpris de reconnaître celle de Joe.)

Ce soir ? Il avait le don de m'énerver.

— Les bureaux sont fermés. Rappelez demain matin, lâchai-je passablement irrité.

— Soc, c'est urgent.

C'est ça ! Urgent ! Joe Quint était un emmerdeur de première, et je me fichais de ma promesse à Flagg. Eloignant l'écouteur de mon oreille, un œil sur la télé, je laissais Joe dévider son blabla sans y prêter attention, quand le mot « kidnapping » frappa soudain mon oreille.

— Qu'avez-vous dit, Joe ? J'ai mal compris.

— Nom de Dieu, vous écoutez ou quoi ? Il s'agit de Patty, j'essaye de vous expliquer qu'elle a été enlevée.

23

UNE DEMI-HEURE PLUS TARD, nous nous retrouvions à Hyannis, assis dans un bar que j'aime bien parce qu'il a gardé son aspect vieillot. Joe, coiffé d'une casquette, moins voyante que son chapeau, paraissait soucieux, et surtout moins agressif.

— Patty m'a appelé ; elle a juste eu le temps de me dire qu'elle était entre leurs mains. Puis Billy Big Oak * a pris l'appareil.

— Billy Big Oak ?

— Oui. Il devait faire partie de ceux qui vous ont rendu visite l'autre soir. Un grand type qui parle d'une voix aimable, mais qui est capable aussi de vous trancher la gorge en une seconde.

— En effet, il en était.

— Ils menacent de tuer Patty si je ne me rends pas dans les vingt-quatre heures.

— Et c'est pour ça que vous m'avez appelé.

— Je ne peux pas aller chez les flics, ils ne me laisseront pas prononcer un seul mot. Vous êtes détective. C'est votre boulot de retrouver les gens.

— Mais vous n'êtes pas mon client.

— Merde, Soc. Il s'agit de Patty !

---

* Big Oak : Grand Chêne. (N.d.T.)

— Elle n'est pas ma cliente.

— Entendu, nous allons être vos putains de clients. Vous êtes d'accord pour nous aider ?

— Vous croyez vraiment qu'ils sont capables de tuer Patty ? (Signe de tête affirmatif de Joe). Donc vos copains sont prêts à commettre un meurtre pour vous récupérer, enchaînai-je. Ils tiennent sacrément à vous, dites donc ! Mais ils savent pourquoi et moi pas, ce qui me met en position désavantageuse. Pendant que je vais chercher une autre bière, réfléchissez bien à ce que vous allez me raconter.

J'allai au bar passer ma commande, le laissant mariner tout seul. Ce n'était peut-être pas très sympa, mais j'avais toujours une dent contre lui. J'étais à peine assis qu'il se lançait sans plus attendre dans ses explications.

— Mes interventions sont gratuites pour la plupart ; mais il faut que je paye mon loyer, ce que je fais en prenant parfois des boulots hors de ma spécialité. Un copain de fac m'a demandé de défendre un de ses clients ; un petit criminel que les flics voulaient coincer. Il détenait des documents compromettants qu'il songeait à échanger contre une réduction des charges. Ces papiers m'intéressaient et je lui ai proposé un accord : la garantie de sa libération contre les documents et la possibilité d'en disposer à ma guise. Je savais qu'il ne serait pas condamné parce que la partie adverse s'était plantée dans les témoignages ; j'ai quand même dû faire appel à tout mon talent.

— Et il s'est retrouvé libre ?

— Libre comme l'air. Mais pour se faire descendre une semaine plus tard... par ses amis.

— Désolé de l'apprendre.

— Vous êtes bien le seul. Ils ont rendu service à la société. Lui parti, il n'y avait plus personne à savoir que j'étais en possession du dossier.

— Que contenait-il ?

— Mon ex-client était un intermédiaire. Il avait fait ses armes en utilisant la méthode forte et s'occupait de la comptabilité. La majorité des projets, sur lesquels travaillait l'organisation, passaient entre ses mains. Ces documents contiennent des renseignements sur l'une de ces entreprises.

— Quelle sorte de projet ?

— L'un des plus importants transferts d'argent dans ce pays depuis la Seconde Guerre mondiale.

— On parle de combien ?

— De milliards, dit Joe marquant une pause.

— Sans exagération ?

Il secoua la tête.

— Vous avez raison, vous êtes vraiment dans la merde, Patty et vous. Maintenant reprenons depuis le début. N'omettez aucun détail et souvenez-vous : nous avons très peu de temps.

— Je peux résumer les trois premiers siècles en une minute : Les pionniers débarquent à Plymouth, la moitié des Européens suit. Dès leur arrivée, ils arnaquent les Indiens ; leurs descendants continuent.

— Joe, donnez-moi quelque chose de nouveau.

— Bon ! En 1988, le Congrès vote une loi qui permet aux Indiens d'ouvrir des casinos sur des terrains leur appartenant, et certaines tribus sautent sur l'occasion.

— Comme les Pequots dans le Connecticut.

— Il vous arrive donc parfois de traverser le canal de Cape Cod ?

— De temps en temps.

— Par conséquent vous avez pu apprécier la réussite de Foxwoods, tout comme les autres tribus, surtout les plus pauvres qui, voyant l'argent couler à flots, convoitent une part du gâteau.

— Les Narragansetts, par exemple.

— Oui. Celle de Flagg, entre autres, qui projette la construction d'un casino à Martha's Vineyard. La loi ne limitant même pas ces établissements aux territoires des réserves, les Wampanoags acquièrent une parcelle aux abords d'un aéroport ou d'une autoroute, constituent un trust, font venir des investisseurs et bâtissent leur casino. Prenez l'exemple de la Nouvelle-Angleterre : six Etats et déjà cinq casinos construits ou en cours de construction.

— Vous parlez de ce fric-là ? Celui des casinos indiens ?

— Une partie seulement, Soc. Je vais vous expliquer ça à la manière de mon père : pensez à la Nouvelle-Angleterre comme à un lac tranquille. On y trouve bien une loterie nationale et quelques arrière-salles en marge de la légalité, mais si vous voulez jouer gros, il faut que vous alliez à Vegas ou à Atlantic City. Maintenant, imaginez la loi fédérale sur le jeu comme une énorme pierre que vous jetez dans l'eau du lac. Qu'obtenez-vous ?

— Des vagues ?

— Vous avez tout compris. Les premières sont les casinos indiens. Ils créent un climat de permissivité qui donne à la Nouvelle-Angleterre puritaine l'habitude du jeu. Les Etats sont fauchés, la loterie nationale ne peut pas leur rapporter davantage, et les politiques hésitent à augmenter les impôts. Evaluant les millions apportés par les Indiens, ils se disent : « Puisqu'on est déjà dans l'entreprise du jeu avec la loterie et que le citoyen réclame à l'Etat des aides de plus en plus nombreuses, alors allons-y et fournissons-leur toutes les occasions possibles de jouer leur argent. » Ils songent à légaliser le jeu en commençant par le poker électronique, puis les casinos flottants. Les entrepreneurs veulent participer, les groupes de pression font intervenir leurs appuis politiques. Les dollars commencent à affluer.

— Et si l'Etat refuse les casinos indiens ?

— Le Connecticut a tenté de faire obstacle aux Pequots, mais la Cour suprême a décrété que les Indiens étaient autorisés à mettre en place *n'importe* quel jeu à condition qu'il existe déjà dans l'Etat. Or étaient permis le black-jack, la roulette pour des soirées de charité et les jeux de bingo dirigés par l'Eglise – c'était donc bon pour les Pequots – ainsi que les jeux de poker et de keno électroniques, dont les Indiens disent : « C'est identique aux machines à sous, donc nous pouvons avoir des machines à sous chez nous. »

— C'est sans fin.

— Pour ainsi dire. Le gouvernement fédéral estime que l'Etat doit négocier en toute bonne foi, et qu'en cas de désaccord, la tribu peut faire appel. Si donc le ministre de l'Intérieur est favorable aux jeux dans les réserves, comme c'est le cas actuellement, la tribu a toutes les chances de gagner. Admirez l'hypocrisie de l'Etat, ajouta-t-il en riant.

— Que voulez-vous dire ?

— Prenez le cas du Connecticut, totalement opposé aux jeux. Certains au gouvernement ont estimé que les jeux vidéo étaient un prolongement logique de la loterie, et que seul l'Etat était habilité à décider de leur localisation. Les Pequots ont décidé de porter plainte. Les deux parties terrorisées, pour des raisons différentes, à l'idée que des casinos pourraient surgir de terre un peu partout, ont signé un accord : l'Etat donne l'exclusivité des machines vidéo aux Pequots, ce qui met un frein à d'éventuelles concurrences, en échange d'un versement annuel de cent millions de dollars. Dans l'Etat du Massachusetts, le ministre de la Justice estime que c'est une erreur d'ouvrir des casinos, le gouverneur quant à lui pense que c'est une très bonne chose.

— D'accord, j'ai compris. Néanmoins cela ne m'explique pas pourquoi les Warriors détiennent Patty.

— Tout au long des années 70, les réserves ont été en conflit et ont lutté pour leurs droits. C'est à cette époque que l'armée a envahi Wounded Knee et que Peltier a été jeté en prison. En 1974, un groupe de Mohawks canadiens a organisé une marche de protestation à Ottawa. La police montée est intervenue et a arrêté les manifestants après les avoir tabassés. L'un d'entre eux, qui avait participé à un sit-in à New York qui s'était déroulé dans le calme, a évoqué la Warrior Society et ses idées.

— C'est-à-dire ?

— Que l'on n'était pas obligé de se laisser tabasser, arrêter, humilier et jeter en taule, et tout cela pour rien.

— Et que suggérait-il ?

— De prendre les armes et de ne pas avoir peur de s'en servir.

— Il a fait des adeptes ?

— Il a réussi à entraîner quelques jeunes. Les années suivantes, il y a eu beaucoup de conflits internes dans la tribu des Mohawks. Les élus qui avaient obtenu un soutien financier du gouvernement fédéral se disputaient le pouvoir avec ceux qui les traitaient de vendus. Les chefs de gangs s'accrochaient à leur territoire. En même temps, les tribus se bagarraient avec l'Etat au sujet des ventes de cigarettes et d'essence dans leur réserve : l'Etat voulait assujettir les Indiens à l'impôt, et ils refusaient en prétextant que c'était une question de souveraineté ; Wounded Knee de nouveau. Les Warriors ont pris la défense des intérêts commerciaux de la tribu contre l'homme blanc. On les a traités en héros.

— Et ce n'est plus le cas. Pour quelles raisons ?

— Comme toujours, à cause de l'argent et du pouvoir qu'il procure. Certains se sont lancés dans la pornographie à New York, et des gens de l'extérieur sont intervenus dans les affaires. Les Warriors contrôlaient en grande partie le secteur de la pornographie. Le commerce de cigarettes s'est introduit dans les casinos. Tout allait trop vite et trop loin, et des membres de la tribu s'en sont émus, inquiets parce que ceux qui faisaient du fric avec le vice n'étaient plus contrôlés, parce que des sociétés à moitié légales se faisaient protéger par des individus armés qui intervenaient à la moindre chicane. Ils ont essayé d'installer des barricades pour interdire l'entrée des établissements de jeu aux flambeurs. Elles ont été démolies par les Warriors. Puis ç'a été l'escalade de la violence : voitures détruites, incendies criminels, coups de feu. Un flic a été tué, puis des Mohawks.

— Comment vous êtes-vous retrouvé impliqué dans tout ça ?

— Rappelez-vous l'expression : « Tous des chefs et pas d'Indiens ? » C'est exactement ce qui se passait. La tribu n'était plus dirigée et les gens sortaient leur fusil pour un oui pour un non. J'ai essayé d'installer un système, en vain. Les Warriors n'étaient qu'un des paramètres d'un problème beaucoup plus profond.

— Lequel ?

— Celui du nationalisme indien. L'argument selon lequel les Amérindiens ont le droit moral de diriger leurs propres affaires n'a plus aucune valeur quand vous côtoyez les Warriors qui s'érigent en protecteurs du vice comme de vrais mafiosi.

— Je vais remuer le couteau dans la plaie, Joe, mais expliquez-moi en quoi les Warriors diffèrent de quelqu'un prêt à faire sauter le Rocher de Plymouth ou à incendier la plantation de Plimoth ?

— Je suis le premier à reconnaître que j'ai dépassé les bornes, Soc. Néanmoins, *à aucun moment* je n'ai recommandé la violence ou suggéré de se servir des armes. J'ai simplement essayé d'attirer l'attention avec des discours un peu vifs. Je suis un militant, à la limite de la légalité, je vous l'accorde, mais certaines attitudes des Warriors sont inadmissibles.

— Parce que ce n'est pas inadmissible de tirer sur quelqu'un ?

— Si, ça l'est. Mais c'est souvent sous le coup de la colère ou pour de l'argent. C'est une mauvaise raison, mais c'est une raison. En revanche, quel motif avancer quand la Warrior Society envoie trois hommes récupérer un quart de million de dollars chez Kadhafi ? Ou quand un de leurs chefs menace de tuer les « traîtres » pacifistes qui refusent de prendre les armes ?

— Je ne sais pas. Comment l'expliquez-vous ?

— Je ne peux pas. Certains Warriors se posent la même question que vous. Ils croient en un certain code et constatent qu'il est bafoué par une minorité. C'est ainsi que des types comme Tommy et Ed, dont des amis et des membres de leur famille ont été tués ou menacés, se sont adressés à moi pour que je leur vienne en aide.

— Vous n'êtes pas mohawk. Comment se fait-il que vous soyez sur la liste des Warriors ?

— J'ai recommandé une politique de jeux plus modérée. Bien que, pour un tas de raisons, je ne sois pas partisan des casinos, j'estime que ça peut marcher quand c'est conçu correctement, comme dans le Connecticut. J'ai fait campagne pour que des décisions soient soumises au vote des tribus : l'autorisation des jeux de hasard, la fermeture des casinos qui ne sont profitables qu'à quelques personnes, et l'ouverture de nouveaux, rentables pour tous. Pour se donner en quelque sorte la possibilité de repartir de zéro. Mes idées ont été jugées trop proches de celles des traditionalistes, ce qui était peut-être vrai. Et c'est à partir de ce moment que j'ai perdu toute crédibilité en tant que médiateur.

— Vous êtes contre les jeux de hasard, et c'est pour cette raison que les Warriors ont kidnappé Patty et veulent vous abattre ?

— Non, fit-il. Il y a autre chose.

Autre chose, encore !

— Vous n'avez toujours pas mis le dossier sur le tapis. Ça concerne notre affaire ? En quoi ?

— En tout. On peut débattre pendant des heures des conséquences de la fortune que fait subitement une tribu sur son identité culturelle. Mais le vrai problème, c'est celui qui provient des intérêts extérieurs – le crime organisé qui essaie de s'infiltrer.

— C'est arrivé ?

— Il en a été question. Des membres de la mafia sont à la tête de compagnies qui offrent de financer des casinos, mais rien de concret jusqu'à maintenant.

Je commençais à voir où il voulait en venir.

— Allons-y, Joe. Que contient le dossier ?

— Ce que je soupçonnais mais sans pouvoir le prouver :

un lien entre la mafia et les compagnies qui débloquent les fonds. C'était tellement bien dissimulé que personne n'était au courant, pas plus les réserves que certains personnages importants des compagnies servant de couverture, à part – et il était le seul – mon client ; mort ! Il notait tout, les noms, les endroits, les numéros.

J'avais la gorge sèche. Je pris une gorgée de bière.

— Ce dossier, c'est de la dynamite, n'est-ce pas ?

— Une bombe atomique. Si ce document apporte la preuve que la mafia est derrière ne serait-ce qu'une *seule* maison de jeux indienne, le gouvernement déclarera un moratoire et le Congrès organisera les audiences.

— Le ministre de la Justice aura alors des munitions pour combattre les casinos.

— Vous avez compris, Soc. On peut remonter toute la chaîne. L'argent est partout, on a graissé des pattes, fait pression sur les politiciens qui étaient contre le jeu, ou bien financé leurs opposants. Pour mettre fin à la légalisation des casinos, il suffit de l'identité d'un membre de la mafia ; le dossier en cite des douzaines.

— Une question, Joe. Comment se fait-il que vous soyez encore en vie ?

— La chance, Soc. Je savais que j'étais assis sur de la dynamite, alors pour une fois j'ai fermé ma gueule. Pour vérifier certaines données, j'ai mis des fouineurs sur le coup ; l'un d'entre eux m'a balancé, probablement un fonctionnaire qui travaille pour la mafia. Hélas ! je n'ai aucun moyen de le prouver. C'est pour ça que je me méfie du FBI, et que je n'ai pas confiance en Rourke.

— Qu'aviez-vous l'intention de faire avec ce dossier ?

— Trop de personnes connues sont impliquées. Par conséquent, si j'en envoie une copie au *New York Times*, il faudra attendre les avis de son armée d'avocats, et s'ils décident d'y aller, la télévision risque de s'emparer de l'histoire.

— Et alors ?

— Vous plaisantez ! Tous les légumes mentionnés enverront leur porte-parole affirmer que c'est un ramassis de conneries. Je serai obligé de me déplacer pour me défendre et quiconque aura envie de me descendre n'aura pas à chercher loin. J'avais pensé à leur faire une publicité telle que l'attention se serait détournée de moi pour se porter sur eux.

— Et pourquoi ne l'avez-vous pas fait ?

— Parce qu'il faut du temps, Soc. Difficile de tirer des centaines de copies de ce dossier sans attirer l'attention. Impossible de faire confiance à mes propres employés, et trop dangereux d'impliquer d'autres personnes. Il fallait que je me débrouille seul, entre deux voyages à travers le pays, pour régler mes propres affaires. J'ai réussi, mais j'étais épuisé ; c'est pourquoi je suis allé me reposer un peu auprès de Patty.

— Donc, pendant vos vacances, vous vous faites arrêter et jeter en taule.

— Eh oui ! Wounded Knee. Ce salaud de Renault !

— Cet enfoiré vous a peut-être sauvé la vie. Vous étiez plus en sécurité en prison que dans la rue. Récapitulons : les méchants savent que vous avez le dossier. Avant qu'ils n'arrivent jusqu'à vous, Renault s'en mêle et vous vous retrouvez en prison où un contrat vous attend. Comment l'avez-vous appris ?

— Tommy et Ed : je leur avais demandé de venir de New York pour veiller sur Patty.

— Et c'est là que j'entre en scène. Les Warriors s'imaginent que je sais où vous trouver et ils me rendent visite. Comme cela ne donne rien, ils enlèvent Patty eu espérant que vous allez débarquer avec le dossier. C'est ça ?

— A peu près seulement, car ce n'est pas uniquement l'original qui les intéresse, mais aussi les copies – ils se doutent que j'en ai fait.

— Est-ce que le FBI est au courant de l'existence de ce dossier ?

— Ils savent que je suis sur un gros coup et cherchent à déterminer de quoi il s'agit. Je ne suis pas sûr que le Bureau soit vraiment clean. Souvenez-vous, on parle de sommes colossales.

— Où se trouve le dossier ?

— Les copies sont en sécurité ; moins vous en savez, mieux c'est.

— Bon, simplifions : ce que je dois faire c'est découvrir où est retenue Patty, m'assurer que vous restez en vie et garder le dossier au chaud.

— C'est vraiment simple ?

— Si on veut.

— Vous avez une idée ?

— Oui. Sortons d'ici. Cette musique me donne mal au crâne.

Une fois dehors, nous avons repris le pick-up.

— J'ai vu Patty cet après-midi et je lui ai demandé d'entrer en contact avec vous. Elle a pu le faire ?

— Oui, elle a appelé d'une cabine téléphonique juste après.

— Elle vous a parlé directement ?

— Non. Nous passons par un intermédiaire, et on n'utilise dans la mesure du possible que des cabines téléphoniques. Mais ça prend du temps. Le message ne m'est parvenu qu'assez tard, et quand on l'a rappelée, elle n'était déjà plus chez elle.

— Ç'a été vérifié ?

— Oui, par Tommy. Aucun signe de violence ou d'effraction ; alors il a enquêté dans son entourage. Une de ses amies nous a appris que, hier soir, après avoir interrompu leur conversation téléphonique, Patty avait repris la ligne pour dire qu'elle était désolée et qu'elle devait s'absenter pour faire une course. Il était environ 20 heures.

— Et l'amie ne sait pas où elle devait se rendre ?

Il fit signe que non.

— C'est juste après que notre intermédiaire me transmet le message de Patty : elle une demandait de l'appeler de toute urgence d'une cabine téléphonique. Je l'ai fait aussitôt, et j'ai reçu de la bouche même de Patty les instructions de Big Oak, le messager des Warriors : le dossier contre la vie de Patty. Que pensez-vous de tout ça ?

— J'en tire des quantités de conclusions qui ne me plaisent pas du tout : une fois le dossier en leur possession, ils vous abattront, vous et Patty, et puis, dans la foulée, tous ceux qui, comme moi, sont susceptibles d'être au courant.

— Si je n'y vais pas, ils la tueront aussi.

— Son amie a signalé que Patty avait interrompu leur conversation pour prendre une autre communication. Reditesmoi ça, mot pour mot, comme pour un exposé.

— Bien. Patty est en train de parler à son amie ; elle lui dit « J'ai un autre appel... » ; elle la met en attente ; elle reprend la ligne quelques minutes plus tard, assez préoccupée, pour dire qu'elle doit partir immédiatement faire une course rapide et qu'elle ne peut pas fournir d'explications.

— Par conséquent, dis-je.

— Par conséquent quoi ?

— Par conséquent, ce qu'elle a entendu lui a fait quitter la maison.

— Exact. Elle n'aurait pas interrompu une conversation pour aller acheter du lait. Si seulement nous connaissions l'identité de son interlocuteur, nous aurions une petite idée de l'endroit où elle a pu aller. (Joe semblait abattu.) Bonté divine, que peut-on faire ?

— J'ai une idée, annonçai-je ; elle ne me plaît pas beaucoup et vous ne l'apprécierez sans doute pas non plus.

24

L'ASSISTANTE DE ROURKE REGARDAIT fixement le sac en plastique que je tenais à la main. Je l'ouvris pour la rassurer : je ne cachais ni revolver, ni grenade, ni vaporisateur d'acide sulfurique.

— J'aimerais voir l'agent Rourke.

Elle attrapa l'interphone et, les yeux toujours fixés sur moi, annonça :

— Le *gentleman* que vous avez interrogé hier veut vous voir.

Je perçus un bruit bizarre à travers la porte et l'appareil puis : « Oui, Monsieur. Non, Monsieur. Oui Monsieur. »

— Vous pouvez entrer, me dit-elle, évitant toute conversation.

Rourke, debout, les mains posées à plat sur son bureau, me fixait de ses yeux brillants comme deux phares sous ses sourcils.

— Bordel... que... diable... voulez... vous ?

— Je pensais que nous pourrions avoir un powwow.

Le terme n'était peut-être pas bien choisi, car sa mâchoire se crispa et son cou se raidit.

— Comme celui des Wampanoags ?

— Plutôt de ceux où les participants échangent le calumet de la paix et envisagent de s'entraider.

— Je n'ai rien à foutre de vos services, aboya-t-il.

— Eh bien, moi, j'ai besoin de votre aide.

Rourke était têtu, rustre, vulgaire et méchant, mais il était loin d'être stupide. Il se laissa tomber sur son fauteuil, un sourire triomphant aux lèvres.

— Asseyez-vous, fit-il.

Je pris un siège, sortis la bouteille de Jack Daniel du sac et la posai sur le bureau.

— Calumet de la paix ! Vous êtes du genre à aimer cette marque de whisky.

Il prit la bouteille, déchiffra soigneusement l'étiquette et la reposa devant lui.

— Faux. Je bois du Johhnie Walker Red. Vous aviez trois minutes pour me donner une seule raison de ne pas vous jeter en bas des escaliers, deux se sont déjà écoulées.

— J'en ai pour trois secondes, Rourke. Joe Quint est disposé à venir. Fini la chasse à l'homme. Vous pouvez l'avoir demain à cette heure précise en face de vous.

Il me regarda d'un air soupçonneux.

— Que me vaut ce changement d'attitude ?

— C'est simple, vous détenez quelque chose dont Quint a besoin.

— Quoi ?

— Est-ce que cela vous intéresse ? Si ce n'est pas le cas, inutile de continuer.

Rourke me regarda. Puis il ouvrit le tiroir de son bureau pour en sortir deux tasses et dévissa le bouchon de la bouteille de Jack Daniel. Il remplit les tasses à moitié, et après avoir avalé la sienne d'un trait, il s'essuya la bouche du revers de la main.

— D'accord, je suis intéressé. Que veut Quint ?

— Ecouter les bandes de la ligne de Patty Hoagland, celles d'hier soir.

— Qu'est-ce qui vous fait croire qu'elle était sur écoute ?

— A votre place, c'est ce que j'aurais fait.

— Admettons. Je vous laisse écouter les bandes, et après ?

dit-il, non sans avoir réfléchi quelques instants à l'éventualité d'un piège.

— Demain matin, Joe Quint sera dans votre bureau.

— Il est prêt à parler ?

— Il viendra. A vous, ensuite, de négocier ce que vous voulez avec lui. Le dossier, par exemple.

— Quel dossier ?

— Celui dont le FBI n'est pas sûr qu'il existe, celui qui contient des informations que M. Quint a reçues d'un de ses anciens clients, décédé depuis.

— Comment puis-je être certain qu'il respectera les clauses du marché ? s'enquit Rourke, dissimulant de son mieux son impatience.

— Vous ne pouvez pas. Il est capable de changer d'idée et de disparaître de nouveau. Mais qu'avez-vous à perdre ?

— Depuis que je vous ai rencontré, ajouta Rourke en se versant une autre rasade de whisky, vous ne m'avez causé que des ennuis : vous m'avez attaqué, vous avez entravé mon enquête et vous m'avez fait passer pour un imbécile. Vous êtes vraiment chiant.

— Personne n'est parfait, Rourke.

— Même pas moi. Un type normal demanderait à six avocats et un comptable de consigner par écrit votre petite offre. Je suis différent. Je me ferais un vrai plaisir de vous envoyer promener, Joe Quint ou pas.

— Vous pouvez le faire, bien sûr. Vous pouvez me jeter dehors, venir vous rasseoir, vous servir un autre verre, puis expliquer à vos petits copains comment vous avez traité un pauvre connard de détective. Mais alors envolées vos chances de mettre la main sur ce dossier avant vos collègues et d'humilier le supérieur qui vous a envoyé dans ce trou. Par ailleurs, je vous signale que, pendant que vous vous félicitez d'avoir écrasé un mec aussi insignifiant que moi, quelqu'un court un grand danger, deux personnes peut-être. L'une d'elles est Joe Quint, ça je vous le garantis.

— Vous vous foutez de moi ? dit-il calmement.

Je lui fis signe que non.

— Restez ici, fit-il en passant sa langue sur ses lèvres.

Il se leva, et s'absenta une minute. Puis nous avons patienté en buvant. Rourke pianotait nerveusement sur le bureau.

— Pendant que nous attendons, comment avez-vous su que Quint se rendait au powwow ?

— Un appel anonyme, répondit-il en haussant les épaules.

— Et pour la plage ?

— Un autre tuyau.

— Le même type ?

— Probablement. (Le téléphone sonna.) Une seconde. (Il décrocha, murmura quelques mots et se tourna vers moi.) Quelle plage horaire voulez-vous écouter ?

— J'ai appelé Patty tôt dans la soirée, tous les appels après le mien.

Il marmonna à nouveau et me tendit le téléphone. Il y eut un déclic puis, ma voix disant : « C'est votre détective préféré », et Patty qui répondait : « Oui. »

Défilèrent notre brève conversation, d'autres appels, puis enfin la discussion avec son amie. Patty lui demandait de ne pas quitter pendant qu'elle prenait un autre appel. Elle dit bonjour, et une voix que je connaissais lui répondit ; après un rapide échange, la voix nerveuse de Patty disant à son amie qu'elle était pressée, qu'elle la rappellerait plus tard. J'écoutai une nouvelle fois la bande ; je demandai à Rourke de me la prêter, ainsi qu'un magnétophone.

Il donna quelques ordres à son assistante et elle revint un peu plus tard avec un Panasonic. Je remerciai Rourke et lui assurai que je serais de retour le lendemain matin.

— Socarides, vous allez avoir besoin d'aide.

— Peut-être.

— Un seul mot, et mon service est à votre disposition.

Récupérer Patty vivante allait exiger beaucoup de délicatesse, mais certainement pas l'intervention d'une bande d'énergumènes déguisés patrouillant dans toute la région.

— Merci de votre offre. Je vous ferai signe.

Il me serra la main. Je savais qu'une fois seul, il allait se précipiter sur la bande pour essayer de comprendre ce qui faisait son importance. Je savais aussi qu'il avait peu de chance de deviner.

* *
*

« Salut, (La voix de Patty.)

Salut, Patty, c'est Cousin Ed.

Ed, comment vas-tu ?

Je vais bien, mais il faut absolument que je te voie. C'est urgent. Tante Sara a mal au ventre. Je ne sais pas quoi faire.

D'accord. (La voix de Patty était tendue.) J'arrive tout de suite. »

Joe Quint rembobina la cassette, repassa la conversation et arrêta le magnétophone. Il regardait droit devant lui.

— Laissez-moi deviner. Vous êtes Tante Sara, dis-je.

Il fit signe que oui.

— Ou Oncle Fred, ou encore Grand-mère Hester. Chaque prénom désigne un point de rencontre.

— Futé. Donc Ed est en train de dire que vous avez un problème.

— Je n'arrive pas à le croire ! ragea-t-il en tapant du poing. Ed travaille contre nous depuis tout ce temps !

Il se leva et fit les cent pas dans le petit salon. Joe se cachait dans cette chaumière, à l'extérieur de Falmouth. Personne, pas même Tommy, n'était jamais venu ici.

— C'est ma faute, confessa Tommy, c'est moi qui te l'ai présenté.

— C'est la faute de personne. La question est de savoir ce que nous faisons maintenant.

— Il doit être rentré. Je vais aller lui parler, ajouta-t-il d'un ton menaçant.

— Je ne veux pas que tu le touches, Tommy. C'est lui qui peut nous aider à retrouver Patty.

— Nous sommes cousins, dit Tommy avec un sourire crispé. Comme je te l'ai dit, je vais lui parler. C'est tout.

En attendant son retour, je m'installai dans la cour, au soleil, pendant que Joe déambulait devant moi. Tommy revint deux heures plus tard, avec Ed.

— Est-ce que vous avez une carte détaillée des environs de Plymouth ? demanda-t-il. (Ed était resté dans le camion.)

Je lui donnai celle que j'avais dans la boîte à gants ; il l'étala sur la pelouse et, après l'avoir étudiée attentivement, nous indiqua un endroit dans la forêt, entre le canal de Cape Cod et Plymouth.

— Ed dit qu'ils ont un chalet dans la forêt, au bord de cet étang. C'est là qu'ils retiennent Patty.

— Il a réagi comment ? s'enquit Joe.

— Il a commencé par nier. Et puis il a sorti un paquet d'excuses, toutes bidons. Ed est un faible. Quand on était gamins, c'est moi qui le protégeais.

— Il risque de prévenir les autres, remarqua Joe.

— Je l'ai averti : s'il parle, Patty mourra. Il ne m'a pas cru, selon lui ils veulent simplement quelque chose que tu détiens, et ils la relâcheront aussitôt après. Je lui ai expliqué qu'ils ne le feraient jamais, que leur intention était de vous abattre tous, Patty, toi, et lui par-dessus le marché. Là, il a tiqué.

— Que va-t-il faire ?

— Je lui ai rappelé que s'il était encore en vie c'était grâce à notre lien de parenté, et que s'il voulait le rester, il devait m'aider à récupérer Patty.

— Il peut tout leur raconter, dit Joe, sceptique.

— Il a compris que, s'il parlait, les Warriors apprendraient qu'il les a balancés, et qu'on ne donnerait pas cher de sa peau.

— Vous ne voulez pas appeler les flics ? suggérai-je à Joe. C'est vous qui décidez.

— D'après Ed, Patty est fichue si on les prévient, intervint Tommy. Je le crois.

— Pas de flics ! lança Joe. On ne prend aucun risque.

— D'accord, mais alors, il y a intérêt à ce que notre plan soit bon.

Je demandai à Tommy d'aller chercher Ed. Assis en tailleur autour de la carte comme de braves Sioux prêts à voler les chevaux des Cheyennes, nous avons élaboré, puis rejeté une douzaine de scénarios. Il nous a fallu pas moins d'une heure pour accoucher enfin d'une stratégie qui tenait à peu près debout.

Ne restait plus qu'un problème majeur. Soulevé par Tommy.

25

L'ENNUI, C'EST QUE JE NE SAIS pas nager, avoua enfin Tommy.

— Tu n'étais pas dans la marine ?

— J'étais garde-côte ! On n'a pas besoin de savoir nager, si le bateau coule, il y a des radeaux et des gilets de sauvetage.

— Vous ne serez pas obligé de nager, Tommy, lui dis-je. Simplement de ramer.

— Et si je tombe à l'eau ? lança-t-il, effrayé. Vous croyez que je saurai me noyer calmement ? C'est la condition, non ? Ne faire aucun bruit.

L'idée de se laisser engloutir en silence outrepassait ce que Tommy était capable d'endurer. Nous étions dans la cuisine, autour de la table, en train d'élaborer un plan sommaire. Délivrer Patty s'avérait plus compliqué que prévu.

Slade Island est une péninsule reliée au continent par une étroite bande de terre. La lettre X sur la carte indiquait la position de l'unique chalet de l'île, au bord de l'étang, en plein milieu de la forêt.

Ed, de mauvaise grâce, nous avait fourni le renseignement. Il était maintenant assis tout seul dans un coin de la cuisine. On ne pouvait pas lui en vouloir d'être malheureux : il avait trahi Tommy, son cousin et meilleur ami, menti à Joe qui ne lui faisait plus confiance, attiré Patty dans un piège mortel, et maintenant il changeait une nouvelle fois de camp.

D'une voix calme et lourde de menaces, Joe expliqua que s'il arrivait malheur à Patty, la tentation pourrait lui venir de tuer Ed. Ce n'étaient pas des paroles en l'air et Ed le savait.

— Je sais que c'est casse-pieds, Ed, mais nous allons passer en revue chaque détail, lui dis-je. Un seul faux pas et Patty aura des ennuis.

Il approcha sa chaise de la table et s'assit en face de moi. Tommy et Joe étaient penchés par-dessus nos épaules.

— Je vous l'ai déjà expliqué, dit-il l'air renfrogné. Au bout d'un kilomètre et demi, la route débouche sur l'étang et se sépare en deux chemins qui le contournent pour se rejoindre de l'autre côté, à l'endroit où se trouve Slade Island. Le camp est là, sur une petite colline, ajouta-t-il en posant son doigt sur le X, accessible du ponton grâce à un escalier.

Je déplaçai mon doigt sur le cordon de terre entre l'île et le continent.

— Quelles sont les dimensions de cette digue ?

— Deux cents mètres de long environ, et assez large pour permettre le passage d'une voiture ; sur les côtés, il y a des talus pentus hauts de trois mètres à peu près.

— Le camp est visible ou caché par les arbres ?

— La vue est dégagée devant ; derrière et sur le côté, il y a deux petites cours bordées de grands pins.

— Aucun moyen d'accéder au chalet sans se mouiller les pieds ? demanda Tommy.

Ed leva les bras au ciel.

— Tommy, je te l'ai déjà dit, la digue est trop étroite pour qu'on puisse passer devant les gardes sans être vus.

— Il y a d'autres chalets autour de l'étang ? demanda Joe.

— Non. C'est privé.

— Je veux savoir exactement où se postent les gardes, Ed, dis-je en lui tendant un crayon.

Il fit un point à l'entrée de la digue.

— Un type ici, dit-il en encerclant le point. Un autre se

tient sur le ponton pour empêcher toute arrivée par l'étang. Il bouge beaucoup, et il s'abrite souvent du soleil et des moustiques dans le hangar à bateaux. Tous les gardes sont munis de talkies-walkies.

— Et bien armés ?

— J'ai vu des flingues et un fusil. Ils en ont probablement d'autres.

— Qui est dans la maison avec Patty ?

— Big Oak et deux types. Lui reste dans le chalet avec elle, les autres relaient les gardes.

— Faites un plan de la maison. (Je lui donnai une feuille de papier vierge.)

Ed dessina tant bien que mal une pièce qui occupait la moitié de la surface et qui faisait office de salon, de salle à manger et de cuisine ; une porte d'entrée ouvrait sur le devant, et une sur le porche côté cuisine. L'autre moitié se composait de deux chambres, dont l'une abritait Patty, et d'une salle de bains.

Je tendis le plan à Joe.

— Puisque mon idée de débarquer par bateau ne rencontre pas l'unanimité, qu'avez-vous d'autre à proposer ?

Tommy regarda Joe qui regarda Ed. Tous les trois me regardèrent. Joe secoua la tête dans un geste d'impuissance. Son inquiétude était justifiée.

— Merde, les gars, c'est bien vous les champions des embuscades. Comment avez-vous réussi à battre Custer ?

— C'était un imbécile, lança Joe en guise d'explication.

— Et on avait l'avantage du nombre, ajouta Tommy. Big Oak ne tombera pas dans n'importe quel piège minable, c'est un ancien des Forces spéciales.

— Un ancien Marine, un ancien garde-côte et un ancien para doivent pouvoir venir à bout d'un béret vert et de quelques amateurs, affirmai-je sans grande conviction.

— Votre première idée, Soc, me semble la meilleure. Si Tommy ne veut pas y aller, Ed le remplacera, trancha Joe.

Ed était affolé et suppliait Tommy du regard.

— Tu avais dit que je ne serais pas obligé de vous suivre, Tommy. Je ne peux pas. Si un seul de ces types me voit, je suis mort.

— Bien. La situation est la suivante, il n'y a que deux façons d'accéder à l'île : la digue ou l'étang. Traverser l'étang présente un avantage, celui de s'approcher au plus près sans se faire remarquer. On débarque sur l'île en trois points différents, on s'empare des deux gardes et on s'occupe du chalet après. Mais sans Tommy, nous ne sommes plus que deux contre les quatre types de l'île et celui de la digue. On a peu de chances de s'en sortir.

— Je suis un chasseur, dit Tommy. Donc capable de m'approcher de quelqu'un sans faire le moindre bruit, précisa-t-il.

— Aucune utilité tant qu'on n'est pas sur l'île, coupa Joe. Soc a raison. Il faut trois hommes dans l'eau.

— S'il te plaît, Joe, ne m'oblige pas à mettre la tête sous l'eau, j'en crèverai.

Ed revint à la charge pour confirmer qu'il n'était *absolument pas* question qu'il fasse partie du plan. Et voilà comment ils ont perdu le Far-West. Les Blancs avançaient pendant que les Indiens discutaient.

Je jetai un coup d'œil sur le croquis et poussai une exclamation, aussitôt dévisagé par trois paires d'yeux.

— Quelle est la profondeur ici ? demandai-je en indiquant la rive de l'étang.

— Un mètre, un mètre vingt, répondit Ed en fronçant les sourcils. Je suis allé qu'une fois sur l'île, et encore, c'était la nuit, alors j'ai pas vraiment fait attention à la flotte.

Je pointai mon crayon sur Tommy pour dissiper toute ambiguïté, avant de faire remarquer :

— Si vous longiez la digue ? L'eau ne vous arriverait qu'à la taille... dans le cas où vous tomberiez.

Tommy, au mieux, aurait accepté de traverser une flaque d'eau, mais il était en mauvaise posture et il ne pouvait plus se permettre de tergiverser.

— Un mètre, un mètre vingt, ça peut aller. Si je tombe, je m'accrocherai au radeau.

— Vous pourrez débarquer à mi-chemin de la digue et suivre sans bruit, comme vous savez le faire, le chemin qui mène derrière le chalet. Là, vous nous attendrez. Quant à Joe et moi, on traversera l'étang, on s'occupera du garde sur le ponton et on vous retrouvera derrière le camp.

— Ça me va, dit Tommy en souriant.

Joe lui donna une grande tape dans le dos. Ed parut vraiment soulagé.

Avant que l'un d'entre eux ne change d'avis, j'ajoutai :

— C'était la partie facile. Il faut maintenant réfléchir à la manière dont on va sortir Patty du chalet.

— Nous avons deux flingues, dit Joe.

— Je suis retourné à la plage récupérer le mien, fit Tommy.

Je voyais déjà le scénario : Tommy et Joe fonçant dans le chalet et tirant sur tout ce qui bouge ; Patty et moi pris sous leurs feux croisés, du sang partout. Rideau.

— Je veux que les armes restent dans les ceintures, et les munitions dans les poches. C'est comme ça, sinon vous pouvez m'oublier... ou faire appel à la police.

— Compris, Soc, on suivra la consigne, déclara Joe.

— Nous avons besoin de quelques accessoires. (Je fis une liste que je tendis à Joe.) Pendant que vous ferez les courses, Ed me montrera la configuration du terrain.

Non sans mal, je réussis à le persuader de monter dans le pick-up et de m'accompagner. Après avoir quitté Cape Cod et suivi la route 3 sur quelques kilomètres, nous nous sommes enfoncés à travers les 14 000 hectares de pins entre Plymouth et le canal de Cape Cod.

Rescapés des incendies qui, chaque année, ravagent les forêts, il reste encore quelques chênes et quelques épicéas autour des étangs de la période glaciaire ; mais la végétation est surtout constituée maintenant de pitchpins et de broussailles.

A l'orée de la forêt, Ed me montra un écriteau en bois : ÉTANG PRIVÉ et une flèche pointée vers un chemin de terre.

— C'est ici, dit-il.

Le chemin, tracé depuis longtemps, étroit et plein d'ornières, zigzaguait entre les ronces. Je retenais ma respiration à chaque virage, en priant le ciel qu'un camion plein de Warriors n'arrive pas en sens inverse.

Ed devait penser à la même chose car il n'arrêtait pas de marmonner :

— Je n'aime pas ça... Je n'aime pas ça...

Au bout d'un kilomètre, deux ornières s'enfonçaient dans la forêt sur la droite. Ed m'ayant confirmé la proximité de l'étang, je suivis les traces pendant une centaine de mètres afin que personne ne puisse apercevoir les nôtres.

Après avoir effacé les marques de pneus qui risquaient d'attirer l'attention, nous avons pris la direction de l'étang en marchant silencieusement sur les épines de pins. L'épaisse frondaison faisait écran aux rayons du soleil ainsi qu'au souffle de la brise, rendant l'atmosphère irrespirable. Des nuages de moucherons assoiffés se ruaient sur nos têtes. En pressant le pas, au bout de dix minutes nous étions à découvert sur un chemin de terre. La sueur inondait nos visages et trempait nos T-shirts.

La lumière du soleil perçait à travers les arbres, moins touffus, de l'autre côté du chemin. Encore une dizaine de mètres, et nous débouchâmes sur un sentier, probablement emprunté par les pêcheurs pour éviter la route ; il descendait jusqu'à une clairière et longeait la rive pour se terminer sur une plage de sable marron foncé.

Dissimulés par les arbres, nous avons étudié l'étang. Ed n'était pas Rembrandt, mais il avait une bonne mémoire visuelle. Le croquis qu'il avait dessiné était proche de la réalité. Le diamètre de l'étang, un cercle presque parfait, mesurait à peu près huit cents mètres. Juste en face de notre cache, à environ deux cents mètres de l'autre rive, se dressait l'île.

Abritant les jumelles du soleil pour éviter les reflets, je

m'attardai sur la vue du chalet en haut d'une butte, à sept mètres au-dessus du niveau de l'eau : murs en épais rondins de couleur acajou, fenêtres encadrées de vert et toit de tuiles rouges surmonté d'une cheminée.

La porte d'entrée était légèrement excentrée et flanquée de deux fenêtres. Un balcon couvert courait en façade et sur les côtés. Le jardin, au même niveau sur quelques mètres, s'inclinait ensuite doucement.

Un escalier étroit descendait jusqu'au hangar à bateaux couvert de madriers gris et goudronnés. En face des larges portes ouvertes, une rampe bordait un ponton de neuf mètres, auquel était amarrée une baleinière blanche.

— Regardez, murmura Ed. Là-bas.

Il était tellement silencieux que j'avais oublié sa présence. Mes yeux suivirent la direction de son doigt : un homme marchait le long de la rive sur notre gauche. Il grimpa sur le débarcadère et s'assit au bout, laissant pendre ses jambes au-dessus de l'eau. Je tendis les jumelles à Ed.

— C'est Nasty Jim. Un vrai salaud, mais avec un sacré poil dans la main.

Reprenant les jumelles, j'étudiai le type en train d'observer le mégot qu'il venait de jeter dans l'eau. Apparemment il estima qu'il était l'heure d'une bonne sieste au soleil car il s'installa confortablement contre un des piliers, après l'avoir capitonné avec un gilet de sauvetage. Je braquai les jumelles vers la rive puis vers le chalet, ne décelant aucun mouvement derrière les fenêtres. Mais la porte s'ouvrit alors pour laisser passer deux hommes.

— Big Oak, murmura Ed.

Après avoir discuté quelques minutes, ils se séparèrent, le plus grand retournant à l'intérieur, tandis que l'autre partait en direction de la digue. Dix minutes plus tard, un quatrième homme remonta et entra dans le chalet.

J'en avais assez vu. Je tapai sur l'épaule de Ed et lui montrai le chemin. Il n'attendit pas son reste et fila à travers bois. Je fis des repères sur les arbres avec mon couteau suisse. Ed était nerveux et sursautait chaque fois qu'un bout d'écorce tombait.

Une fois dans le pick-up, sur la route, j'entendis Ed murmurer quelque chose à propos du FBI.

— Que dites-vous, Ed ?

— Ces enfoirés de fédés.

— Pourquoi enfoirés ?

— Deux fois ils ont eu Joe à leur portée, et deux fois ils l'ont raté.

— Je ne comprends pas, Ed.

Il croisa les bras et regarda droit devant lui.

— C'est sans importance.

— Auriez-vous balancé Joe au FBI ? demandai-je en commençant à piger.

Il secoua la tête affirmativement.

— Je pensais que si les fédés l'attrapaient, les Warriors ne pourraient plus rien tenter contre lui. Tommy et moi aurions été hors de danger et personne n'aurait été blessé.

Je restai silencieux.

— C'était une mauvaise idée, n'est-ce pas ? demanda-t-il, espérant une réponse, n'importe laquelle.

— A vrai dire, ce n'était pas une mauvaise idée, Ed, seulement elle a échoué. Dommage !

Puis nous sommes restés silencieux, lui apparemment un peu réconforté, moi me demandant lequel de ces types j'avais amoché l'autre soir chez moi.

Je n'allais pas tarder à le savoir.

26

A 21 HEURES 30 PILE À MA SWATCH, je lançai l'ordre du départ :

— En route !

Tels Agamemnon et ses troupes assiégeant Troie pour libérer Hélène, nous allions donner l'assaut pour sauver Patty Hoagland. Nous n'étions plus de la première jeunesse et, malgré les airs de durs que nous affichions, nous n'en menions pas large.

Notre équipement était disposé sur le plancher du salon : trois bateaux en plastique décorés d'hippocampes jaunes – c'est tout ce que Tommy avait trouvé chez Bradlee –, un rouleau de ruban adhésif, une recharge de gaz, du cirage noir, une batte de base-ball, des allumettes, un insecticide et des torches sur lesquelles étaient collés des morceaux de coton blanc pour en diminuer la luminosité.

Nous étions convenus de prendre position aux abords du chalet vers 23 heures, estimant que tout le monde serait endormi ; Ed nous avait fait remarquer que la télévision couvrirait les bruits éventuels.

Joe partit avec moi dans le pick-up, Tommy et Ed avaient pris le leur. Vers 22 heures 30, les deux camionnettes, quittant la route principale à la hauteur de l'écriteau indiquant l'étang, empruntaient le chemin de terre et se garaient à droite sous les pins. Ed attrapa le sac de marin qui contenait les affaires.

Tommy, Joe et moi, chacun un bateau sous le bras, ressemblions à trois gosses partant à la plage.

Il était interdit d'allumer une torche sauf en cas d'urgence. Marcher à travers bois en pleine nuit n'est pas une tâche très aisée. Nous nous prenions les pieds dans les racines, les branches nous cinglaient le visage, et les moustiques cherchaient le moindre recoin de peau sans insecticide.

— Nom de Dieu ! brailla quelqu'un.

— Qu'est-ce qu'il y a ? murmurai-je.

— Je suis rentré dans un arbre ! voilà ce qu'il y a ! grommela Ed.

Joe lui ordonna de la fermer ; puis il demanda à Tommy de prendre la tête, et à chacun de s'agripper à la chemise de celui qui le précédait, et ce jusqu'à notre destination finale.

Tommy n'avait pas surestimé son sens de la forêt. Il nous guida à travers bois comme en plein jour. En deux minutes, nous étions sur le chemin qui borde l'étang.

Pendant que Joe et Ed attendaient, Tommy et moi, empruntant un passage jusqu'à la rive, gagnâmes la berge en vue de l'île.

Un quartier de lune brillait dans le ciel étoilé. Les lueurs jaunes des lampes à pétrole visibles derrière les fenêtres du chalet se reflétaient dans l'eau. A part le bruit des insectes et le coassement des grenouilles, tout était calme. Je maintins fermement le bateau sur l'eau pendant que Tommy s'y installait.

— C'est très courageux, Tommy.

— Merci, grogna-t-il. Dépêchez-vous de me pousser avant que je change d'avis.

Je donnai au bateau un léger élan qui le fit progresser de quelques mètres. Tommy plongea alors ses mains dans l'eau, rama tout doucement, disparut dans la nuit. Le petit clapotis qu'il provoquait était couvert par les bruits de la nature.

Je partis retrouver les autres et, tous les trois, empruntant le chemin que j'avais pris avec Ed lors de la reconnaissance des lieux, nous descendîmes sur la rive. Joe fit quelques remarques ironiques pendant que je m'enduisais le visage de cirage noir. Puis, dûment aspergés d'insecticide, nous prîmes place dans nos bateaux ; Ed leur donna une légère poussée et nous commençâmes à pagayer.

Arrivés à une centaine de mètres du ponton nous avons viré à gauche en direction de l'île, puis continué jusqu'à ce que nous soyons à l'abri sous le débarcadère. Pendant que Joe demeurait près d'un pilier, je m'approchai de la baleinière blanche que j'avais repérée pour vérifier que les clés se trouvaient bien sur le tableau de bord. Je retournai auprès de Joe et lui donnai deux tapes sur l'épaule : le signal que tout allait bien. Sous le ponton, il faisait chaud et il régnait une odeur désagréable. Et pas plus l'insecticide dilué par ma sueur que le goût du cirage noir ne parvenaient à dissuader les moustiques de s'intéresser à moi.

Soudain, la fumée d'une cigarette précéda de peu le craquement des planches au-dessus de ma tête, le grésillement d'un mégot qu'on jette dans l'eau, des pas sur le ponton, puis plus rien. Je respirai lentement ; dans un murmure, je glissai à l'oreille de Joe :

— Vous pouvez imiter un serpent ?

— Quel genre ?

— N'importe, crotale, mocassin, cobra, ce que vous voulez, mais débrouillez-vous pour attirer l'attention du garde.

Joe ne semblait pas convaincu, mais à l'autre bout du ponton, on entendit un juron, un grand coup, puis des pas précipités.

— Attention, il revient, chuchota Joe.

Quittant nos bateaux, nous pataugeâmes dans l'eau, Joe d'un côté du ponton, moi de l'autre, mal dissimulé derrière un pilier trop étroit pour moi. Le garde arrivait à notre hauteur.

— *Psst.*

Le garde se figea tellement près que j'aurais pu attraper sa cheville.

Psst, psst.

Il alluma sa torche et se pencha au-dessus de la jetée. Joe

se glissa sous le ponton et lança un nouveau *psst*. Le garde se mit sur un genou. J'arrivai derrière lui, la batte, à la main, mais l'eau en dégoulinant attira son attention et il se retourna. Je dérapai dans la boue. Il se releva et mit la main à sa ceinture, mais j'avais réussi dans ma chute à lui assener un coup de batte entre le cou et l'épaule droite. Il hurla de douleur et sa torche tomba dans l'eau.

Joe avait bondi sur le débarcadère, il se rua sur le garde, le plaqua à terre, et mes genoux pesant sur son épaule lui firent abandonner toute résistance. Joe tenait à la main un couteau de chasse. Au lieu de lui trancher la gorge comme je l'avais cru un instant, il se contenta de couper le ruban adhésif et de bâillonner le type. Après lui avoir attaché les chevilles et les poignets, nous le ligotâmes, le dos à un pilier. Je m'emparai de son talkie-walkie et jetai son flingue à l'eau.

Pendant que Joe partait vérifier que Tommy s'en était sorti sans encombre, je halai la baleinière, loin du hangar, et la cachai derrière des buissons. Je retournai au hangar et commençai à me bouffer les ongles. Plus le temps passait, plus la catastrophe se précisait.

Joe arriva enfin, tout essoufflé.

— Tommy a réussi, haleta-t-il, il a perdu du temps au milieu des herbes le long de la digue.

Le garde commençait à se réveiller, je l'aspergeai d'insecticide pour le calmer... Puis je suivis Joe jusqu'au chalet ; les rideaux étaient fermés.

Tommy nous attendait derrière dans la petite cour. A cause de l'à-pic du terrain, la fenêtre de la chambre se trouvait à trois mètres au-dessus de nous, nous obligeant à faire la courte échelle à Joe ; en éclairant son visage avec la torche pour permettre à Patty de le reconnaître, il se hissa jusqu'au carreau et gratta doucement. Il resta ainsi quelques instants puis nous chuchota de le redescendre.

— Patty va bien, mais sa fenêtre est bloquée. Je lui ai dit de se cacher sous le lit dans un quart d'heure et d'y rester jusqu'à ce qu'on vienne la chercher.

Après un bref échange avec Joe, Tommy disparut pour revenir, quelques minutes plus tard, sentant l'essence à briquet.

— C'est fait, dit-il. J'ai même trouvé de l'essence que j'ai ajoutée.

Cachés tous les trois derrière des buissons, nous observions le hangar : l'incendie se déclara simultanément sur un des murs et sur le toit. Le bois, vieux et sec, aida le feu à prendre rapidement.

Tommy fixait le chalet anxieusement.

— Merde, grogna-t-il, ces connards dorment !

— On devrait frapper à la porte et leur conseiller de regarder dehors, ironisa Joe.

Le temps passait et je commençais à me faire du mouron. Notre plan était de faire sortir les types, mais pour cela il fallait qu'ils repèrent l'incendie. Au fond, l'idée de Joe n'était peut-être pas aussi saugrenue. Enfin quelqu'un hurla à l'intérieur, et la porte d'entrée s'ouvrit brutalement sous la poussée de trois des occupants qui jaillirent sous le porche.

— Vérifiez ce qui se passe. Je surveille la fille, beugla Big Oak avant de rentrer dans le chalet.

Deux silhouettes détalèrent vers le hangar. Une épaisse fumée noire s'élevait dans le ciel. L'île baignait dans une lueur rosâtre. Tommy resta dehors pour nous couvrir pendant que nous nous précipitions sur le porche. Nous aperçûmes Big Oak de dos dans l'entrebâillement d'une des portes du salon. Il resta un instant sans bouger puis se pencha pour regarder sous un lit. Armés, Joe de son revolver et moi de la batte, nous nous ruâmes dans la chambre au moment où, dans un énorme éclat de rire, Big Oak découvrait la cachette de Patty, dont il la délogea en la tirant par le bras jusqu'au salon. C'était la première fois que je voyais Big Oak qui, je me l'avouai piteusement, portait bien son nom : il devait mesurer un mètre quatre-vingt-douze et avait une carrure impressionnante. Notre présence fit disparaître son sourire. Attrapant

Patty par le cou et se servant d'elle comme d'un bouclier, il s'avança vers Joe qui hésita.

L'occasion était trop belle pour Big Oak : il repoussa violemment Patty vers Joe qui, ne réussissant pas à la rattraper, l'entraîna dans sa chute. Big Oak sauta sur Joe et lui arracha le revolver des mains pour le pointer sur moi. Le doigt sur la détente, il sourit, sûr de ne pas me rater.

Clic !

Big Oak n'aurait pas été plus surpris si le revolver s'était transformé en briquet.

Clic-clic.

L'étourderie paie parfois : j'avais oublié de donner à Joe l'ordre de charger son revolver. Profitant de ses démêlés avec la détente, Patty attrapa un tisonnier et en frappa Big Oak au coude avec une force telle qu'elle m'arracha à moi aussi une grimace de douleur.

Je n'avais pas lâché ma batte, et je l'abattis violemment sur Big Oak qui s'écroula sur le sol.

Joe enlaça Patty, toujours cramponnée au tisonnier. Elle venait de confirmer ce que j'avais déjà remarqué : une femme-loup se cachait derrière cette tendre jeune femme.

— Quel est votre nom indien, Patty ?

— Peaceful Dove *, répondit-elle en souriant.

— Vous reprendrez cette discussion quand nous aurons quitté l'île, lança Quint. N'oubliez pas les quatre autres.

Attrapant Patty par la main, il se précipita vers la porte. Je les suivis. Le corps d'un homme était étalé sur le sol près de l'entrée – ma première pensée fut pour Tommy – je le retournai, je ne l'avais jamais vu. Sa tête saignait, mais il respirait encore. Tommy sortit de derrière les buissons, le revolver à la main.

— C'est plus efficace sans balle, remarqua-t-il en souriant.

L'île tout entière était éclairée par l'incendie du hangar. Je conduisis la petite troupe vers la baleinière. Patty grimpa,

* Peaceful Dove : Colombe de Paix. (N.d.T.)

suivie de Tommy et Joe. Je poussai l'embarcation un peu plus loin de manière à éviter que les herbes ne coincent l'hélice.

Derrière moi, je distinguai les silhouettes à notre poursuite. Les balles sifflèrent à nos oreilles, mais se perdirent dans l'eau.

Je fus hissé à bord et tombai la tête la première. Grimpé sur le siège, je tournai la clé. Rien. L'embarcation se rapprochait de la terre. Tommy et Joe ayant déniché des rames nous repoussèrent vers une eau plus profonde. Je continuai à actionner le démarreur, mais sans succès. Pourtant, d'après son poids, le réservoir était plein.

L'impact des balles dans l'eau se rapprochait.

Je passai en revue les bougies et la batterie : tout était correct. En me penchant sous le tableau de bord, je remarquai un morceau de plastique rouge accroché à la clé de contact. Je me mis à jurer. Le plastique était relié à un interrupteur de secours sur le tableau de bord, empêchant le moteur de démarrer s'il n'était pas branché.

Je glissai le fil sous l'interrupteur et tournai la clé : le moteur toussa puis s'arrêta. Une nouvelle tentative, avec le starter enclenché cette fois, fut couronnée de succès ; je donnai un peu de gaz et le moulin se mit à tourner parfaitement.

Passant en marche arrière et manœuvrant le gouvernail, j'appuyai sur l'accélérateur. L'embarcation se souleva et prit de la vitesse. L'île et l'étang étaient éclairés comme pour un soir de fête. Le bruit du moteur couvrait le sifflement des balles qui perçaient l'eau maintenant tout autour de nous.

Un gros morceau de fibre de verre se détacha soudain du panneau arrière.

— Baissez la tête, hurlai-je en me penchant sur le volant.

Je zigzaguai sur l'eau pour éviter les projectiles quand j'entendis Tommy hurler.

— Ça va ? criai-je.

— J'ai pris du plomb dans l'épaule, beugla-t-il.

Les arbres de la rive opposée se rapprochaient rapidement, nous étions maintenant hors de portée. J'arrêtai le bateau sur le bord, coupant le moteur à la dernière seconde et faisant pivoter l'embarcation. Je sautai dans l'eau et tins le cordage jusqu'à ce que les autres soient descendus.

Joe hurlait le nom de Ed tout en jurant.

— Ce petit salaud nous a doublés, gueulait-il avant de distinguer la lumière d'une torche dansant sur la plage à cent cinquante mètres.

— Par ici ! cria Ed qui nous attendait pour nous guider.

Nous avons foncé, le souffle court, à travers les pins. Repérant la tache noire sur la chemise de Tommy qui pourtant continuait à avancer sans se plaindre, je priai pour que les petits camarades de Big Oak ne nous empêchent pas d'accéder aux camionnettes dont les feux arrière commençaient à se deviner.

Patty et Joe sautèrent dans mon pick-up. Quelques secondes plus tard, nous martyrisions les amortisseurs sur le chemin défoncé. A un moment, j'ai cru apercevoir des phares derrière nous, mais ce n'était que le fruit de mon imagination.

Une fois sur la route principale, j'accélérai comme un dingue : la camionnette fit une embardée et le moteur se tut.

Je lui avais imposé un nombre incalculable de kilomètres ces derniers temps, entre Mashpee et Plymouth, et ma vieille guimbarde venait de rendre l'âme. Heureusement les autres nous suivaient et, entassés dans leur véhicule, nous avons foncé sur la route.

La forêt traversée sans encombre, je m'arrêtai à la première cabine téléphonique pour appeler Rourke et lui faire un bref résumé des derniers événements.

— Rejoignez-moi au poste de police. Un toubib y examinera Tommy, me dit-il.

Fidèle à sa parole, Rourke nous attendait avec toute son équipe. Je dois avouer que, pour une fois, j'étais heureux de voir sa sale gueule.

27

ROURKE M'APPELA LE LENDEMAIN MATIN pour me suggérer de jeter un coup d'œil à la fenêtre : ma camionnette était dans l'allée ; le soleil brillait sur sa carrosserie vert pâle. Rourke m'expliqua qu'il avait trouvé, grâce à la générosité du FBI, quelqu'un pour la réparer et la ramener chez moi. On l'avait même nettoyée. Profitant de ma bonne humeur, il m'assena la mauvaise nouvelle. Big Oak et ses copains s'étaient fait la malle. Les seules personnes que Rourke avaient trouvées près de la cabine étaient les pompiers de Plymouth, de Carver et d'une demi-douzaine d'autres villes. J'étais heureux d'apprendre que nous n'avions pas détruit la forêt.

— Et maintenant ? demandai-je.

— S'ils ont réussi à réintégrer la réserve, cela pose un problème de souveraineté, et tout ce qui s'ensuit. Une escouade est partie à leurs trousses, mais même les Indiens qui n'aiment pas ces salauds feront tout pour nous mettre des bâtons dans les roues.

— Ils vont s'en sortir indemnes.

— Peut-être pas. J'ai discuté avec votre type, Quint.

— Avez-vous parlé du dossier qu'il détient ?

— Rapidement, mais suffisamment pour flairer quelque chose de très sérieux. Il y a sûrement de quoi provoquer des sueurs froides chez Monsieur Big Oak et ses copains quand ce dossier fera la une des journaux. Mais c'est mon affaire maintenant, ce n'est plus la vôtre.

— Pas tout à fait, Rourke.

— Pourquoi ?

— Joe Quint est toujours sous le coup d'une inculpations de meurtre. L'affaire ne peut pas être portée sur la place publique avant qu'il ait été mis totalement hors de cause.

— Que voulez-vous dire ?

— L'histoire, quand elle sortira dans les médias, fera une sacrée publicité à Joe, mais les autres vont engager un avocat véreux qui jouera sur du velours, en moins de deux il réduira à néant la crédibilité de Joe, un type suspecté de meurtre et qui s'est dérobé à l'action de la justice.

— C'est la poisse. Avez-vous une idée ?

— Plusieurs même.

— Je vous écoute.

J'avais passé une partie de la matinée à contempler Pleasant Bay tout en caressant Kojak, mais surtout à réfléchir à l'affaire Quint : j'avais le choix entre la méthode légale, c'est-à-dire continuer à chercher les preuves de son innocence et faire s'écrouler petit à petit les indices qui l'accablaient, ou des méthodes pas très orthodoxes, à coup sûr réprouvées par la police et parfaitement illégales. Ma décision était prise, je ne comptais pas passer ma vie là-dessus.

Donc, quand Rourke me demanda si j'avais une idée, j'étais prêt, et je lui fis part de mon plan. J'avais subodoré que Rourke détestait la paperasse, la bureaucratie et les flics pompeux. Je ne m'étais pas trompé.

— Ça me plaît, confirma-t-il.

Nous avons discuté encore un peu, Rourke ajoutant quelques suggestions. Il gloussait lorsqu'il raccrocha.

Ma remise sentait le moisi, et les toiles d'araignées en avaient envahi chaque recoin, mais Dieu que c'était bon d'être chez soi ! J'étais tellement heureux de retrouver Kojak que, pour une fois, je fis l'impasse sur son régime. Je pris mon petit déjeuner chez Elsie et traînai une partie de la journée près du marché aux poissons. Puis le *Millie D* de Sam accosta avec un chargement de morue et de haddock. Je l'aidai à décharger et lui assurai que je reprendrais mon boulot d'ici un ou deux jours. Tout content, il m'invita à dîner chez lui.

Il fit griller un poulet pendant que Mildred préparait des épis de maïs et une salade de laitue, de tomates et d'oignons frais de son jardin. Après avoir perdu, comme d'habitude, plusieurs parties de cartes, je m'excusai auprès de Sam et Mildred, et rentrai au hangar.

J'appelai Rourke pour être sûr que nous étions bien toujours sur la même longueur d'ondes. C'était le cas : il m'assura que depuis qu'il m'avait rencontré il vivait des moments délectables qui compensaient les longues heures passées dans le bureau de Hyannis. Je lui fixai un rendez-vous et grimpai dans le pick-up pour me rendre à Plymouth. Avant de quitter le hangar, je mâchai une gousse d'ail, pensant au léger avantage que je pourrais en tirer.

Fidèle à son horaire, Rick sortit de la maison de Sever Street quelques minutes avant 21 heures pour prendre sa voiture. Il venait de mettre le contact quand je me redressai sur le siège arrière.

— Salut, Rick. C'est ton vieux pote de plongée, et ceci est un fusil à harpon. (Je pressai le canon contre son cou.) Laisse tes mains sur le volant de façon que je puisse les voir.

— Qu'est-ce qui te prend ?

— Nous avons beaucoup de choses à nous raconter.

— D'accord, pas de problème. Mais le harpon n'est pas nécessaire pour me parler.

— C'est à moi d'en décider. Commence par répondre à mes questions.

— Bien sûr, mon vieux, tu peux me poser toutes les questions que tu veux.

— Très bien. Pour qui travailles-tu ?

— Je travaille pour Zane. Tu le sais...

— Une seconde. (Je lui soufflai dans le visage et appuyai le canon juste sous son oreille.)

— Bon Dieu ! Fais attention avec ça ! (De l'haleine ou du harpon, je ne savais pas de quoi il parlait.)

— Désolé, mais mes mains se mettent à trembler quand on me ment. Je pose la question différemment :

— Tu travailles pour Renault, n'est-ce pas ?

— Oui. Il me donne quelques dollars pour bosser au noir pour lui. C'est un crime ?

— Ça dépend, Rick. Quel genre de boulot ?

— Je l'aide à la salle des ventes. Je prépare les lots.

— Y compris les vestiges indiens ?

— Tu es au courant ? dit-il, méfiant.

— Je suis au courant, Rick. Maintenant explique-moi pourquoi tu as voulu me tuer ?

— Je n'ai pas...

La pointe du harpon lui chatouilla le cou.

— Rick, ne me raconte pas n'importe quoi. Si je t'en avais voulu, tu serais déjà mort, c'est ton chef que je veux. C'était l'idée de Renault, n'est-ce pas ?

— Il a découvert que tu étais détective.

— Comment ?

— Zane utilise un enregistreur incorporé à son téléphone ; ça le dispense de prendre des notes pendant ses recherches. Je t'ai entendu discuter avec un type ; j'en ai parlé à Renault.

— Ça m'explique *comment* il l'a appris, mais pas *pourquoi* il a voulu me tuer. On ne supprime pas un type sous prétexte qu'il est détective.

— Tu ne le connais pas ! C'est l'enfoiré le plus paranoïaque qui soit. D'abord tu débarques sur les fouilles, ensuite à la salle des ventes.

— Il y a forcément une autre raison.

— Oui. La secrétaire de Renault t'a vu traîner un soir à la salle des ventes et elle s'est méfiée. Elle a vérifié son ordinateur : l'imprimante était branchée. Renault a compris que tu étais entré dans les fichiers. Que l'information se répande et il était foutu. Il n'a pas voulu prendre de risques.

— Et on en revient au bordel sur la plantation ?

— Qu'est-ce que tu veux dire ?

— On verra plus tard. Et Zane dans tout ça ?

— Il sert de couverture à Renault pour les antiquités indiennes, et c'est tout ; mais il devenait nerveux, et il a voulu arrêter. Renault lui a fait comprendre que c'était impossible et m'a chargé de le surveiller.

— Ce que tu n'avais pas l'air d'apprécier.

— J'ai autre chose à faire que de fouiller la terre sous un soleil de plomb.

— Et Eileen et les autres ? Ils sont au courant des petites magouilles de Zane ?

— Non. Ils ne pensent qu'à leur projet stupide, à rien d'autre.

— Parle-moi de ce fameux soir à la plantation.

— Je n'ai rien à en dire, dit Rick en se braquant, je ne sais même pas de quoi tu parles.

Il allait falloir jouer serré.

— Laisse-moi t'expliquer où tu en es, Rick. Il y a environ une heure, M. Renault a été arrêté. Alors que nous discutons gentiment, les flics le questionnent au sujet des vestiges indiens. Encore un peu de patience et ils mettront tranquillement le meurtre de la plantation sur le tapis. Renault a commandité cette affaire pour faire chanter Quint et se débarrasser de lui, ils en sont persuadés.

— Ils ne peuvent pas le prouver.

— N'en sois pas si certain. Ils connaissent le motif. Ils ont reçu un coup de fil, donc quelqu'un d'autre était au courant du meurtre. Ils savent que piquer la voiture de Quint et la lui rapporter ne posait aucun problème à quelqu'un qui, comme toi, a été condamné pour vol à la tire. Ils savent que Renault n'a rien à voir avec le crime et ça les ennuie de n'avoir personne à jeter en taule. Ils veulent épingler quelqu'un pour cet assassinat et ils se fichent bien de savoir qui. Il ne leur reste que toi. Tu es un vieux de la vieille et tu sais que je ne mens pas. Ils seront plus conciliants avec le type qui a commis le meurtre si, grâce à lui, ils arrivent jusqu'à celui qui l'a commandité.

J'attendis un peu, puis je repris :

— C'est la parole d'un homme d'affaires sans antécédent judiciaire contre celle d'un malfaiteur. Avant que tu aies eu le temps de dire ouf, Renault sera entouré de jolies call-girls, en train de bronzer sur une plage mexicaine tout en dégustant une margarita, pendant que toi, tu moisiras en prison.

— Tu es quoi, un détective privé, tu n'as aucun pouvoir !

— Au contraire, mon vieux Rickie, j'en ai beaucoup. Je peux soit fermer ma gueule sur ta tentative de meurtre à mon égard, soit dire tout ce que je sais au procureur. Ou alors je peux révéler ton intention de témoigner contre Renault. Je peux recommander qu'on ajoute à sa liste des accusations celle de meurtre. Et enfin je peux faire pleurer le jury avec le récit de ton enfance malheureuse, en révélant que tu étais sous anabolisants à ton insu ; avec un peu de chance, tu t'en sortiras avec un accusation et homicide involontaire. Voilà ce que je pense.

— Tu veux quoi ?

— Une description exacte du déroulement de l'affaire, de A à Z.

— Et si je refuse ?

— Rien. Je sors de cette voiture et nous nous reverrons devant le tribunal. (J'écartai le harpon.) Pense seulement à Renault faisant bronzer son gros cul sur la plage. (J'ouvris la portière.) Assez dégueulasse, quand on y pense. (Je commençai à sortir de la voiture.)

— Attends ! cria Rick.

Je repris ma place et laissai la portière entrouverte.

— Et si je me mets à table ?

— On va en parler. Dis-moi ce qui s'est passé sur la plantation.

— Je devais mettre le feu, c'est tout. Renault voulait que

j'incendie deux ou trois bâtiments ; on aurait fait porter le chapeau à Quint, et pendant qu'il se défendait, il nous aurait foutu la paix.

— C'est toi qui as volé la voiture de Joe ?

— Ce n'était pas très compliqué. On savait qu'il passait la nuit chez sa copine. Renault m'a déposé. J'ai fait démarrer la voiture en trafiquant les fils et je l'ai conduite jusqu'à Plymouth. Après avoir mis le feu, je devais placer le bidon d'essence dans le coffre et l'abandonner sur place. Renault devait venir me rechercher. Ensuite on devait refiler le tuyau aux flics : Joe était le coupable.

— Que s'est-il passé avec le gardien ?

— C'était un accident. Il m'a vu mettre le feu. Il est arrivé de nulle part. J'ai voulu me tirer, mais le vieux avait encore de la force. J'ai attrapé son tomahawk et je l'ai frappé. Il est tombé. J'ai couru jusqu'à la voiture avec le tomahawk, je l'ai essuyé et abandonné sur la banquette.

— Renault est venu te chercher, vous êtes partis et comme prévu vous avez appelé les flics.

— Ouais. Ecoute, pour notre marché, j'ai une autre information.

Je n'étais pas absolument certain d'avoir assez d'éléments pour épingler Renault.

— On en parlera plus tard, affirmai-je comme si cela ne m'intéressait pas.

— Ce sera trop tard.

— Que veux-tu dire ?

— Renault a eu une autre idée qui devait briser Joe définitivement : si on détruisait ce symbole, l'Amérique entière serait folle de rage, et Joe n'aurait plus qu'à passer le reste de sa vie à se cacher, balbutia Rick.

— Je n'ai pas tout compris, de quoi tu parles ?

— Attends, si ce truc sort, je suis vraiment dans la merde. Il faut d'abord me garantir le marché.

Je lui enfonçai le harpon dans le cou.

— Le voilà le marché. De quel symbole tu parles ? Je t'écoute.

— Le *Mayflower*.

— Quoi, le *Mayflower* ?

— J'ai placé une bombe sous la coque.

— Quand doit-elle exploser ?

— Dans quinze minutes environ, dit-il après avoir jeté un coup d'œil sur la montre du tableau de bord. Je partais voir le feu d'artifice.

Feu d'artifice ! Je retins ma respiration.

— Où exactement ?

— Au milieu du bateau. Près de la quille. Nous avons dû utiliser une lourde charge, c'est du solide ces bateaux.

Un téléphone portable posé sur mes genoux transmettait à un magnétophone chaque mot prononcé par Rick. J'attrapai le téléphone et criai :

— Vous avez entendu ?

— Chacune de ses foutues paroles, répondit Rourke. On arrive.

Je me précipitai hors de la voiture, en même temps que des ombres sortaient de derrière les buissons et les maisons. Des flics embarquèrent Rick après lui avoir passé les menottes.

Au moment où ils le forçaient à monter dans la voiture, Rick beugla :

— N'oublie pas, on a un marché pour la remise de peine.

Mon copain du FBI arrivait vers moi en courant.

— Bon Dieu, il paraissait sérieux au sujet de la bombe.

— Tout ce qu'il y a de plus sérieux. (Je me dirigeai vers ma fourgonnette.)

— J'appelle la brigade anti-bombes.

— Appelez les Marines si vous voulez, comme ça ils pourront ramasser les morceaux.

— Que diable allez-vous faire ? hurla-t-il.

C'était une bonne question, mais je n'avais pas la moindre idée de la réponse !

28

J'ÉTAIS EN TRAIN DE NOYER le moteur du pick-up qui toussait et refusait de démarrer. Je comptai jusqu'à trente avant d'essayer à nouveau. Ce furent les secondes les plus longues de ma vie. Enfin la machine cracha, je passai en première et embrayai. Elle se mit à faire des bonds, mais avança.

J'empruntai à vive allure la route qui descendait vers le port, coupai le chemin à une Ford, puis une fois sur Water Street fonçai à gauche en direction de l'embarcadère.

J'écrasai la pédale de frein qui hurlèrent pour m'arrêter juste devant le *Mayflower II*. Je me ruai hors de la voiture, sautai par-dessus le tourniquet, avalai la passerelle métallique. Un spectacle incroyable me cloua sur place.

Une cinquantaine de couples âgés, en tenue de soirée, étaient assis autour de tables dressées sur le pont du bateau. Des jeunes gens en costume d'époque leur servaient du champagne. Le panneau sur ma droite expliquait qu'il s'agissait du dîner des descendants du *Mayflower*.

Une femme grande et mince aux cheveux argentés s'avança vers moi. Le nom indiqué sur son badge figurait sur certaines des tombes devant lesquelles je m'étais attardé lors de ma visite au cimetière. Elle m'examina des pieds à la tête comme si j'étais un revenant. Ses narines frémirent légèrement : l'ail sans doute.

— Puis-je vous aider ? proposa-t-elle sans grand enthousiasme.

— Il faut évacuer tout le monde, répondis-je en essayant de garder mon calme.

— Je vous demande pardon ? fit-elle en fronçant les sourcils. Je ne sais même pas qui vous êtes.

— Je serai ravi de me présenter, mais dès que toutes ces personnes auront quitté le *Mayflower*.

Elle me foudroya d'un regard dont ses ancêtres auraient été fiers.

— Jeune homme, articula-t-elle, vous interrompez une soirée privée. Si vous ne quittez pas cet endroit immédiatement, j'appelle la police.

Les participants s'étaient arrêtés de boire et suivaient notre confrontation. Il y a longtemps qu'ils n'avaient pas vécu un moment aussi excitant.

A ce moment-là des bruits de pas grimpant la passerelle annoncèrent Rourke.

— Que diable se passe-t-il ici ? beugla-t-il. Qui diable sont ces gens et pourquoi n'ont-ils pas quitté ce bateau ?

La femme fixa son attention sur le nouvel usurpateur.

— Et vous, qui êtes-vous ? demanda-t-elle d'une voix impérieuse.

Rourke arracha son badge de son portefeuille et le maintint au-dessus de sa tête.

— Vous voyez ceci, ma petite dame ? C'est un badge du FBI. Je ne veux plus personne sur ce foutu bateau ou je vous fais tous coffrer.

La femme tenait bon.

— Cet événement ne relève pas de votre juridiction. Pourquoi devrions-nous vous écouter ?

— Pourquoi, ma petite dame ? Pourquoi ? bégaya-t-il rouge de colère. Parce qu'il y a une putain de bombe sous ce bateau et que si vous et vos amis ne vous grouillez pas, vous allez tous sauter. Voilà pourquoi.

Rourke n'aurait pas parlé plus fort s'il s'était muni d'un porte-voix. Il avait un vrai don pour attirer l'attention.

J'avais espéré éviter ce qui s'ensuivit. Un silence à couper au couteau, puis, dans un murmure, le mot *bombe*. Les chaises volèrent ; les verres se brisèrent ; on entendit des cris et des hurlements ; des mains ridées se tendaient à la recherche des cannes et des déambulateurs.

La peur donna un coup de fouet aux vieillards qui se précipitèrent sur la balustrade. Rourke et moi aidions les plus handicapés tandis que les serveurs, abandonnant leur plateau, donnaient un coup de main aux autres. Quant aux agents de Rourke, ils investissaient le bateau.

Nous étions debout au milieu des restes du cocktail.

— Et maintenant, quoi ? demanda Rourke.

— Je vais plonger, dis-je en retirant mon T-shirt.

— Vous êtes malade. Que ce truc explose ! Ils pourront toujours en construire un autre.

— Il y a encore une chance. (J'arrachai mes tennis et mon short.)

A environ neuf cents mètres de la proue du *Mayflower*, un dock flottant accueille les annexes des bateaux ancrés dans le port.

— Rourke, dis-je en les lui montrant, récupérez une de ces embarcations, avec un moteur hors-bord si possible, sinon n'importe quoi avec des rames. Si vous ne trouvez pas la clé, regardez sous le carter, il y a souvent un double. Conduisez le bateau ici et attachez-le à la chaloupe.

— La quoi ?

— La chaloupe ! Ici. (Je le tirai sur le bastingage et lui montrai le vieux bateau en bois amarré à quelques mètres du *Mayflower*.) Ça c'est une chaloupe. Débrouillez-vous pour qu'une embarcation m'attende quand je remonterai. Si possible, laissez tourner le moteur.

— Faites ce qu'il dit ! hurla Rourke à ses équipiers. Et je ne veux plus personne ici ; ça peut sauter.

A l'aide du gréement, je grimpai sur le bastingage où je

me tins quelques secondes, comme Errol Flynn dans un film de pirates. Un coup d'œil à ma montre m'indiqua que je n'avais plus une seconde à perdre. Je plongeai.

Je me trouvai entre le *Mayflower* et la chaloupe, la coque du bateau pointant au-dessus de moi. Les lumières du pont et des mâts continuaient à briller.

Je remplis mes poumons d'air et fonçai sous le bateau, regrettant de n'avoir jeté qu'un œil distrait sur les plans du *Mayflower* proposés par le prospectus remis aux visiteurs. Mais après tout je n'avais rien à regretter, car je n'y voyais rien. Je me dirigeai jusqu'à la quille en tâtonnant le fond visqueux et incrusté de bernacles.

Je passai sous le bateau et remontai, haletant, de l'autre côté. C'est de la folie ! Je ne trouverai jamais la bombe dans le noir ; le bateau est trop grand. Nouvelle tentative : les algues sur la coque, très touffues, me donnaient l'impression d'évoluer dans un nid de pieuvres, et toujours rien. Je revins à la surface, emplis mes poumons au maximum pour plonger une dernière fois.

Si je ne trouve rien ce coup-ci, je sors de l'eau, et je m'achète du pop-corn en regardant le feu d'artifice.

J'en étais là de mes projets quand ma main toucha le bord dur d'un objet qui n'était ni du bois ni des algues. Je palpai ma trouvaille ; elle était à peu près de la taille d'une boîte à chaussures, et enveloppée dans du plastique.

Mes poumons étaient prêts à exploser. Si je remontais à la surface, je perdrais du temps et je craignais de ne pas retrouver la bombe. En tâtonnant, je compris que Rick l'avait agrafée. Je plongeai mes doigts dans le plastique, et prenant appui avec mes pieds contre la coque, je tirai de toutes mes forces.

Le plastique se déchira et libéra le paquet. Je l'attrapai et le tins contre moi comme un nouveau-né avant de m'élancer vers mon unique repère : les lumières au-dessus de moi. J'émergeai près de la chaloupe, remplissant enfin mes poumons.

— Il est ici ! hurla un des agents du FBI qui scrutait l'eau à ma recherche.

— Voici votre bateau ! Vous êtes complètement cinglé ! lança Rourke penché vers moi.

Il manœuvrait une corde de manière à approcher de moi un canot pneumatique gris, long de deux mètres environ, dans lequel je déposai mon paquet avec d'infinies précautions. Je grimpai sur le bateau en faisant très attention à ne pas le retourner. Le vieux moteur hors-bord tournait au ralenti, rejetant des tourbillons de fumée mauve.

Pockettypockettypockettypock !

— C'est ça ?

— Le *Queen Elisabeth II* était pris !

Sans le bruit du moteur, j'aurais certainement savouré l'humour de Rourke. J'appuyai sur l'accélérateur et attrapai la barre pour me faufiler entre les bateaux de plaisance ancrés dans le port à la recherche d'un espace vide.

Pockettypockettypockettypock...

J'avançais comme une mouche prise dans la confiture, redoutant à tout moment que le moteur ne cale. Lentement – trop lentement –, j'augmentai l'espace entre moi et le *Mayflower II* dont les illuminations étaient encore visibles. Je jetai un coup d'œil à ma montre, mais la tension des dernières minutes m'avait fait perdre la notion du temps, et je n'arrivais pas à me rappeler où se trouvait la grande aiguille quand Rick m'avait parlé de la bombe.

Pendant que je me demandais jusqu'où j'allais pousser ma chance, le canot s'éloignait du port. Les gyrophares bleu et rouge des voitures de police brillaient sur la jetée. Je me sentis très seul en compagnie de la bombe.

Une voix me conseilla de me séparer d'elle sans plus tarder. Je coinçai la barre, et aussi doucement que possible, je me laissai glisser dans l'eau et commençai à nager vers le rivage.

Un bateau à moteur venait à ma rencontre – Rourke avait trouvé la patrouille. Ses hommes et lui m'aidèrent à monter dans l'embarcation. J'essuyai l'eau salée de mes yeux. Le canot pneumatique n'était plus qu'une tache sombre, seul son sillage scintillait, accrochant les lumières de la côte.

Cependant, quelque chose clochait, le faisceau d'un projecteur éclairant le canot me révéla qu'il avait changé de cap : la barre que j'aurais accidentellement touchée en glissant du bateau, ou le courant, ou encore le destin... Quoi qu'il en soit le pneumatique ne se dirigeait plus vers le large, loin du rivage et des bateaux de plaisance, mais vivait sur sa droite, contournait les rochers qui protégeaient un petit parc, et revenait vers la côte.

Le port, à cet endroit, se rétrécit comme un entonnoir. Et à la pointe de l'entonnoir se trouve le pavillon du Rocher de Plymouth.

Pockettypockettypockettypock... !

Rourke n'en croyait pas ses yeux.

— Putain de merde ! Elle va faire sauter ce foutu rocher !

Pockettypockettypockettypock... !

Le canot allait foncer sur le pavillon comme une torpille et les grilles métalliques qui protègent le rocher n'offriraient qu'une bien piètre protection contre l'explosion.

Pockettypockettypockettypock... !

Encore quinze cents mètres et tout serait terminé. J'avais mal à l'estomac et imaginai la une des journaux. Tous les gosses de ce pays allaient me détester. Il n'y aurait plus de Thanksgiving. Pis encore, la réaction de Joe Quint. J'entendais déjà ses sarcasmes.

— Bon Dieu ! dis-je impuissant.

Pockettypo...

Boum !

Le jour se levait tôt dans le port de Plymouth ! A environ une dizaine de mètres du Rocher, une gerbe jaune et rouge fleurit dans le ciel, éclairant les bateaux, le gréement bleu du *Mayflower*, les visages des gens agglutinés sur la jetée et les amoureux enlacés sur les bancs. Elle éclaira les colonnes en granit du pavillon du Rocher de Plymouth, aspergé par les embruns causés par l'explosion.

L'eau crépitait comme la pluie. Des vagues se soulevaient à l'endroit où le canot s'était désintégré et allaient se briser sur les barres de protection du Rocher.

— Eh ben ça alors ! s'exclama Rourke en me donnant de grandes tapes dans le dos. Vous avez réussi ! Vous avez sauvé ce vieux bateau minable. Vous êtes vraiment dingue !

Pour une fois, j'étais d'accord avec lui.

29

PETER HOAGLAND M'ACCUEILLIT avec un large sourire, sauta de sa chaise, et me donna une poignée de main chaleureuse. Ce type était vraiment sympathique, et j'aurai du mal à le faire redescendre sur terre.

— Salut, Soc, c'est bon de vous revoir. Asseyez-vous. Vous voulez visiter à nouveau notre vieille réserve indienne ?

— Je suis venu vous offrir un cadeau, répondis-je en posant sur son bureau une grande enveloppe.

— Chouette alors ! C'est quoi, un calendrier *Playboy* ? Merde, Soc, on est déjà au second semestre.

— C'est plus fort que *Playboy* et *Penthouse* réunis.

Peter leva les sourcils et se frotta les mains, puis il ouvrit l'enveloppe et en sortit un épais dossier. Il chaussa une paire de lunettes, qui le fit ressembler à un étudiant de Harvard, et lut la première page, la seconde, puis feuilleta le reste rapidement.

— Je suis déçu, Soc. Pas de playmate du mois, dit-il en repoussant le dossier. Il va falloir attendre qu'ils en fassent un film.

— Vous le trouverez à la boutique de vidéos. Ils l'ont appelé *Le Parrain*.

— Vous plaisantez ! Don Corleone ?

— Quelque chose dans ce genre, mais avec des Indiens.

Peter ouvrit son tiroir, attrapa un havane, l'alluma et l'admira comme seuls les fumeurs de cigares savent le faire.

— J'ai comme l'impression que vous essayez de me dire quelque chose, Soc, fit-il en continuant à sourire. Je vous écoute.

— J'en suis ravi. Commençons par Patty.

— C'est toujours avec plaisir que j'entends parler de ma sœur bien-aimée.

— Eh bien, aujourd'hui, votre sœur bien-aimée n'est pas à prendre avec des pincettes. Elle n'arrive pas à digérer dc devoir son enlèvement à son petit frère.

— Je ne vois pas de quoi vous voulez parler.

— Vous allez me dire aussi que vous ignorez qui sont les Warriors.

— Les Warriors ? Une nouvelle équipe de basket-ball ?

— Ça ne marche plus, Peter. Nous avons vérifié. Le chalet sur l'île vous appartient. Nous avons été obligés d'incendier votre hangar à bateaux pour délivrer Patty. Désolé !

Il devint tout pâle.

— Attendez, Soc, essayez de comprendre ma position.

— Je ne comprends que trop bien, dis-je en jetant un coup d'œil à la pièce. Vous avez des ennuis. Nous avons vérifié aussi : vos investissements, vos développements immobiliers ; financièrement, c'est un château de cartes, de la fumée.

— Dans les affaires, Soc, il faut se mouiller et même oser tenter le diable.

— Oui, mais vous vous y êtes trop souvent risqué et, en joueur invétéré que vous êtes, vous n'avez pas su vous arrêter à temps. Et maintenant vous perdez.

— J'imagine que vous avez également vérifié ça.

— Oui. Pourtant, fouiner dans les comptes des gens ne m'intéresse pas, mais ça fait gagner du temps et j'ai été obligé d'en passer par là. Nous avons reconstitué vos voyages à Vegas et Atlantic City, les longs week-ends aux Bahamas, les séjours à Foxwoods, grâce aux dossiers sur les types comme vous que les casinos conservent ; ils tiennent à vous revoir.

— D'accord, j'aime jouer, je ne peux pas le nier.

— Plus que ça, vous êtes un vrai flambeur. Vous avez emprunté sur vos investissements, puis quand ça n'a plus été possible, vous vous êtes adressé à des usuriers. C'est lorsqu'ils ont cédé vos créances à des gros durs et que ceux-ci sont venus récupérer leur fric que vous vous êtes retrouvé dans la mouise. C'est à cette époque que Joe a séjourné chez Patty. Un jour qu'il était détendu, et se sentant en confiance avec le jeune frère de son amie, il a parlé devant vous des casinos indiens. Il ne se souvient pas avoir lâché des informations importantes ; assez cependant pour vous mettre sur la piste.

Peter déposa sur le cendrier son cigare qui venait de s'éteindre, avant de préciser :

— Je suis toujours sur une piste, Soc, c'est comme ça que je gagne ma vie.

— Vous êtes intelligent et entreprenant, Peter, je le reconnais. Il le fallait d'ailleurs pour imaginer et mettre au point ce coup. Vous avez pensé que l'histoire de Joe pouvait intéresser les types à qui vous deviez du fric. Certain de l'intérêt que présentait l'histoire de Joe pour vos créanciers, vous leur avez fait miroiter l'affaire. Ils ont accroché, car la rumeur leur avait appris qu'un dossier circulait dont personne ne connaissait le contenu. Il ne vous restait plus qu'à le récupérer et à le vendre ; vous liquidiez ainsi vos dettes de jeu, réalisiez même un profit et viviez heureux à tout jamais.

— Mais alors, pourquoi ne l'ai-je pas fait ?

— Bon Dieu, ce n'est pas faute d'avoir essayé. Vous avez rendu des visites de plus en plus fréquentes à Patty sous le prétexte de l'aider, en réalité pour tenter de dénicher ce fameux dossier. Cela rendait Patty heureuse même si vous étiez souvent en désaccord ; elle pensait que son petit frère grandissait.

— Nous formons une famille, Soc. Il est bien connu qu'avec l'âge on se rapproche.

— C'est émouvant, Peter, mais vos recherches n'aboutissant à rien, vous avez espacé les réunions de famille. Ceux qui vous tenaient commençaient à s'impatienter sérieusement et ont fait entrer en scène les irréductibles de la Warrior Society pour faire pression sur Joe, et se débarrasser de lui une fois le dossier obtenu.

— Je vous l'ai dit, j'ai toujours considéré Joe comme mon frère et je n'aurais rien fait qui puisse lui nuire.

— Je vous accorde le bénéfice du doute. Vous n'avez certainement pas réalisé dans quoi vous mettiez les pieds. Par un heureux concours de circonstances, c'est au moment où les Warriors s'apprêtaient à tomber sur Joe que celui-ci a entendu parler de la vente d'antiquités indiennes. Il a commencé à foutre le bordel, s'est retrouvé accusé de meurtre et a été jeté en taule. Sa grande gueule lui a sauvé la vie en le mettant hors d'atteinte, en principe, car quelqu'un a engagé un tueur pour l'abattre en prison. Joe a eu vent du contrat sur lui, a payé la caution pour sortir, et s'est évanoui dans la nature.

— Fin de l'histoire ?

— Le début pour moi. Engagé pour aider Joe à prouver son innocence, je fais ce qu'un privé doit faire, c'est-à-dire frapper à toutes les portes et poser des questions qui dérangent. Je découvre des éléments en faveur de Joe, mais je ne réalise pas encore que ses ennuis sont beaucoup plus graves qu'une simple accusation de meurtre. (Je guettai une réaction sur le visage de Peter, mais en vain.)

— Avec les Warriors, dit-il.

— Avec les Warriors. Ils sont fous de rage : à deux doigts d'en finir avec Joe et de rentrer chez eux avec le dossier, ils se retrouvent maintenant bredouilles sans Joe, sans dossier. Un petit crétin du nom de Peter Hoagland les informe alors de mon existence et de ma propension à fouiner partout.

— Vous ne pouvez pas le prouver.

— Non, c'est exact, et le fait qu'ils débarquent chez moi le jour même où, au cours d'un déjeuner auquel vous m'avez convié, je vous confie que je suis sur une piste, n'est sûrement qu'une coïncidence. Ils s'acharnent sur moi, mais sont interrompus. De toute façon, persuadés que je ne suis qu'un pauvre mec qui ne sait rien, ils retournent à la source, kidnappent Patty et font savoir à Joe qu'ils ne la relâcheront qu'en échange des documents.

Evitant de me regarder, il ramassa les feuilles sur son bureau.

— Est-ce aussi important qu'ils le prétendent ?

— Plus encore.

— Des noms connus ?

— Plus connus que ceux cités dans la Bible.

— Et les chiffres ?

— Avec une kyrielle de zéros.

— Hé, j'y suis, lança-t-il les yeux brillants, vous voulez une part du gâteau !

— Faux, et vous saurez pourquoi dans quelques minutes. Laissez-moi d'abord vous poser une question. Combien deviez-vous toucher pour le dossier ?

Il me donna un chiffre. J'éclatai de rire.

— Si ne serait-ce que la moitié seulement du dossier est véridique, chaque casino indien dans ce pays, ancien, nouveau et à venir, va être contrôlé. Vous vous êtes fait avoir, Peter. Vous avez agi comme le minable agent immobilier de province que vous êtes. Ce truc vaut des millions.

Il fronça les sourcils, comme si l'idée d'avoir perdu était plus dure à accepter que les accusations de kidnapping et d'agression portées contre lui par sa sœur et par son ami.

— Ils se sont montrés plus malins que moi.

— Ils vous ont eu sur toute la ligne, Peter. Mais ce n'était pas grave... jusqu'à ce que vous leur balanciez Patty et Joe.

— Ils avaient promis de la retenir une nuit seulement, le temps pour Joe d'apporter le dossier. Après, ils devaient les relâcher.

— Ils avaient prévu de les tuer tous les deux, Peter, avec ou sans documents. Ensuite, ç'aurait été votre tour. Ces types-là ne laissent jamais de trace.

— Pourquoi me le donnez-vous maintenant ? demanda-t-il en reprenant le dossier.

— Vous le vouliez, non ? Vous étiez même prêt à vendre votre sœur et son ami.

— Je ne comprends toujours pas. Qu'est-ce qui m'empêche de le faire maintenant ?

— Rien. Mais vous risquez d'avoir du mal à trouver un acheteur quand tout le monde pourra en lire le contenu dans le *New York Times* pour cinquante cents.

— Expliquez-vous.

— Joe a décidé de rendre ce dossier public.

Peter fixait un plan sur le mur, celui du nouveau centre commercial qu'il était en train de construire.

— Il semblerait que tout soit terminé, reconnut-il calmement.

— Pas tout à fait. Cette mince liasse de papiers va faire du bruit dans les semaines à venir. Certaines réserves indiennes vont avoir des ennuis ; d'autres seront obligées de remettre à plus tard leur projet de casino, et des luttes internes naîtront au sein des tribus à travers le pays. Des politiques risquent de se brûler les doigts ; des membres de la mafia vont passer pas mal de temps en prison à se demander pourquoi les choses ont mal tourné. Et puis, il y aura un nouveau scandale qui effacera celui-ci.

— Et moi ?

— Regardez le bon côté des choses : les types à qui vous deviez du fric auront d'autres chats à fouetter que de vous harceler. D'un autre côté, si j'étais à votre place, je ne ferais pas trop de projets en ce moment. Vous allez passer beaucoup de temps avec les avocats du procureur, et à vous expliquer devant le tribunal.

— Je pensais à Patty et à Joe.

— Pour le moment, elle n'a pas très envie de vous parler. Quant à Joe, vous le verrez demain à la télé, mais ce sera tout. J'ai été ravi de faire votre connaissance, Peter.

Je me levai et me dirigeai vers la porte.

— Soc, j'aimerais seulement que vous me croyiez. Ils m'avaient juré de ne pas leur faire de mal, dit-il en m'accompagnant.

— C'est vrai, ils se seraient contentés de les tuer, précisai-je en sortant.

30

PRÈS DE CHEZ MOI, AU MILIEU des marécages, un endroit isolé me sert de plage privée et de rampe pour mon bateau. J'aime y venir, enfoncer les pieds dans le sable, avant d'entrer dans l'eau jusqu'à la taille et m'éloigner du rivage en nageant.

Ce matin-là, mon corps fatigué se détendait dans l'eau chaude de la baie qui soulageait mes plaies, me lavait de tous les mensonges, perfidies et déceptions qui me collaient à la peau comme un parfum bon marché.

Je plongeai dans l'eau verte, nageai à la manière d'un marsouin. Fermant à demi les paupières, je suivais la course des nuages dans le ciel. Aucun bateau à des milles à la ronde. J'étais seul et je profitais de ce moment de plénitude en me laissant porter par le courant. Cela ne dura pas longtemps – j'eus tout d'un coup la sensation d'une présence.

Je scrutai la baie – des voiles blanches au loin – puis j'entendis le ronronnement d'un hors-bord qui accostait le long de la plage principale. J'ai alors regardé du côté de la maison.

Un homme en costume bleu, à la large carrure, m'observait, debout sur la jetée. John Flagg. Je lui fis un signe de la main auquel il répondit posément, comme quelqu'un qui garde ses forces pour des choses plus importantes. Je regagnai la plage et le rejoignis.

— Jolie piscine, apprécia Flagg en attrapant la serviette de bain sur le dossier de la chaise.

— Elle me plaît.

Tout en m'essuyant, je lui proposai un café glacé, qu'il accepta. Quand je revins quelques minutes plus tard avec les deux verres, il avait retiré veste, cravate, chaussettes et chaussures.

— Tu peux retrousser ton pantalon, les voisins ne diront rien.

— Merci, dit-il.

— Comment était l'Angleterre ?

— Anglaise. J'en avais assez de manger des saucisses avec de la purée, de boire du thé fort puis du thé léger. Ils n'ont même pas de muffins corrects.

— C'est comme le pain grillé à Paris.

— C'est pareil. (Il se pencha, agita ses orteils et les regarda comme s'il les découvrait.) C'est bon d'être rentré. Ce Concorde est un sacré bolide : trois heures et demie de Heathrow à Kennedy ; autant que pour attraper le coucou de Hyannis. (Il but une gorgée de café, admira la baie.) J'ai parlé à Joe Quint. Il te remercie.

— Tout le plaisir a été pour moi. La dernière fois que j'ai entendu parler de lui, il donnait des conférences de presse.

— Il sillonne le pays. Il a décidé de sauver le monde.

— Tu n'as pas l'air d'approuver.

— Joe fait comme *il* veut, et moi je fais comme *je* veux. (Il posa le doigt sur le revolver qui dépassait du holster accroché à sa ceinture.) Il semble que les charges pour meurtre soient abandonnées, ajouta-t-il.

— C'est ce que j'ai appris.

— Désolé de t'avoir laissé tomber. Le devoir m'appelait.

— Ce n'est pas grave. En fin de compte, Joe et moi nous en sommes bien tirés.

— Je le savais. Je te revaudrai ça.

— Disons, un point partout.

— C'est bon. Envoie-moi une facture pour tes dépenses.

— Ce n'est pas la peine.

— Si tu ne le fais pas, je t'enverrai de l'argent. (Il termina son verre.) Il faut que je parte, annonça-t-il à regret.

— J'espérais au moins grignoter un morceau avec toi.

— J'aurais bien aimé, Soc, mais il faut que j'aille à Washington rendre compte de ma mission. Ils doivent penser que j'ai été enlevé.

— Tant pis, une autre fois, Flagg.

Il acquiesça, et je le raccompagnai jusqu'à sa voiture de location.

— Oh, une dernière chose. Joe m'a laissé un message pour toi, dit-il en me serrant la main.

— Oui ?

— Il trouve cocasse que, pour sauver le *Mayflower*, tu aies presque fait sauter le Rocher de Plymouth, répondit-il en rigolant.

— Je n'ai pas spécialement envie de m'en vanter.

— Ce n'est pas grave, ajouta Flagg. Joe est fier de toi. C'est le geste qui compte. (Il s'installa au volant de sa voiture et me tendit un sac en papier.) Il t'a fait membre honoraire de sa tribu ; ceci officialise sa décision.

Avant de pouvoir lui répondre, il avait démarré pour disparaître dans un nuage de fumée.

Je rentrai dans le hangar et ouvris le sac sur la table de la cuisine ; il contenait un lot de six boîtes de bière Narragansett.

Après le départ de Flagg, je passai un coup de fil. Je pris une douche, choisis un pantalon et une chemise et me mis en route pour Lowell.

Le siège de la pizzeria Parthénon se trouve dans un ancien moulin. Athena Kostas, secrétaire réceptionniste de la compagnie depuis qu'elle a quitté le collège, me dit que mes parents étaient chez eux, mais que George travaillait en cuisine. Je suis allé le rejoindre. Manifestement de bonne humeur, mon frère attrapa un morceau de pâte à pizza, en fit une sorte de balle dans laquelle il creusa un trou avec son poing et me la lança.

— Voyons si tu sais encore faire tourner une pizza, grand frère.

Je plaçai mon doigt dans le creux de la pâte et la fis tourner au-dessus de ma tête comme je l'avais vu faire aux pros. Quand on assiste à un match de tennis, on a l'impression que c'est facile. En matière de pizzas, c'est la même chose, et mon disque de pâte s'élargit de plus en plus en même temps qu'il s'amincissait dangereusement, pour finalement atterrir à quelques mètres de moi. George ramassa la pâte et la jeta dans la poubelle.

— Tu veux toujours venir travailler à la pizzeria, Soc ? demanda-t-il en me donnant de petites tapes dans le dos.

— Donne-moi un morceau de pâte, et je m'exercerai à la maison. Tu verras !

— Ce n'est plus la peine. Maintenant, tout se fait à la machine.

— Comment va Papa ?

— Bien mieux. Mais je dois me battre pour qu'il ne vienne pas bosser. Je disais justement à Maman qu'ils devraient prendre des vacances.

— Réaction ?

— Elle m'a regardé comme si elle ne comprenait pas le mot « vacances ».

— Elle ne le comprend pas, George.

— Je sais, mais ça valait le coup d'essayer.

— George, je te conseille de ne pas toujours être sur le dos de Papa. Il ne t'écoutera pas, et tu vas te rendre ridicule. Laisse Maman faire, il fait attention à ce qu'elle dit.

— Tu as raison. Tu sais, Soc, tout à l'heure, je plaisantais à propos de la pizza. Je ne voulais pas me moquer de toi.

— C'est moi qui ai voulu faire le malin. Laisse-moi prendre ma revanche, viens pêcher avec moi et on verra si tu es capable d'accrocher un hameçon sans te piquer le doigt !

— Marché conclu.

Je passai à la maison où Maman me gava avec une pizza, une *pastitsio*, qu'elle avait préparée la veille. Tout le long du trajet du retour, j'étais de très bonne humeur, heureux de savoir que Papa allait mieux ; en outre je venais d'entendre à la radio que les Red Sox avaient gagné contre les Yankees.

Avant de rentrer chez moi, je fis un crochet par Plymouth et m'arrêtai sur le site archéologique de Zane. Des inconnus, rassemblés autour du bassin, triaient des échantillons dans un climat de grande excitation. Dès qu'ils m'aperçurent, Norma et Dil vinrent me serrer la main. Je jetai un coup d'œil autour de moi à la recherche d'une chevelure auburn.

— Où est Eileen ?

— Elle est partie pour Providence chercher son remplaçant, répondit Dil.

— Elle part ?

— Je vois que vous n'êtes pas au courant, ajouta-t-il. Zane a des ennuis avec la justice.

— Notre respectable chef est accusé de blanchir l'argent du trafic des vestiges indiens volés, lança Norma plus brutalement.

— Incroyable. Zane avait pourtant l'air honnête.

— Il a un peu dérapé. Il se justifie en racontant que c'est pour financer des recherches importantes, expliqua Dil.

— La bonne nouvelle, ajouta Norma en souriant, c'est qu'Eileen prend la place de Zane et va diriger le projet pendant qu'il sera occupé avec ses avocats. Dil et moi serons ses assistants. Ce troupeau d'intellectuels là-bas n'est pas très intéressant, mais nous avons besoin d'argent pour continuer. Eileen s'est rendue à l'université de Brown pour recruter des jeunes avec les qualifications nécessaires : un dos musclé et un esprit simple.

— Avez-vous fait des découvertes intéressantes ?

– Des objets absolument extraordinaires, Soc. Nous avons deux nouveaux plongeurs. Rick a en effet disparu depuis plusieurs jours ; il a laissé son équipement, il va sûrement repasser le prendre.

Dans dix ou vingt ans, pensai-je.

— A vrai dire, on s'en fiche, ajouta Dil en souriant. Rick n'était pas sympathique. Il détestait son boulot.

Les plongeurs remontaient à la surface, tendant leurs sacs d'échantillons. Il y eut des murmures, puis des cris triomphants. Quelqu'un appela Dil ; il me serra la main et partit en courant examiner la dernière trouvaille.

— Voulez-vous voir les découvertes dont je vous ai parlé ? me demanda Norma.

— Merci. Je lirai les détails dans les revues scientifiques.

Elle mit ses bras autour de mon cou et m'embrassa sur la joue.

— Avec Dil, nous allons écrire un article dans lequel vous serez crédité de la découverte de la grotte. Que Rick aille se faire voir. Zane aussi.

— Merci. Dites à Eileen que je suis passé lui dire bonjour. Félicitez-la de ma part.

— Je le ferai sans faute, mais attendez une seconde.

Elle fouilla dans sa poche et en retira un objet plat et rose pâle.

— Eileen voulait vous le donner en souvenir.

C'était un morceau de poterie. Un personnage en train de courir y était peint en noir à petits coups de pinceau. L'artiste avait ajouté un trait entre les jambes pour montrer que c'était un homme.

Je me garai en ville près de la vieille église et grimpai en haut de la colline. Je laissai mon regard errer sur les vieilles maisons, les rues étroites et l'étendue bleue du port ; puis je flânai à travers le cimetière, le long de la crête. C'était ma façon d'écrire FIN sur le dossier Joe Quint et compagnie

Une femme, accroupie au bord du chemin, ratissait le parterre de fleurs qui entourait de vieilles pierres tombales. Elle m'entendit approcher et leva les yeux. Nous eûmes le même mouvement de surprise. C'était la femme aux cheveux argentés qui s'était interposée entre les convives du *Mayflower II* et moi qui voulais les prévenir de l'existence de la bombe.

Se campant en travers du chemin, elle m'attendit. Ses mains et ses genoux étaient sales ; son chemisier, son short et son front, protégé du soleil par un large chapeau de paille, portaient des traces de terre. Quand je ne fus plus qu'à quelques pas, elle m'apostropha d'un ton accusateur :

— Vous êtes le jeune homme qui a interrompu notre réception l'autre soir.

Tout cela me portait sérieusement sur les nerfs.

— Il y avait un léger problème, tentai-je de rappeler.

— Je sais qu'il y avait une bombe sur le bateau. Mais franchement, la plupart de nos membres sont tellement sourds qu'ils ne se seraient rendu compte de rien, à moins que l'explosion n'ait fait tinter les glaçons dans leur martini.

Lors de notre première rencontre, ses yeux ne pétillaient pas comme maintenant ; ils m'incitèrent à me détendre. Nous échangeâmes nos identités ; elle s'appelait Collier.

— Socarides. C'est un nom grec, n'est-ce pas ?

— Mes parents viennent tous les deux du vieux continent.

— Mes ancêtres aussi, dit-elle en montrant d'un geste les tombes autour d'elle. Ils ont tous immigré, il y a fort longtemps. Ce qui me fait penser à quelque chose : j'ai cru comprendre que vous aviez presque fait sauter le Rocher de Plymouth.

— Ce n'est pas tout à fait exact.

— Mais bon sang ! Je ne suis pas en train de vous gronder ! Tout le monde a apprécié votre courage. Je vous fais simplement remarquer que vous avez risqué votre vie pour de vieux morceaux de bois qu'on aurait facilement pu remplacer. N'était-ce pas un peu fou ?

— J'ai la réputation d'être fou.

— Ce n'est pas une excuse, jeune homme, dit-elle en me fixant. C'est en commettant des erreurs que l'on apprend. C'est la base de l'éducation.

Elle enleva son chapeau de paille et essuya la sueur qui coulait de son front. Ses cheveux argentés brillaient dans le soleil. Elle remit son chapeau et fit la moue.

— Cet Indien désagréable qui parcourait la ville en criant n'avait peut-être pas tort.

— Vous voulez parler de Joe Quint ?

— Je ne connais pas le nom de ce monsieur. Et je m'en fiche. Mes concitoyens seraient furieux s'ils m'entendaient, mais je pense honnêtement qu'il exprimait des idées sensées.

— En voulant briser le Rocher en mille morceaux ?

— Cela n'aurait pas été la première fois. On en a déjà vendu de petits fragments aux touristes, il y a des années. L'Indien n'avait pas tort, mais pas pour les bonnes raisons.

J'aurais payé un million de dollars – si je les avais eus – pour que Joe entende une descendante du *Mayflower* abonder dans son sens.

— Le Rocher représente aux yeux de Quint le symbole de l'oppression des Indiens par les Blancs.

— Concernant le racisme, les pionniers étaient plus libéraux que leurs successeurs.

— Les Indiens risquent de ne pas être d'accord, madame Collier.

— Mon point de vue, monsieur Socarides – et il vaut pour les Indiens aussi – est que ceux qui vantent les mérites des anciens doivent pouvoir reconnaître également leur vénalité. Les ancêtres des Indiens, tout autant que ceux des colons, étaient machiavéliques et motivés par leur propre intérêt et la conquête du pouvoir. Miles Standish, qui était un homme dur au caractère impitoyable, a consterné plus d'un colon, mais il fallait bien survivre. Cet Indien, suffisant et pompeux comme nombre de têtes brûlées que je connais, avec ses tirades sur le Rocher, le *Mayflower* et la plantation, est complètement à côté de la plaque.

— C'est-à-dire ?

— Laissez-moi vous poser une question. Que savez-vous des pionniers ?

— Thanksgiving, le poème sur Miles Standish, le musée et ceux qui ont débarqué sur le Rocher.

— Le poème de Longfellow est de la pure invention. Le musée des pionniers ne propose que des vieux trucs sans intérêt ; de plus, essayez de débarquer en plein mois de décembre sur ce Rocher et vous vous écraserez.

— Et Thanksgiving ?

— Ma dinde farcie est inégalable, monsieur Socarides, mais là n'est pas la question. Tout cela ne donne pas un portrait ressemblant de ceux qui reposent sous cette colline. Ils ont *vraiment* vécu : ils buvaient de la bière, beaucoup de bière, ils étaient sexuellement vigoureux et aimaient plaisanter. Pas comme les Bostoniens, ces puritains guindés, prudes et mesquins, qui se considèrent comme des saints, et qui pendaient les sorcières, vous savez, Cotton Mather et les gens de son espèce. Nos ancêtres n'ont jamais agi ainsi. Et vous savez pourquoi ?

— Non, madame.

— Parce qu'ils étaient bien trop occupés à rester en vie, et que l'excentricité ne leur posait aucun problème. En effet, que pouvait-il y avoir de plus extravagant que de traverser l'Océan sur un petit voilier pour coloniser une terre sauvage ?

— Je ne sais pas, madame.

— Mon ancêtre était un aventurier qui se fichait pas mal de la religion, et il était accepté comme tel. Les gens qui ont construit le temple et le fort derrière l'église, là-bas, ne tuaient pas ceux qui n'avaient pas les mêmes idées. Ils disaient aux colons comme mon ancêtre qu'ils pouvaient croire en ce qu'ils voulaient à condition de respecter les règles et de ne pas causer de problèmes. Maintenant vous comprenez pourquoi je profère ces horreurs sur ce précieux Rocher et tout le cinéma fait autour de nos ancêtres.

— Je pense que oui.

Elle poussa un soupir comme une institutrice qui essaie de faire dire son nom à un cancre.

— La fête de Thanksgiving a été dénaturée, mais les gens

l'évoquent encore comme un moment d'action de grâces, et ce n'est pas un rocher qui va le leur rappeler. Ils y pensent, c'est tout.

— Et les pensées durent plus longtemps que les rochers.

— Vous n'êtes peut-être pas aussi stupide que vous en avez l'air, jeune homme, dit-elle les yeux brillants.

— Merci.

— De rien. Avez-vous l'intention de rester longtemps à Plymouth ?

— Je ne fais que passer.

— Eh bien, regardez soigneusement tout le décor de cette ville. Les premiers pionniers seraient écroulés de rire devant toute cette mise en scène : le Rocher protégé, la statue de Massasoit regardant la mer, et les mimiques des acteurs censés les imiter. Ils n'accordaient aucune valeur aux monuments. Ils ne regardaient pas en arrière. Ils bougeaient. Ils se révoltaient. Ils affrontaient les problèmes quotidiens et se préoccupaient de l'avenir de leurs enfants. Souvenez-vous de cela. Bon, c'est assez pour aujourd'hui, je dois m'occuper de mes tombes.

Je la saluai.

— Monsieur Socarides, appelez-moi la prochaine fois que vous passerez par Plymouth.

— Je n'y manquerai pas.

En rentrant à la maison, j'appelai Sally Carlin.

— Comment c'était, ta conférence ?

— Pas mal. Ennuyeuse. Qu'est-ce que tu as fait ?

— J'ai rencontré plein d'Indiens. Quand je n'allais pas les voir, c'est eux qui me rendaient visite.

— Soc, tu as encore bu ? s'inquiéta-t-elle.

— Non. Ce n'est pas le problème.

— Quel est le problème ?

— Je ne sais pas, Sally.

— Au moins, tu es honnête.

— Peut-être, dis-je en pensant à Eileen.

Le long silence qui suivit me rendit malade.

— Nous sommes en train de nous éloigner l'un de l'autre, Soc. Tu n'inspires guère la confiance, tu sais.

— Je suis désolé, Sal. Je n'ai pas non plus vraiment confiance en moi.

— Ce qui est débile. Tu es sans cesse en train d'aider les autres ; pourquoi n'essaies-tu pas, pour une fois, de faire quelque chose pour toi ?

— Est-ce qu'on peut en discuter ?

— Je ne suis pas sûre que ce soit une bonne idée, dit-elle au bout d'un moment.

— Tu as peut-être raison, alors on parlera d'Indiens ou de baleines.

— Cela ne résoudra rien.

— Penses-y. Désolé d'avoir tardé à t'appeler. A une autre fois peut-être.

— Peut-être.

Je raccrochai, après lui avoir dit au revoir.

Une minute plus tard, le téléphone sonnait. C'était Sally.

— Je vais être très occupée cette semaine, Soc, mais si tu peux attendre...

John Flagg appela ce soir-là. Il me conseilla d'allumer la télé, puis raccrocha. Joe Quint répondait aux questions des journalistes sur le dossier de la corruption au sein des casinos. Patty Hoagland se tenait derrière lui, à moitié cachée par le grand chapeau noir navajo de son ami. Pardon, le chapeau des *Hopis* !

La canne à pêche du sénateur Alan Eaton se tendit comme un arc sous l'action du fil.

— Waou ! J'ai attrapé Mobby Dick ! Même un sénateur américain redevient un enfant quand il a un gros poisson au bout de sa canne !

Sam se pencha sur lui.

— Ramenez-le tout doucement. Vous risquez de le perdre si vous vous impatientez.

— Pour l'amour de Dieu, Sam, je sais ce que j'ai à faire.

Sam haussa les épaules et recula pour laisser la place au sénateur. La chaise roulante était solidement fixée.

— Merde, dit-il, je l'ai perdu. (Il me fit un clin d'œil et me murmura de lui passer la gaffe.)

Sam était prêt à balancer un « Je vous l'avais bien dit », lorsqu'il aperçut les reflets argent et noir. Je remontai le loup de mer et Sam le mesura sous le regard anxieux du sénateur.

— Dommage, Alan, dit-il tristement, il n'atteint pas les quatre-vingt-douze centimètres.

La taille minimale, du bout de la queue au museau, est de quatre-vingt-douze centimètres. Le sénateur était déconfit.

— Sam, vous êtes sûr ?

Sam recommença.

— Oh, quatre-vingt-quinze centimètres !

— Yahoo ! hurla le sénateur. On peut le garder. Honte à vous, Sam, Pour un peu vous me faisiez croire que je devais le rejeter.

— *Vous* prétendiez bien l'avoir perdu.

— Je vais le préparer pour le dîner de ce soir. Remerciez le ciel ! Je suis sûr que Maggie m'a aidé de là-haut.

— Maggie se serait arrangée pour que vous attrapiez une sirène, dis-je.

— Vous avez raison, Soc. Quoi qu'il en soit, ça mérite une bière.

— Est-ce que j'ai entendu quelqu'un prononcer le mot « bière » ?

La large carrure de Rourke s'inscrivit dans la porte de la cuisine. Il portait trois bouteilles de bière et une canette de Coca. Il donna le Coca à Sam qui, en bon méthodiste, ne boit pas d'alcool, et distribua la bière. Le sénateur avala la moitié de la sienne et s'essuya la bouche du revers de la main. C'est drôle comme quelques heures de pêche avec les copains peuvent faire oublier les bonnes manières !

— Eh bien, Rourke, que pensez-vous de ce bébé ? demanda fièrement le sénateur.

Sans lui laisser le temps de répondre, il ajouta :

— Je suis vraiment heureux que vous ayez pu régler votre différent avec Soc.

— Ce n'était qu'un léger malentendu, sénateur.

— Vous avez vraiment l'intention de quitter Hyannis.

— Ça fait déjà un bout de temps que j'y suis, sénateur.

— J'y ai réfléchi. A mon retour à Washington, je parlerai à quelques personnes du Département.

— Si cela ne vous pose pas de problème, je vous en serais reconnaissant, monsieur.

— Aucun problème, répondit Eaton, mais je ne vois vraiment pas pourquoi vous voulez quitter ce paradis terrestre.

— Quelquefois, il faut savoir bouger.

— Oui, je comprends. Mais Dieu ! que je vous envie tout ce calme, cette sérénité. J'imagine cependant que, comparé à l'agitation du reste du monde, cela puisse vous paraître ennuyeux de temps en temps.

Je me tâtai le crâne : les cicatrices et les bleus étaient encore sensibles.

— « Ennuyeux » n'est pas vraiment le terme que j'utiliserais, sénateur.

Dans la collection « Grand Format »

SANDRA BROWN
Le Cœur de l'autre

CLIVE CUSSLER
Atlantide
L'or bleu
L'Or des Incas
Onde de choc
Raz de marée
Serpent

MARGARET CUTHBERT
Extrêmes urgences

LINDA DAVIES
Dans la fournaise
L'Initiée
Les Miroirs sauvages

ALAN DERSHOWITZ
Le Démon de l'avocat

JANET EVANOVICH
Deux fois n'est pas coutume
La Prime

JOHN FARROW
La ville de glace

GINI HARTZMARK
A l'article de la mort
Crimes au labo
Mauvaise passe
Le Prédateur
La Sale Affaire
La Suspecte

ROBERT LUDLUM
La trahison Prométhée
Le Complot des Matarèse
Opération Hadès

STEVE MARTINI
L'avocat
La Liste
Pas de pitié pour le juge
Principal témoin
Réaction en chaîne
Trouble influence

PETER MOORE SMITH
Les Ecorchés

DAVID MORRELL
Démenti formel
Double image
In extremis
Le contrat Sienna

PERRI O'SHAUGHNESSY
Amnésie fatale
Entrave à la justice
Intimes convictions
Le prix de la rupture

MICHAEL PALMER
De mort naturelle
Le Patient
Situation critique
Traitement spécial
Un remède miracle

JOHN RAMSEY MILLER
La Dernière Famille

LISA SCOTTOLINE
La Bluffeuse
Erreur sur la personne
Justice expéditive
Rien à perdre

SIDNEY SHELDON
Crimes en direct
Matin, midi et soir
Racontez-moi vos rêves
Rien n'est éternel
Un plan infaillible

Achevé d'imprimer en 2002
N° d'édition : 12272 – N° d'impression : 58836
Dépôt légal : mars 2002

ISBN : 2-246-61202-2
ISSN : 1263-9559